Rebecca Schulz
Zwischen Herzklopfen und Schneegestöber

Als waschechtes Küstenmädel lebt Rebecca Schulz im hohen Norden und schreibt Romane mit ordentlich Ostseefeeling. Sie entführt ihre Leser:innen mit Sonne, Sandstrand und Möwen im Gepäck für ein paar schöne Stunden ans Meer.

Rebecca Schulz

Zwischen Herzklopfen und Schneegestöber

Ein Fehmarn-Roman

PIPER

Mehr über unsere Autoren und Bücher:
www.piper.de

Wenn Ihnen dieser Roman gefallen hat, schreiben Sie uns unter Nennung des Titels »Zwischen Herzklopfen und Schneegestöber« an empfehlungen@piper.de, und wir empfehlen Ihnen gerne vergleichbare Bücher.

Wir produzieren nachhaltig
www.piper.de

ISBN 978-3-492-90089-0

Redaktion: Cornelia Franke
Satz auf Grundlage eines CSS-Layouts
von digital publishing competence (München)
mit abavo vlow (Buchloe)
Covergestaltung: FAVORITBUERO, München
Covermotiv: Bilder unter Lizenzierung
von Shutterstock.com genutzt
Printed in the EU

Für alle,
denen ein wenig Herzklopfen
nicht fremd ist.

Liebe Leserinnen und Leser,

dies ist ein humorvoller Liebesroman, der sich jedoch teilweise mit dem Thema unerfüllter Kinderwunsch beschäftigt. Bitte bedenkt dies, wenn ihr das Buch beginnt.

Erstens kommt es anders, und zweitens als man denkt

(Wilhelm Busch)

Mit meinem grünen Smoothie in der einen Hand und der Handtasche in der anderen stürme ich durch die Tür ins Wartezimmer. In aller Eile trete ich mir die feuchten Stiefel auf der Fußmatte ab, bevor ich an den Tresen gehe. Babsi wirft mir unter ihrer schwarzen Lockenmähne einen vorwurfsvollen Blick zu, aber dafür habe ich sie eingestellt. Ohne sie hätte ich längst die Übersicht über meine Termine verloren. Da sie das Telefon und den Kalender wie eine Amazone bewacht, kann ich mich auf meine Klienten konzentrieren.

»Die Grünings warten seit zehn Minuten.« Ihre Stimme klingt rau, als hätten ihre Kinder sie letzte Nacht wieder nicht schlafen lassen. Sie sollte endlich mit ihrem Mann darüber sprechen, dass er sich im Alltag mehr einbringen muss.

Ein schneller Blick zur Uhr hinter ihr an der Wand bestätigt ihre Aussage. Ich bin zu spät. Doch davon geht die Welt nicht unter. Wer sich morgens stressen lässt, wird den Tag über nicht ruhiger werden.

Ich schenke meiner Assistentin mein schönstes Lächeln, um das faltige Chaos auf ihrer angespannten Stirn zu besänftigen. Als das nicht funktioniert, überreiche ich ihr einen der Toffees aus der bunten Schale vor ihr auf dem Tresen.

»Dir auch einen wunderschönen guten Morgen, liebste Babsi.«

»Moin.« Grinsend nimmt sie das Karamell entgegen. »Ich habe die Grünings mit Kaffee versorgt.«

»Du bist ein Engel.«

Babsi öffnet die Arme und ich gebe ihr meinen Mantel, der vom Hamburger feuchtkalten Winter durchnässt ist. Mit einem verschwörerischen Blick winkt sie mich zu sich heran. »Herr Grüning scheint mir ziemlich grantig. Das wird heute nicht einfach für dich werden.«

»Danke, Liebes.« Zwinkernd trinke ich einen Schluck des grünen Lebenssafts aus meiner gläsernen Trinkflasche. »Aber noch habe ich jeden Suchenden zufrieden gestimmt. Wir wollen doch nicht die Statistik aus den Augen verlieren, nicht wahr?«

Mit meinem Mantel auf den Armen hält Babsi beide Daumen hoch, während ich mich zur Tür begebe.

»Ach …« Ehe ich meinen Tempel betrete, drehe ich mich zu ihr um. »Es geht mich zwar nichts an, doch falls du mit Christian zu mir kommen willst, ich habe immer ein offenes Ohr für euch.«

Babsis müde Augen leuchten, nur um gleich wieder hinter einem Schatten zu verschwinden. »Danke, für dein Angebot.« Sie hängt meinen Mantel neben ihren in den Schrank hinter dem Tresen. »Aber mein Mann würde sich niemals mit einer Fremden über unsere Beziehung unterhalten.«

»Ich? Eine Fremde? Wie lange kennen wir uns, Babsi?«

»Über zehn Jahre«, sagt sie lächelnd.

»Siehst du.« Ich proste ihr mit meinem grünen Smoothie zu. »Überleg es dir. Ich kann helfen. Ich bin gut in meinem Job.«

»Du bist die Beste!«

Stimmt. »Bring deinen Mann mal mit, damit er mich besser kennenlernen kann. Er wird sich sicher wohlfühlen.«

»Du hast recht«, antwortet sie mir, obwohl ihre müden Augen etwas anderes sagen.

»Wir kriegen das hin.« Männer sind in der Regel der schwierigste Part meines Berufs. Sie öffnen sich langsamer bei intimen Themen als Frauen. Aber bisher habe ich jede sture Nuss geknackt.

Tief atme ich ein, setze ein freundliches Lächeln auf und öffne die Tür.

Ein abgestandener Duft nach Zimt und Zedern quillt mir entgegen, als ich meinen Tempel betrete. Das strahlende Gelb der Wände begrüßt mich und hebt meine Laune weiter an. Draußen ist der Himmel grau, aber in meinem Tempel brauche ich keine Gewitterwolken.

Von den Meditationskissen in der hinteren Ecke blicken mich die Grünings erwartungsvoll an. Sie sitzen direkt unter dem Mandala in Blautönen, das ich von Julius zur Eröffnung meiner Praxis bekommen habe.

Herr Grünings Augenbrauen hängen tief in seinem unrasierten Gesicht. Er reiht sich damit in eine lange Schlange von Männern ein, deren Skepsis es in der ersten Sitzung abzubauen gilt. Als sein Blick auf meinem bunten Strickmantel aus verschiedenfarbigen Patches hängenbleibt, verzieht er die Lippen zu einem dünnen Strich. Er erinnert mich dabei an meine Schwester, wenn ich das

Mittagessen nicht nach ihrem Geschmack zubereitet hatte.

Tasche und Smoothie stelle ich auf dem Schreibtisch ab. Frau Grüning kaut an ihren Nägeln, während ich über den rot-blauen Gabbeh auf sie zugehe, um ihr die Hand zu reichen.

»Guten Morgen, entschuldigen Sie meine Verspä-«

»Nicht schlimm«, unterbricht sie mich mit einer piepsenden Stimme. »Machen Sie sich keine Gedanken.«

»Sie sind zu spät!« Ihr Mann zerdrückt mir bei unserer Begrüßung fast die Hand. »Ich habe mir extra den Vormittag freigenommen und Sie tauchen nicht auf? Wir warten bereits seit einer Ewigkeit.«

»Ich verstehe Sie.« Bei derart viel negativer Energie brauche ich Unterstützung. Von der Kommode aus Mahagoni neben meinem Schreibtisch greife ich nach dem Tablett, das ich für die besonders kritischen Klienten bereithalte.

»Kristall, Herr Grüning?« Er sieht mich an, als serviere ich ihm eine Qualle zum Frühstück. »Nehmen Sie irgendeinen Stein, der Sie anspricht. Verlassen Sie sich auf Ihre Intuition.«

Er zögert.

»Kommen Sie. Kristalle beißen nicht.«

Seufzend langt er nach einem kleinen Stein mit tiefblauer Marmorierung.

»Ah, der Lapislazuli ... Interessant. Eine gute Wahl. Er schenkt Optimismus, hilft gegen schlechte Gewohnheiten und löst seelische Blockaden.«

»Seeli-, was?« Klirrend landet der Kristall zurück auf dem Tablett und bringt meine Anordnung durcheinander. Herr Grüning quält sich von dem bunten Meditationskissen hoch. »Hast du mich zu einer Hexe geschleppt? Bist du närrisch?«

»Aber nein, Herr Grüning ... Bitte! Ich bin studierte Psychologin.« Mit einer knappen Handbewegung weise ich ihn an, sich wieder zu setzen. »Kristalle sind dafür bekannt, unter anderem das Nervensystem zu beruhigen. Sie dienen uns als Unterstützung im Leben. Ich gebe meinen Klienten gern ein wenig Starthilfe, denn das Erstgespräch ist für viele Paare besonders aufregend.«

Lächelnd halte ich seiner Frau das Tablett hin, von dem sie zögerlich einen milchig-trüben Stein mit rosa Färbung nimmt.

»Oh, der Rosenquarz. Planen Sie eventuell schwanger zu werden?«

Frau Grüning umschließt den Kristall mit den Fingern wie einen Schatz. »Ja, das auch, aber deswegen sind wir nicht hier.«

»Gut, dann lassen Sie uns beginnen.«

Mit dem Stabfeuerzeug zünde ich das Räucherstäbchen auf der Kommode und die dahinterstehenden Kerzen an. Anschließend setze ich mich gegenüber meinen Klienten im Schneidersitz auf mein violettes Meditationskissen.

Bei Herrn Grünings verstörter Miene hätte ich angenommen, dass er und seine Frau die Stühle vor meinem Schreibtisch als Sitzplatz wählen, doch es zeugt von Offenheit, gleich bei der ersten Therapiesitzung auf den Kissen Platz zu nehmen.

»Lassen Sie uns gemeinsam atmen.«

Herr Grüning wirkt mit seinen zusammengekniffenen Lidern, als würde er jeden Moment aus meiner Praxis stürmen. Aber seine Frau greift nach seiner Hand und scheint ihn mit ihrem vielsagenden Blick zu beruhigen.

»Richtig zu atmen, löst eventuelle Spannungen, die sie mitgebracht haben. Es ist mein übliches Vorgehen, ehe wir mit der Beratung beginnen. Schließen Sie bitte beide die Augen.«

Mit geschlossenen Lidern nickt Frau Grüning. Ihr Mann dagegen schnauft wie eine Lokomotive. Er ist nicht der Erste, der sich mit jeder Faser gegen meine Methoden sperrt, aber auch er wird mit der Zeit erkennen, wie gut sie ihm tun.

»Wir atmen tief durch die Nase ein.« Ich demonstriere meinen Klienten, was ich meine, und hole Luft. »Dann halten wir den Atem einen Augenblick an und lassen ihn durch den Mund wieder gehen.«

Die Grünings atmen, wie ich es ihnen vorgebe.

»Das Ganze noch einmal, bitte. Tief einatmen – Halten! – und wieder ausatmen.«

Als ich die beiden ansehe, lächelt Frau Grüning. Ihr Mann betrachtet mich noch immer wie eine Verrückte.

»Wir hätten zu diesem Bock am Jungfernstieg gehen sollen«, raunt er. »So, wie ich es vorgeschlagen habe. Ich kann uns dort einen Termin holen, wenn du willst.«

»Scht, Peter! Sie soll auf ihrem Gebiet die Beste sein.«

Das bin ich.

Ich falte die Hände im Schoß. »Bitte erzählen Sie mir, weshalb Sie zu mir gekommen sind.«

Stille. Die übliche Reaktion auf meine Frage. Seit Schulzeiten hat sich in den Köpfen meiner Klienten nichts geändert. Niemand möchte anfangen. Nun heißt es, geduldig und freundlich zu sein, bis einer von ihnen …

»Wir …«, beginnt Frau Grüning, so, wie ich es erwartet hatte. Vermutlich hat sie ihren Mann zu dieser Paartherapie angeregt. »Wir sind seit zwei Jahren verheiratet – glücklich verheiratet. Wir lieben uns. Nicht wahr, Peter?«

Ihr Mann nickt.

Erneut breitet sich Schweigen in meinem Tempel aus. Vielleicht hätte ich zusätzlich Sandelholz räuchern sollen, um die Nervosität im Raum mehr einzudämmen.

»Was darf ich für Sie tun, wenn Sie beide glücklich verheiratet sind?«

»Wir ...« Verlegen sieht Frau Grüning ihren Mann an. »Besser gesagt, ich, ich möchte an unserem Liebesleben arbeiten, bevor unsere Ehe darunter leidet.«

Das unzufriedene Brummen von Herrn Grüning taucht die Wangen seiner Frau in ein zartes Rosa.

»Bitte, reden Sie weiter, Frau Grüning. Mein kleiner Tempel ist ein sicherer Ort. Hier muss sich niemand seiner Worte schämen.«

Sie nickt. »Wir haben einen Ehevertrag, wissen Sie? Peters Wunsch ist es, dass wir drei Mal die Woche miteinander schlafen.«

»Ich verstehe.« Mit einem wohlwollenden Lächeln versuche ich, Herrn Grüning zum Reden zu bringen.

»Sonntags, dienstags und donnerstags«, sagt er mit durchgedrücktem Rücken. »Passt hervorragend in meine Arbeitswoche.«

Ich nicke seiner Frau zu, die jedoch schweigt.

»Und drei Mal die Woche ist Ihnen, Frau Grüning, zu viel?«

»Nein!«, schießt es aus ihr heraus. »Ganz und gar nicht.«

»Gut. Was ist es dann? Weshalb sind Sie beide zu mir gekommen?«

»Es ...« Meine Klientin scheint die passenden Worte nicht zu finden und kaut auf ihrer Unterlippe. »Es ist der Druck. Die Pflicht, genau an dem Tag um genau die Uhrzeit ... bereit für unsere Liebe zu sein. Verstehen Sie?

Mein Peter hat sogar die Farbe der jeweiligen Unterwäsche vertraglich geregelt. Verstehen Sie mich nicht falsch, ich mag die Farben. Besonders das dunkle Rot mit der glitzernden Spitze gefällt mir. Ich liebe rote Unterwäsche, weswegen ich dem Ganzen auch zugestimmt habe. Nur ist in unserem Liebesleben kein Raum für die eigene Fantasie oder meinen Wunsch, zusätzlich an einem anderen Tag der Woche ... Sie wissen schon.«

Statt zu antworten, warte ich auf die Reaktion ihres Mannes. Für gewöhnlich rechtfertigt sich der Gegenpart und möchte seine eigene Meinung kundtun. Doch mein Klient hüllt sich in Schweigen.

»Schlafen Sie gern mit ihrer Frau?«

Herr Grüning reißt überrascht die Augen auf. »Was geht Sie das denn an?«

»Peter!«

Beschwichtigend hebe ich die Hände. »Schon gut, Frau Grüning. Ihr Mann muss sich erst an die neue Situation gewöhnen. Das verstehe ich.« Bei meinen Worten wird sein versteinerter Gesichtsausdruck keinen Deut weicher. »Ich frage deshalb, Herr Grüning, weil ich auf etwas Bestimmtes hinaus möchte. Damit wir einen Schritt weiterkommen.«

Widerwillig nickt er.

»Gut. Also?«

»Also, was?«

»Schlafen Sie gern mit Ihrer Frau?«

»Ja, verdammt. Sicher tue ich das. Haben Sie Tanja mal angesehen? Das war Liebe auf den ersten Blick. Und das ist es nach wie vor.«

Frau Grüning grinst. Das Rot auf ihren Wangen intensiviert sich. »Ich sagte Ihnen ja, dass mein Peter und ich uns lieben.«

»Wunderbar. Liebe ist eine gute Grundlage, damit ich Ihnen helfen kann. Ich gebe meinen Klienten gern Aufgaben mit an die Hand, die sie in der Zeit ausprobieren können, bis wir uns wiedersehen.«

»Sowas wie Hausaufgaben?«

»So in der Art, Frau Grüning. Sehen Sie es mehr als eine Möglichkeit, an Ihrer Ehe zu arbeiten. Denn deswegen sind Sie zu mir gekommen.«

Beide nicken. Ein gutes Zeichen.

»Ich möchte, dass sie heute Abend miteinander schlafen.«

Herr Grünings Gesicht verdunkelt sich. »Heute ist Freitag, da ist Fußball. Das geht nicht. Sex gibt es sonntags, dienstags und donnerstags. Das hatten wir Ihnen doch erzählt.« Er lehnt sich zu seiner Frau. »Ich bin dafür, wir gehen zu dem Bock. Uli hat mir viel Gutes über dessen Methoden erzählt.«

»Scht, Peter, bitte.« Frau Grünings kleine Augen strahlen. »Ich möchte hören, was Frau Thorhoven zu sagen hat.«

Ich warte einen Moment, bis ich fortfahre. »Liebe ist nicht planbar, Herr Grüning – nicht auf Dauer. Dafür ist der Mensch zu ungestüm. Selbst die, die nach einem festen Zeitplan leben. Ich verstehe, warum Sie sich vertraglich absichern wollten, glauben Sie mir. Und wie Sie sehen, will Ihre Frau sich auch an Ihre Abmachung halten. Aber sie möchte mehr von Ihnen und wenn Sie das ebenfalls möchten, würde ich Sie bitten, sich heute miteinander zu vergnügen. Außerhalb ihres geregelten Liebeslebens.«

Je mehr ich rede, desto mehr glänzt die hohe Stirn meines Klienten. Mit der Hand zieht er am Rollkragen seines schlichten Pullovers.

»Ist Ihnen nicht wohl, Herr Grüning? Soll meine Assistentin Ihnen ein Glas Wasser bringen?«

Er schüttelt den Kopf, greift nach einem benutzten Taschentuch aus seiner Hosentasche und tupft sich die Stirn trocken. »Es ist unglaublich heiß bei Ihnen. Als wäre man in einer Sauna.« Seufzend steckt er das Taschentuch wieder ein. »Und es riecht wie in einem Puff.«

»Peter!« Meine Klientin reißt den Mund auf. »Woher weißt du bitte, wie es in einem Puff riecht?«

»Das war ... geraten.« Mit der flachen Hand wischt Herr Grüning sich ein weiteres Mal die Stirn, seine Frau lässt ihn nicht mehr aus den Augen.

»Das sind lediglich die Räucherstäbchen, Herr Grüning. Sie sorgen für Harmonie und Wohlbefinden in meinem Tempel. Das, was Sie riechen, ist der Duft nach Zimt und Zeder. Beides hilft dabei, Ängste und Anspannungen abzubauen.«

»Kann ich nicht bestätigen.«

»Herr Grüning, seit über zehn Jahren berate ich Paare, die glauben, ihre Beziehung sei gescheitert oder stehe kurz davor. Eine Paartherapie ist für viele der letzte Versuch, ihre Verbindung zu retten. Betrachten Sie mich als Ihre Kfz-Mechanikerin, die den Motor Ihrer Ehe wieder zum Laufen bringt.«

»Hörst du, Peter? Du liebst doch deinen Audi.«

»Das ist nicht dasselbe.« Herr Grüning mustert mich und den Ring an meinem rechten Ringfinger. »Wie lange sind Sie verheiratet?«

»Frag sie nicht so etwas. Das macht man nicht.«

»Wieso nicht? Sie wollte von mir wissen, ob ich darauf stehe, mit dir zu vögeln. Da kann ich ihr auch eine Frage stellen.«

»Sie müssen das nicht beantworten, Frau Thorhoven, wirklich. Der Peter ist nur gestresst, weil er außerhalb seines Kalenders mit mir schlafen soll.«

»Sprich nicht über mich, als wäre ich nicht vorhanden.«

»Tu ich gar nicht, Peter ... Sehen Sie? Nervös!«

»Schon gut, Frau Grüning. Bitte missverstehen Sie mich nicht. In meiner Therapie wird niemand gezwungen, etwas zu tun. Das ist nur ein Vorschlag. Eine Übung, bei der sie herausfinden, ob es Ihnen beiden an einem anderen Tag, außerhalb Ihres Vertrages, ebenso Vergnügen bereitet. Wir wollen die Spannung zwischen Ihnen auflockern. Den Druck lindern.« Ich lächle, um die aufgebrachte Stimmung zu mildern. »Und, um Ihre Frage zu beantworten, Herr Grüning, heute ist mein 19. Hochzeitstag.«

Der einzige Termin, neben dem Geburtstag meines Mannes, an den Babsi mich nicht erinnern muss.

»Respekt!« Anerkennend nickt er mir zu. »Führen Sie eine glückliche Ehe?«

»Peter, bitte! Das geht zu weit.«

»Kein Problem, Frau Grüning. Auch das ist eine legitime Frage.« Verständnisvoll sehe ich meinen Klienten an. »Ich denke schon, dass mein Mann und ich eine glückliche Ehe führen.«

»Sie denken? Das zeugt nicht von Kompetenz.« Selbstzufrieden verschränkt er die Arme vor der Brust. Seine Frau mustert mich neugierig.

»Für mich ist die Ehe nicht gut oder schlecht, schwarz oder weiß. Sie besteht aus unendlich vielen zarten Graustufen. Einige davon sind wunderschön – atemberaubend, möchte ich sagen. Die anderen dagegen lassen einen verzweifeln oder bringen einen sogar zur Weißglut. Auf die möchte man lieber verzichten, aber auch diese gehören zu einer Beziehung dazu. Das sind alles legitime Gefühle.«

Ich muss ein Grinsen unterdrücken, wenn ich daran denke, was ich für heute Abend geplant habe. Julius und ich brauchen diese gemeinsame Auszeit mehr, als ich mir eingestehen möchte.

»In meinen 19 Jahren Ehe ist viel geschehen. Trotzdem würde ich immer wieder behaupten, dass mein Mann und ich eine gesunde und glückliche Ehe führen.«

Die Grünings betrachten einander und ich bin zuversichtlich, dass die beiden problemlos meine Übung absolvieren werden.

Nach zwei weiteren Sitzungen komme ich dazu, meinen grünen Smoothie auszutrinken. Meine monatliche Saftkur zeigt erste Wirkungen. So energiegeladen, wie ich mich fühle, werde ich mit Julius die Vertretung meiner Eltern bis Weihnachten auf Fehmarn problemlos übernehmen können.

»Babsi?«, rufe ich durch die offene Tür. »Liegt mein Handy bei dir?«

»Nein.« Ich höre, wie sie die Schranktür hinter sich öffnet. »In deinem Mantel ist auch nichts. Vielleicht in deiner Tasche? Im vorderen Fach? Darin verschwindet es immer.«

Stimmt. Babsi kennt mich besser als ich mich selbst. Ich möchte Julius eine Nachricht schicken, dass ich mich auf heute Abend freue. Er weiß nicht, dass wir nach Mathildas Einweihungsfeier für ihre neue Wohnung in die Spätvorstellung von *Der Clou*, einem seiner Lieblingsfilme, gehen. Dieser Abend ist für unsere Beziehung besonders wichtig. In der letzten Zeit konnten wir kaum durchatmen. Der Arbeitsalltag hatte uns beide fest im Griff und wenn wir nicht aufpassen, entfremden wir uns.

Als ich den Boden meiner Handtasche erreiche, fällt mir ein, dass ich mein Smartphone bei Cheyenne auf dem Tresen habe liegen lassen. Ich habe Julius heute früh in seine Zahnarztpraxis gefahren und muss es bei seiner Assistentin vergssen haben. Das ist zwar Pech, aber kein Hindernis. Von so einer Kleinigkeit lasse ich mir nicht den Tag verderben.

Der feuchtkalte Wind peitscht mir ins Gesicht, während ich mit meinem Rote-Bete-Saft in der Hand die klapprige Tür meines Fiat Pandas schließe. Dass der Regen durch das kaputte Dach tropft, hätte ich bereits im Sommer beheben lassen sollen. Ich habe mir fest vorgenommen, das Loch gleich morgen auf Fehmarn von einer Werkstatt beheben zu lassen. Zuerst brauche ich jedoch mein Smartphone und einen Kuss von meinem Mann, um gut in den Feierabend zu starten.

Im Treppenhaus des Gebäudes rieche ich schon das Desinfektionsmittel, das aus der Praxis in den Flur hineinströmt. Es ist bereits nach 18 Uhr, aber ich weiß, dass Julius diese Woche wieder länger arbeitet. Seit Monaten wird seine Zahnarztpraxis überrannt – ähnlich wie bei mir.

Vorsichtig öffne ich die schwere Glastür, damit ich den roten Saft nicht verschütte. Cheyenne scheint gegangen zu sein, um ihren Schreibtisch herum ist es dunkel. Wie eine Einbrecherin laufe ich auf Zehenspitzen durch den Eingangsbereich und schaue auf die Ablagefläche des Tresens. Neben dem grellen Monitor und der beleuchteten Tastatur steht ein benutzter Kaffeebecher mit Lippenstiftabdruck, zwei angebissene Muffins und eine mit bunten

Klebezetteln versehene Schreibunterlage. Mein Smartphone entdecke ich nicht und ohne Erlaubnis möchte ich keine von Cheyennes Schubladen durchwühlen.

Mathilda hat mir sicher schon geschrieben, welchen Weißwein ich für die Einweihungsfeier heute Abend mitbringen soll. Ohne mein Smartphone kann ich nicht einkaufen gehen. Und wenn ich die falsche Flasche mitbringe, darf ich mir das wochenlang von ihr anhören.

Als ich aufsehe, bemerke ich, dass es seltsam still in der Praxis ist. Die Garderobe ist leer, das Wartezimmer dunkel. Keine Bohrgeräusche. Kein Brummen. Kein unangenehmes Quietschen.

Allein aus dem Behandlungsraum 1 schimmert Licht unter der Tür durch. Ich trinke einen Schluck Saft und gehe den Flur entlang vorbei an der Toilette. Meine feuchten Schuhsohlen hinterlassen schmierige Abdrücke auf dem PVC-Boden.

Wenn ich kurz ins Zimmer hineinhusche, die Behandlung kaum unterbreche, sondern nur frage, wo mein Smartphone liegt, wird Julius mir sicher nicht böse sein.

Vor der Tür bleibe ich wie angewurzelt stehen, denn ein Kichern dringt dumpf in den Flur, das sich nach Cheyenne anhört. Das unbeschwerte Lachen der jungen Assistentin würde ich überall wiedererkennen.

Warum ich nicht sofort eintrete, weiß ich nicht. Ein ungutes Gefühl bahnt sich seinen Weg in mir hoch und befeuert meinen Puls. Meine Finger fangen an, zu zittern. Mit beiden Händen halte ich meinen Saft, damit mir der Becher nicht entgleitet. Julius würde toben, wenn ich Rote-Bete-Saft auf seinem Flur verteile.

Vorsichtig halte ich ein Ohr gegen die Tür.

Nichts.

Im selben Moment komme ich mir dumm vor und schäme mich, dass ich meinem Mann eine Affäre unterstelle, nur weil seine Assistentin ein fröhliches Gemüt besitzt. Wahrscheinlich hat der Patient auf dem Stuhl gerade einen Witz gemacht.

Zur Beruhigung meiner Nerven nehme ich einen Schluck und lenke meine Gedanken in eine positive Richtung. *Mein Mann liebt mich. Ich liebe ihn.* Wir haben zwar länger nicht mehr miteinander geschlafen, trotzdem führen wir eine gesunde Ehe. Wir vertrauen einander und haben uns ein gemeinsames Leben aufgebaut. Wir feiern heute unseren 19. Hochzeitstag und sind glücklich. *Wir beide sind glücklich.*

Um meine innere Unruhe zu überlisten, atme ich tief durch und zähle leise bis fünf. Als meine Hand den Türknauf erreicht, bleibt mir für einen Moment das Herz stehen. Mit ausgestrecktem Arm verharre ich vor der Tür.

Julius lacht leise.

Ich kenne dieses Lachen. Dieses lässig erregte Lachen. Zwar hatte er es lange nicht mehr benutzt, aber ich weiß, wem es gehört. Wenn mein Mann sich an mich kuschelt und anfängt, mich zu streicheln, und seine Finger unter meinem Unterhemd hinaufwandern, lacht er auf genau diese Art und Weise.

Erschrocken halte ich die Luft an. Ich fühle mich, als würde ich aus meinem Körper treten und mitansehen, wie ich vor der Tür stehe, während mein Mann sich dahinter an seine Assistentin heranmacht.

Julius stöhnt, gefolgt von einem tiefen Sehnsuchtsseufzer. Cheyenne dagegen reiht sich mit lustvollen Geräuschen ein, bei denen sich mir vor Wut die Nackenhaare aufstellen.

Bis eben hatte ich noch gehofft, ich halluziniere oder werde bloß verrückt. Mit beinahe 45 Jahren kann man durchaus den Verstand verlieren, bei all dem Mist, der auf der Welt geschieht. Aber zu meinem Leidwesen ist mein Verstand klarer denn je. Und mich plagt nur ein Gedanke: *Tür öffnen! Öffne diese verdammte Tür!*

Andererseits könnte ich umdrehen und flüchten. Aus der Zahnarztpraxis stürmen und vorgeben, ich hätte nicht gehört, wie mein Mann und seine Assistentin sich hinter meinem Rücken vergnügen.

Ein schaler Geschmack breitet sich in meinem Mund aus. Übelkeit steigt in mir auf, als ich den Ehering an meiner rechten Hand betrachte. Ein schlichter Silberring. Genauso, wie Julius es sich gewünscht hat.

Mir wäre Gold lieber gewesen.

Alles in mir wehrt sich dagegen, wegzulaufen.

Ich brauche Gewissheit. Wie ferngesteuert drehe ich am Türknauf, den ich zusammen mit Julius für seine Praxis ausgesucht habe.

Atemlos blicke ich in den Behandlungsraum 1.

Mit heruntergelassener Hose steht mein Mann vor der weißen Kommode. Sein himmelblauer Wollpullover aus Kaschmir, den ich ihm letztes Jahr mit dem passenden Schal zu Weihnachten geschenkt habe, verdeckt einen kleinen Teil seines nackten Hinterns. Mit geröteten Wangen sieht er mich an, die hellgrünen Augen weit aufgerissen.

Wie benommen gehe ich ihm entgegen, bis ich den Untersuchungsstuhl erreiche.

Ein schrilles Quieken ertönt. Cheyenne sitzt auf der Kommode und klebt mit gespreizten Beinen an meinem Mann. Wie eine Zecke, die sich festgesaugt hat.

»Seid ihr bescheuert?«

Zorn, Trauer und Angst sind eine gefährliche Kombination. Mit der freien Hand greife ich nach dem Erstbesten, das ich finde; bewerfe beide mit den Einzelteilen des Zahnpflege-Sets, das für den nächsten Patienten bereitliegt. Doch das Klirren der Dentalwerkzeuge auf dem hellen PVC-Boden geht in meinen Schreien, meinem Kreischen, meinem Flehen unter.

»Ihr macht alles kaputt!«, brülle ich ihnen entgegen. Meine Lunge brennt wie Feuer. »Unsere ganze, verdammte Ehe, Julius ... Bedeutet dir das gar nichts? Du wirfst uns einfach weg?«

Julius bittet mich inständig, mich zu beruhigen. Er stellt sich vor seine Assistentin, als wäre sie sein wertvollster Diamant. Seine verlogenen Worte prallen an meinen Tränen ab, die mir wasserfallartig über die Wangen laufen. Ich fordere Gerechtigkeit, verlange Erklärungen, will meine Jugend und die letzten 25 Jahre meines Lebens zurück. Aus lauter Wut schmeiße ich meinen Smoothie nach ihnen, der beide von oben bis unten mit Rote-Bete-Saft bedeckt.

Cheyenne weint wegen ihrer Seidenbluse, Julius redet beschwichtigend auf sie ein. Nichts davon verschafft mir Befriedigung. Weder ihre Tränen noch ihre Verzweiflung. Das Einzige, das ich mir wirklich wünsche, ist, dass ich nach der Arbeit direkt nach Hause gefahren wäre.

Ein Jahr später.

Heute ist der erste Tag vom Rest deines Lebens

(Mahatma Gandhi)

Wenn es einen Preis für chronisches Zuspätkommen gäbe, würde ich ihn jedes Jahr gewinnen. Mit meinem Spekulatius-Milchshake, der eine extra große Portion Weihnachtssirup enthält, betrete ich mein Wartezimmer. Babsi begrüßt mich mit einer hochgezogenen Augenbraue, die zu einem täglichen Ritual geworden ist. Sie will nicht allzu böse auf mich sein, aber durchgehen lassen möchte sie mir meine Unpünktlichkeit auch nicht.

»Moin, meine Liebe.« Flüsternd versuche ich, sie zu beschwichtigen, denn die Tür zu meinem Tempel ist nur angelehnt. Vermutlich waren meine Klienten im Gegensatz zu mir überpünktlich. »Entschuldige. Hab mich verfahren«, füge ich zwinkernd hinzu.

»Du wohnst seit über einem Dreivierteljahr in deiner neuen Wohnung.« Babsi nimmt mir meinen schneeflockenbehangenen Mantel ab und hängt ihn in den Schrank hinter dem Tresen.

Seit Tagen ist es eiskalt in Hamburg mit gelegentlichen Schneefällen. Die Meteorologen prophezeien uns weiße Weihnachten, was ich am liebsten verdrängen würde. Auch dieses Jahr möchte ich das Fest in eine Flaschenpost stecken und über die Alster in die Elbe schicken. Auf Nimmernimmerwiedersehen.

»Dein 9-Uhr-Termin wartet.«

Babsi sieht müde aus; selbst ihre schwarze Lockenmähne hängt ihr lustlos über die Schultern. Ich wünschte, sie würde meinem Rat folgen und mit ihrem Mann in meinen Tempel kommen. Aber das letzte Mal, als ich sie darauf angesprochen habe, ist sie mir ausgewichen und hat die Überstunden ihres Mannes als Ausrede benutzt. Langsam habe ich das Gefühl, dass es ihr nicht recht ist, wenn ich mit ihr über ihre Ehe spreche.

»Die Adlers, richtig?«

Babsi nickt und hält mir die Schale mit den Toffees hin. Kurz überlege ich, dem Zucker zu widerstehen, denn üblicherweise mache ich vor Weihnachten eine monatliche Saftkur. Aber ... Mein Blick fällt auf den besonders cremigen Milchshake in meiner Hand. Wem will ich etwas vormachen?

Vier Bonbons greife ich mir und stecke sie für später in die ausgebeulte Tasche meines bunten Strickmantels.

Babsi sieht mich überrascht an, sodass ich mir eine Ausrede aus den Fingern sauge. »Der Zucker bereitet mich auf den leckeren Marmorkuchen meiner Großmutter vor.« Dabei setze ich ein breites mir-geht-es-gut-Lächeln auf.

»Ja, genau.« Mit einem Hauch von Mitleid schaut Babsi mich an. So, wie sie mich ungefähr seit einem knappen Jahr jeden Tag ansieht. »Das alljährliche Alpakafarm-Sitting steht an. Das wird dir guttun. Wann fährst du auf die Insel?«

Ich werfe einen Blick auf die Uhr.

»Noch heute, nach der letzten Sitzung.«

Für gewöhnlich fand ich es zeitraubend, in Abwesenheit meiner Eltern die Feriengäste auf dem Lindenhof zu betreuen. Immerhin habe ich Klienten, die ohne meine Hilfe verloren sind. Gerade zu Weihnachten häufen sich Notfälle wegen Streitigkeiten oder Trennungsgefühlen. Aber nachdem, was letztes Jahr zwischen Julius und mir geschehen ist, freue ich mich darauf, meinen Erinnerungen für ein paar Tage zu entkommen und nach Fehmarn zu fahren.

Als ich mich vom Tresen abwende, um in meinen Tempel zu gehen, hält Babsi mich zurück.

»Wenn du jemanden zum Reden brauchst, bin ich für dich da, Marie. An den Feiertagen allein zu sein, ist das Schlimmste, was einem geschehen kann. Das weiß ich aus eigener Erfahrung.«

»Dein Mann ist Arzt. Rufbereitschaft ist nicht dasselbe, wie getrennt leben, trotzdem danke für deine Worte. Ich weiß das zu schätzen. Mir geht es gut – wirklich!« Ich drücke ihr die Hand und lächle meine Sorgen weg. Meine neue Allzweckwaffe gegen aufsteigende Unsicherheit. »Außerdem werde ich nicht allein sein. Meine Schwester, meine Neffen und meine Großeltern sind da, dann die Gäste und natürlich die Alpakas. Eine schönere Erholung kann ich mir nicht vorstellen.«

Dass Julius und ich für dieses Jahr eine Reise nach New York geplant hatten, um dort unseren 20. Hochzeitstag zu feiern, verschweige ich. Wir wollten uns den Weihnachtsbaum am Rockefeller Center ansehen und auf der Eisbahn davor Schlittschuhlaufen.

Beim Gedanken daran steigen mir die Tränen in die Augen. Ich wende mich ab, gehe zur Tür meines Tempels und atme tief durch. Noch ein paar Sitzungen, dann fahre ich los. Nur noch ein paar Sitzungen.

»Moin«, rufe ich zuversichtlich in den Raum. Das Ehepaar Adler sitzt mit Kaffee in der Hand auf den Stühlen vor meinem Schreibtisch. »Entschuldigen Sie bitte die Verspätung.«

Nach einer freundlichen Begrüßung zünde ich Kerzen und ein Räucherstäbchen mit weißem Salbei an, das mir helfen soll, meine negative Energie und die des Tempels abzubauen. Danach nehme ich vor meinen Klienten Platz. Den Spekulatius-Milchshake stelle ich neben meiner Tastatur bereit. Trotz allem, was mich privat belastet, versuche ich, positiv eingestellt zu sein. Wenn es mir nicht gut geht, geht es meinen Klienten auch nicht gut. Und das ist schlecht für meine Praxis und meinen Ruf.

Das zufriedene Gesicht des Buddhas in dem Bilderrahmen hinten an der Wand, das ich gegen das blaue Mandala von Julius ausgetauscht habe, gibt mir Zuversicht, dass auch dieser Tag ein guter werden kann.

»Erzählen Sie bitte. Wie ist es Ihnen bei Ihrer letzten Übung ergangen? Konnten Sie beide mehr Nähe zueinander aufbauen?«

Das Ehepaar Adler sieht sich unentschlossen an.

Es wäre nicht das erste Mal, dass einem Paar eine Annäherung misslungen ist. Das ist kein Grund, aufzugeben.

»Seien Sie nicht enttäuscht, wenn es nicht gleich beim ersten Versuch funktioniert hat. Das kann passieren. Sie beide sind über 40 Jahre verheiratet. Verlorene Intimität wieder aufzubauen, braucht Zeit und Geduld. Druck ist da der falsche Weg. Wenn Sie möchten, kann ich Ihnen eine wei-«

Frau Adlers Hand schnellt in die Höhe. Ihre Finger sind mit mehr Klunkern bestückt, als ich Kristalle auf dem Tablett habe. »Das ist es nicht, Frau Thorhoven.« Sie fixiert ihren Mann und gibt ihm nickend ein Zeichen, das ich nicht deuten kann.

»Nicht? Was ist es dann? Sie können mir alles sagen, Frau Adler. In meinem Tempel sind wir ganz unter uns, das wissen Sie. Ehrlichkeit wird bei mir hoch angesehen.«

Herr Adler atmet schwer. Erst schaut er seine Frau an, danach mich. »Irma und ich haben Bedenken. Also, wegen unserer Therapie.«

»Bedenken? Geht es Ihnen zu schnell? Dafür habe ich Verständnis. Wir können uns einer anderen Strategie widmen, die sie langsa-«

Abermals hebt Frau Adler eine Hand. »Das meint mein Mann nicht, Frau Thorhoven. Konrad und ich, wir machen uns Sorgen. Sorgen um Sie und Ihre derzeitige Lebenssituation. Kürzlich haben wir erfahren, dass Sie geschieden sind, und wir haben Beden-«

Dieses Mal bin ich diejenige, die sie mit erhobener Hand unterbricht.

»Getrennt lebend, Frau Adler. Mein Mann und ich befinden uns im Trennungsjahr.« Wenn es eine Regel in meinem Tempel gibt, dann die, dass ich meine Klienten ausreden lasse. Aber in diesem Augenblick überkam es mich. Wie ein Schlag ins Gesicht fühlt es sich jedes Mal an, wenn mich irgendjemand auf meine gescheiterte Ehe anspricht. Hamburg ist eine Großstadt und doch ein kleines Dorf, in dem sich jeder kennt und jeder über jeden spricht.

Tief atme ich ein, um mein Herzrasen zu besänftigen.

»Noch sind mein Mann und ich nicht geschieden.«

»Wie auch immer.« Frau Adlers unsteten Blick kann ich schwer deuten. Bislang habe ich sie nicht als zurückhaltend erlebt. »Konrad und ich machen uns Sorgen, ob

Sie die geeignete Therapeutin für uns und unsere Eheprobleme sind.«

»Oh, das ist ...« Ich schnappe nach Luft, ein kurzer Stich durchzuckt meine Brust. Sie ist nicht die erste Klientin, die deswegen verunsichert ist. »Sie denken, ich könnte Sie nicht mehr ausreichend beraten, weil mein Mann und ich uns im Scheidungsjahr befinden?«

Frau Adler nickt. Ihr Mann schaut aus dem verschneiten Fenster.

»Machen Sie sich bitte keine Sorgen.« Meine Stimme klingt belegter, als ich es möchte. Der Kloß in meiner Kehle schwillt weiter an und nimmt mir fast die Atemluft. »Ich werde mich von meinem Mann scheiden lassen, aber das bedeutet nicht, dass ich nicht für Sie da bin. Ich bin weiterhin in der Lage, Sie professionell und sachkundig zu beraten.«

Die Miene meiner Klientin bleibt reglos und in mir wächst die Angst, dass bald niemand mehr meinen Rat suchen wird. Das darf nicht geschehen. Meine Praxis ist mein Leben.

Ich räuspere mich und hoffe, beide mit meinen nächsten Worten zu überzeugen.

»Manchmal, Frau Adler, muss sich ein Paar trennen. Manchmal hat man als Paar alles gegeben. Man hat alles versucht und kommt zu dem Schluss, dass die gemeinsame Zeit wertvoll und schön war, aber, dass man als Paar für die Zukunft nicht mehr zusammengehört.« Einen Teufel werde ich tun und ihr erzählen, dass ich mich scheiden lasse, weil Julius mich mit seiner Assistentin ein halbes Jahr lang betrogen hat. »Wenn man in der Beziehung alles gegeben hat, Frau Adler, darf man getrennte Wege gehen.« Bei jedem einzelnen Wort ist mir zum Weinen zumute. Nicht nur, dass ich in meiner Ehe versagt habe und Julius unsere Zeit mit Füßen getreten hat, jetzt zweifeln immer mehr meiner Klienten an meiner Kompetenz.

»Finden Sie nicht?«

Nachdenklich sieht sie mich an. Die Sekunden, in denen sie mich stumm betrachtet, fühlen sich wie Stunden an.

Dann zwickt sie ihren Mann in die Schulter, damit er sich vom Fenster abwendet.

»Ich denke, wir bleiben bei Ihnen.«

Herr Adler dreht sich lächelnd zu uns. Unwillkürlich frage ich mich, wie seine Mundwinkel ausgesehen hätten, wenn seine Frau sich entschieden hätte, sofort zu gehen.

Ich schicke ein kleines Dankgebet an meinen Buddha am Ende des Raumes, wobei ich mir die feuchten Hände an meiner gestreiften Leggings abwische.

»Dann erzählen Sie mir von ihren Erlebnissen, wenn Sie möchten, Frau Adler. Wie sind Sie beide mit der Aufgabe zurechtgekommen?«

Während meine Klientin spricht – ihr Mann stimmt ihr bei allem zu, was sie sagt – beruhige ich das Zittern meiner Hände unter dem Schreibtisch mit kontinuierlichen Streicheleinheiten. Das Schlimmste, was mir passieren könnte, wäre, wenn ich zu dem Chaos in meinem Privatleben, meine Praxis schließen müsste, weil meine Klienten mich wegen meiner bevorstehenden Scheidung meiden.

Das darf nicht geschehen. Das wird nicht geschehen!

Zuhause falle ich entkräftet auf mein Sofa. Der weiche, rote Stoff schmiegt sich an meinen ausgelaugten Körper, als wäre er dafür geschaffen worden, mich wie auf Wolken zu tragen. Der Duft der brennenden Lavendelkerzen auf meinem Glastisch hilft mir, Stress abzubauen und die innere Unruhe auszugleichen. Die offene Flasche Roséwein tut ihr übriges.

Ungeniert reiße ich das rot-weiße Knisterpapier des Schokoladenweihnachtsmanns mit den Zähnen auf, den mir Babsi zum Feierabend überreicht hat. Seinen Kopf stecke ich mir wie einen Lutscher in den Mund. Die zarte Milchschokolade schmilzt zwischen meinen Zähnen und schenkt mir einen Augenblick Glückseligkeit.

Als ich die Hälfte aufgegessen habe, fällt mir ein, dass ich bis Weihnachten mit einer Saftkur fasten wollte. Aber Rotweintrauben sind auch Obst, oder? Und Schokolade ist ebenso gut für die Seele wie Fasten.

Ein kurzes, hartes Lachen entweicht mir, das mich auf meine Nackenschmerzen aufmerksam macht. An das letzte Mal, dass ich zum Yoga gegangen bin, erinnere ich mich nicht mehr. So alt und unfähig habe ich mich noch nie gefühlt.

Meine Füße stecken in kuscheligen, warmen Socken, die meine Großmutter für mich gehäkelt hat. Gedankenverloren vergrabe ich sie im flauschigen Teppich. Das gute Stück habe ich mir gegönnt, nachdem mir Mathilda erzählt hatte, dass Cheyenne bei meinem Mann eingezogen ist. Einen Tag, nachdem ich ausgezogen war.

Ich lebe zwar im Umzugschaos und ertrinke auch noch nach Monaten in verschlossenen Kartons, dafür habe ich den gemütlichsten Teppich in ganz Altona.

Wenn ich eine meiner Klientinnen wäre, würde ich mir raten, die Sachen auszupacken und endlich mein Leben weiterzuleben. Doch ich bin noch nicht so weit. Ich bin so schnell aus meinem gewohnten zu Hause geflüchtet, dass es mir schwerfällt, mich in meinem neuen Umfeld einzurichten. Nach Feng-Shui ist mein Chi aus dem Schwung. Mir fehlt die Lebensenergie, was mich nicht wundert. Die mir zur Verfügung stehende Kraft stecke ich in meine Paartherapien. Zu Hause reicht es gerade für den feierabendlichen Gang auf das Sofa und den Griff zum Telefon, um mir bei meinem Lieblingsinder Chana Masala zu bestellen. Aber selbst darauf habe ich heute keinen Appetit.

Mit dem Hinterkopf versinke ich in den Sofakissen. Ich weiß, was mich quält. Heute wäre ich 20 Jahre verheiratet. Julius und ich wollten unsere Liebe mit einem Trip nach New York feiern. Gebucht hatten wir noch nicht, trotzdem hatte ich mich so sehr darauf gefreut, dass ich einen Reiseführer gekauft hatte. Der liegt nun verstaut bei meinen anderen Büchern in irgendeinem Karton und lacht mich aus.

Ehe mich meine aufsteigenden Tränen übermannen, trinke ich einen großen Schluck Rosé und genieße das anschließende Knacken der Schokolade zwischen den Zähnen. Alles verschmilzt zu einem süßen Traum aus Zucker und Alkohol. Wer braucht schon einen Ehemann, wenn er einen Spätkauf um die Ecke hat?

Ich nicht.

Mein plötzliches Schluchzen entfaltet sich zu einem ausgewachsenen Heulkrampf.

Wie konnte mir das passieren? Wieso habe ich nicht bemerkt, dass es in meiner Ehe kriselt? Ich bin Paartherapeutin, ich kenne die Anzeichen. Warum habe ich nicht gespürt, dass Julius sich einer anderen Frau zugewandt hat? Habe ich es nicht sehen wollen? Hat mich die Sicherheit, mein gewohnter Alltag blind werden lassen?

Die Fragen, die ich mir seit einem Jahr tagtäglich stelle, türmen sich in meinem Kopf zu einem chaotischen Knäuel auf. Mein Verstand will mir sagen, dass ich Julius vergessen muss. Mein Herz jedoch ruft den Namen meines

Mannes, hält an Erinnerungen fest, die nur wir beide geteilt haben. Unser sonntägliches Frühstücksritual, bei dem wir uns erst aus tiefster Seele geliebt und dann ausgiebig gefrühstückt haben. Unseren spontanen Kurztrip nach Mallorca, bei dem wir nicht aus dem Hotelzimmer gekommen sind oder unsere jahrelangen Versuche, schwanger zu werden.

All das liegt weit zurück und mir wird bewusst, dass wir uns als Paar im Laufe der Zeit verloren haben. Die Realität hat uns mit ihrem Stress, den Staus und den Steuern verschluckt. Wir haben vergessen, weshalb wir zusammen sind, haben nicht darauf geachtet, dass wir unsere Liebe in Ehren halten sollten.

Von nichts kommt nichts, würde meine Großmutter jetzt sagen. Sie hat gut reden. Sie ist über 60 Jahre mit meinem Großvater verheiratet.

Stumm genieße ich die Ruhe, die sich mit jedem weiteren Schluck in meinem müden Kopf ausbreitet. Mit einem Taschentuch wische ich mir die feuchten Wangen und werfe die Überreste auf den Stapel vor mir auf den Tisch.

Als die Weinflasche leer ist, überkommt es mich. Ich muss seine Stimme hören. Immerhin wäre heute unser 20. Hochzeitstag. Da gibt es die silberne Strumpfhose oder den kupfernen Becher oder so. Jedenfalls ist es eine Glanzleistung, auch wenn wir kurz vor der Ziellinie gescheitert sind.

Mein Smartphone fällt mir beinahe aus der Hand. Ich jongliere es über den Berg aus Taschentüchern in den sicheren Hafen meiner Finger. Mit geröteten Augen durchsuche ich meine Kontakte nach *Verräter* – mein neuer Kosename für Julius.

Es klingelt.

»Ja?«

Ich wage kaum, zu atmen. Seine Stimme klingt so vertraut wie meine eigene.

»Hallo?«

Wie ein dummer Teenager fühle ich mich, der bei seinem Schwarm einen Klingelstreich durchführt. Ich müsste bloß den Mund aufmachen, mutig sein, ihm antworten. Ihm sagen, wie sehr er mir fehlt. Wie sehr ich bereue, dass ich vorschnell gegangen bin. Wir hätten an unserer Ehe arbeiten können, oder nicht?

Aber all das kann ich nicht. Julius hat mich gehen lassen. Er hat nicht um mich gekämpft, hat mich nicht zurückgehalten, mich nicht gebeten, zu bleiben.

Meine Brust verkrampft sich.

»Marie? Bist du in Ordnung?«

Erschrocken lege ich auf. Er wusste, dass ich es bin. Diese verdammte Rufnummernanzeige!

Mit roten Wangen werfe ich das Smartphone zurück auf den Tisch, damit es mich nicht mehr verhöhnt. Mein Gesicht verstecke ich hinter feuchten Handflächen und bin froh, dass mich niemand sieht.

Allein zu leben, hat viele Vorteile.

Einen Atemzug später höre ich meinen Klingelton. Julius' Gesicht erscheint auf dem Display meines Telefons, darunter der Name *Verräter*. Das Bild stammt aus unserem Mallorcatrip. Sein warmes Lächeln, das Strahlen in seinen hellgrünen Augen treffen mich mitten ins Herz. Schnell drücke ich seinen Anruf weg. Er soll nicht denken, dass ich an unserem einstigen Hochzeitstag aufgelöst zu Hause sitze.

Mir geht es gut. Ich brauche sein Mitleid nicht.

Abermals klingelt das Handy. Julius lässt nicht locker.

Seine Fürsorglichkeit hat mich schon früher in den Bann gezogen. In mir wächst die Sehnsucht nach seinen

Armen, in denen ich mich immer zu Hause gefühlt habe. Sein hartnäckiges Klingeln ist wie Balsam für meine einsame Seele.

Hastig greife ich nach dem Smartphone.

»Es tut mir leid, dass ich dich angerufen habe«, sage ich rasch. »Wir hatten Funkstille vereinbart, ich weiß. Ich wollte dir eigent-«

»Marie?«

Ich schlucke. Das ist nicht Julius. Da ist eine weibliche Stimme am anderen Ende der Leitung, die sich stark nach meiner Schwester anhört.

»L-Lina?« Ich prüfe das Display und sehe das Foto meiner Schwester. Sie schmust darauf mit Pummel, ihrem ersten Alpaka-Hengst.

»Wer soll dich sonst mit meiner Nummer anrufen?«

Kurz überlege ich, ob ich ihr von Paul und Leon erzählen soll, die sich bei mir melden, um sich über ihre Mutter zu beschweren. Doch ich setze eine gespielt fröhliche Miene auf, atme durch und tue so, als hätte ich einen überaus amüsanten Abend.

»Was kann ich für dich tun, Schwesterchen?«

Es dauert ein paar Sekunden, bis sie mir antwortet. »Hast du getrunken?«

Es könnte ein ganzer Kontinent zwischen Lina und mir liegen. Meine ältere Schwester weiß immer, wann ich nicht ganz bei mir bin.

»Ich hatte einen sehr anstrengenden Tag.«

»Du sitzt auf einem Stuhl und hörst dir die Probleme fremder Leute an. Was kann daran anstrengend sein?«

»Sei nicht so. Du weißt, dass ich eine schlimme Phase durchmache.«

»Das ist ein Jahr her, Marie. Und du hast dich von ihm getrennt. Du hast die Beziehung beendet. Selbst schuld.

Aber weißt du, was tatsächlich schlimm ist? Auf seine Schwester zu warten, die einen wieder einmal im Stich lässt. Ich kann mich kein weiteres Weihnachten um die Tiere und die Gäste kümmern. Du wolltest längst auf Fehmarn sein und Abendbrot zubereiten.«

Kerzengerade sitze ich auf dem Sofa und ringe nach Worten.

»Ich ... Verdammt. Es tut mir unsäglich leid, Lina. Der ganze Tag verlief nicht nach Plan. Glaub mir, wenn du sel-«

»Es ist mir egal, wie furchtbar dein Tag angeblich gewesen ist. Du bist nicht der einzige Mensch mit Problemen. Das Haus ist voller Gäste, die einen schönen Urlaub auf Fehmarn verleben wollen. Unsere Eltern sind im wohlverdienten Kurzurlaub und du hast mir dein Wort gegeben.«

Nickend wische ich mir über die feuchten Augen. Gleichzeitig bin ich froh, dass Lina mir nicht gegenübersitzt. Ich glaube nicht an den Bösen Blick, aber wenn die tiefe Zornesfalte auf der Stirn meiner Schwester erscheint, möchte ich nicht mit ihr im selben Raum sein.

»Bist du noch da?«

Ich nicke.

»Marie? Wenn du aufgelegt hast ...«

»Habe ich nicht. Ich höre dich.«

Lina schnauft. Die Stille zwischen uns läuft mir eiskalt den Rücken hinunter.

»L-Lina?«

»Gleich morgen früh setzt du dich in dein klappriges Auto und kommst hoch. Wir erwarten einen weiteren Feriengast, dann sind wir fast ausgebucht und ich kann mich nicht um alles kümmern. Schaffst du das?«

»Ja, versprochen.«

Ohne ein weiteres Wort legt sie auf. Als hätte mich ein Wirbelsturm gepackt und durchgeschüttelt, greife ich nach dem Glas Wein und trinke hastig den letzten Schluck. Er beruhigt nicht annähernd mein rasendes Herz, so, wie ich gehofft hatte.

Mein Telefon zeigt mir mit mehrfachem Piepsen, dass Julius mich in der Zwischenzeit fünf Mal angerufen hat. Ich verfluche diese dämliche Rufnummernanzeige. Aber noch mehr verfluche ich, dass ich so blöd gewesen bin, sie nicht auszustellen.

Schnell vergrabe ich das Smartphone zwischen den Sofakissen und gehe zu Bett. Ich darf nicht riskieren, Julius erneut anzurufen. Wir leben getrennt. Er liebt eine andere Frau und ich muss mein Leben in den Griff kriegen.

Ein donnerndes Dröhnen reißt mich aus dem Schlaf. Die Müllabfuhr vor meiner Wohnung hat kein Erbarmen mit meinem schweren Kopf. Gähnend ziehe ich mir die wärmende Bettdecke über die Ohren, denn die grelle Sonne raubt mir fast das Augenlicht. Irgendwann muss ich die Gardinen aufhängen, die seit einem halben Jahr in meinem Bettkasten liegen.

Mit geschlossenen Lidern versuche ich, mich per Eilzustellung ins Land der Träume zurückzuschicken. Doch zum Rattern und den Kippgeräuschen gesellt sich ein Klingeln. Kein zaghaftes Glöckchen. Mehr ein entferntes, unnachgiebiges Läuten, das, je länger ich mich darauf fixiere, sich wie mein Telefon anhört.

Zögerlich strecke ich die Hand unter der Decke hervor und suche den Nachttisch ab. Nichts. Außer meinem Scheidungsratgeber, den ich bis heute nicht gelesen habe, ist die Oberfläche leer.

Stöhnend stehe ich auf. Zu meinem schweren Kopf und den Bohrgeräuschen gesellen sich kalte Füße. Denn zu allem Überfluss habe ich gestern nach der Arbeit vergessen, die Heizung wieder anzustellen. Die ganze Welt scheint sich gegen mich verschworen zu haben.

Mit zittrigen Händen schwinge ich mir den Strickmantel um meinen roten Pyjama mit Weihnachtsbaummotiven, stecke die Füße in warme Wollsocken und stapfe durch die Wohnung. Ehe das Klingeln verstummt, entdecke ich mein Smartphone zwischen den Sofakissen.

Zehn Anrufe in Abwesenheit. Die Hälfte davon stammt von Julius, die anderen von meiner Schwester. Aber Lina brauche ich nicht zurückzurufen. Es ist kurz vor neun. Ich weiß, warum sie bei mir Sturm klingelt.

Ich bin viel zu spät. Das Frühstück für die Feriengäste auf dem Lindenhof wurde längst serviert. Ich überlege mir rasch eine Notlüge. *Mein Auto ist nicht angesprungen, ich komme bald*, schreibe ich ihr. Als Antwort erhalte ich einen unzufriedenen Smiley mit hochrotem Kopf kurz vor der Explosion.

Am liebsten würde ich mich wieder in mein Bett verkriechen, aber versprochen ist versprochen. Und wenn ich Lina ein weiteres Weihnachten versetze, kommt sie persönlich nach Hamburg und schleift mich über die Autobahn auf die Insel.

Im Badezimmer unterziehe ich mich einer Katzenwäsche. Ich glaube nicht an Aliens, doch wenn ich morgens in den Spiegel schaue, sieht mich mittlerweile ein fremdes Wesen an. Wie eine Statistin aus *Planet der Affen*. Lustlose, rotblonde Haare. Tiefe Augenringe. Kissenabdrücke, die, wenn ich nicht aufpasse, den ganzen Tag überdauern. Falten ... unzählige Falten. Ich vermisse die Zeit, in der es ausgereicht hat, mir Wasser ins Gesicht zu spritzen, damit ich mich wie eine Göttin fühle, obwohl ich nur vier Stunden geschlafen habe. Heute brauche ich mehr als acht und muss danach zupfen, klopfen, rubbeln, tupfen, ölen und pudern, um einigermaßen salonfähig zu sein.

Wenn ich eins gelernt habe im Leben, dann, dass es zu kurz ist, um sich in steife, einengende Kleidung zu zwängen. Ich greife nach meiner Thermoleggins, dem bunten Strickmantel und den Winterstiefeln, während ich überlege, Julius eine Nachricht zu schicken. *Mir geht es gut, mein Anruf war ein Versehen. Mach dir keine Sorgen. Schöne Feiertage.*

Jedes Mal, wenn ich anfange, die Buchstaben zu tippen, verkrampft sich mein Magen. Das Bild, wie er mit heruntergelassener Hose seine Assistentin begattet, lässt mich nicht los.

Aber ich muss Julius hinter mir lassen. Ich muss weg, raus aus Hamburg und den Erinnerungen an meine gescheiterte Ehe entkommen. Ich will meine negativen Gefühle hinter mir lassen und mein Chi ins Gleichgewicht bringen. Nichts wünsche ich mir sehnlicher, als mich wieder wie ich selbst zu fühlen.

Wahllos werfe ich warme Kleidung in meine Reisetasche, packe meine Kristalle und Räucherstäbchen ein, stecke mein halbes Badezimmer in meinen kunterbunten Kulturbeutel und laufe in Wollmütze, Handschuhen und Daunenmantel das Treppenhaus hinab. Ein ungewohnt hellblauer Himmel begrüßt mich und weist mir mit seinen Sonnenstrahlen den Weg zu meinem Auto. Als ich die Tür öffne, fällt mir ein, dass ich den Beutel mit den Geschenken für meine Familie vergessen habe.

Schnell laufe ich wieder ins Haus und suche die Geschenke, bis ich sie in der Küche im Fach unter dem Spülbecken finde. Zurück am Auto pfeift meine Lunge und ich schwitze, dafür habe ich alles, was ich brauche.

Nachdem ich mir die Finger wundgekratzt habe, um meine Scheiben von einer dicken Eisschicht zu befreien, schere ich in den Hamburger Verkehr ein. Die Heizung läuft auf Hochtouren, trotzdem behalte ich Handschuhe und Mütze an. Durch das Loch im Dach ähnelt mein Fiat Panda einem Iglo auf vier Rädern.

Knapp zwei Stunden später sehe ich den stählernen Kleiderbügel mit seinen Rundbögen, der das Festland mit der Insel über dem Fehmarnsund verbindet. Obwohl ich viel zu selten auf die Sonneninsel fahre, grinse ich jedes Mal, wenn ich die Brücke überquere.

Links und rechts von mir taucht die wellige Ostsee in einem tiefen Dunkelblau auf. Nur das Meer schafft es, solche wunderschönen Blautöne zu zaubern. Automatisch beruhigt sich mein Puls und ich weiß, dass es eine gute Entscheidung war, nach Hause zu fahren. Umgeben von Natur, Tieren und frischer Luft werde ich die lang benötigte Ruhe finden.

Um nach Katharinenhof zu kommen, fahre ich mitten durch Burg. Das Kopfsteinpflaster am Marktplatz bricht meinem Auto fast die Achsen. Festgeklammert am Lenkrad schweift mein Blick über die Altstadt, die sich für die Weihnachtszeit herausgeputzt hat. Tannenbäume, Weihnachtskugeln und Lichterketten lassen die Fachwerkhäuser und Backsteinhäuser mit ihren Volutengiebeln und Schweifgiebeln erstrahlen. Die Lichter auf dem Weihnachtsmarkt neben dem Rathaus sind um die Mittagszeit leider noch erloschen.

Über die *Sahrensdorfer Straße* biege ich zwischen grünen Feldern und windschiefen Bäumen nach Vitzdorf ein, um wenige Augenblicke später Katharinenhof zu erreichen.

Der Lindenhof meiner Eltern liegt verborgen hinter einem Meer aus Linden, die seit mehreren Generationen auf dem weitläufigen Grundstück wachsen. Wie ein verstecktes, kleines Schloss wirkt das Herrenhaus, als ich die mit Bäumen gesäumte Allee hinauffahre und am Sammelparkplatz vor dem Hühnerstall einparke. Störtebekers Bellen kündigt mein Erscheinen an, denn dem Bluthund meines Großvaters entgeht nichts. Am Zaun neben dem Herrenhaus wackelt er mit den Schlappohren und wedelt vor Freude mit dem langen Schwanz.

Ich winke ihm zu, bleibe jedoch kurz im Auto sitzen, um auch innerlich anzukommen.

In meinem Bauch kribbelt es. Mir schräg gegenüber ragt das reetgedeckte Herrenhaus meiner Kindheit in den blauen Himmel. Vier Generationen leben dort unter einem Dach. Ich sehe Lina und mich, wie wir in unserer Jugend mit den Kindern der Feriengäste auf dem Sandweg davor Fangen spielen. Seither hat sich viel verändert, aber das dreistöckige Fachwerkhaus scheint kaum gealtert. Mein Großvater tut alles, damit die weiße Fassade leuchtet wie in 1789.

Zwischen einem blauen Kombi, der den Feriengästen gehören muss, und dem weißen Caddy meiner Schwester steige ich mit meiner Reisetasche aus. Die eiskalte Böe, die über den Hof fegt, lässt mich erschaudern. Schnell schließe ich den oberen Knopf meines Daunenmantels und laufe am Hühnerstall vorbei, der an die Scheune grenzt.

Ein frischer Duft nach Ostsee gepaart mit einem strengen Geruch nach Mist empfängt mich auf dem sandigen Vorhof. Ehe ich mich an die Vorbereitung des Mittagessens mache, möchte ich die knuddeligen Alpakas sehen. Linas Herde hat dieses Jahr ein weiteres Fohlen bekommen. Auf dem Bild, das sie mir im Sommer von Bratapfel geschickt hat, sah der Kleine aus wie ein karamellfarbenes Wollknäuel auf vier Beinen.

Mit Druck schiebe ich das rote Scheunentor auf, das laute Knarzen scheucht die Krähen und Tauben auf dem Dach hoch. Sofort rieche ich das Stroh und höre das Brummen der Alpakas. Ich folge dem Sandweg zum Stall der Tiere. Linas selbst gestrickte grüne Wollmütze, die sie von Großmutter zu Weihnachten bekommen hat, ragt zwischen langen Hälsen und den süßesten Überbissen auf, die ich je gesehen habe.

»Endlich, Marie!« Die angespannte Miene meiner Schwester sieht nach einem anstrengenden Morgen aus. »Hast du vergessen, welcher Weg nach Fehmarn führt?«

Zwischen Pummel, dem hellbraunen Wallach, und der schneeweißen Alpaka-Stute Törtchen schiebt sich meine Schwester mit einer Schere in der Hand zu mir durch. Kurz vor mir bleibt sie stehen und zieht sich ein paar Strohkrümel aus dem pechschwarzen Haar.

Ich versuche, sie mit einem Lächeln zu besänftigen. »Von Hamburg aus kann man Fehmarn nicht verfehlen, immer geradeaus.« Vorsichtig öffne ich die Stalltür, damit die neugierigste Stute von allen, Madame Muffin, nicht ausbüxt.

Für gewöhnlich sind Alpakas keine zutraulichen Tiere, sie brauchen ihre Herde und sind sich selbst genug. Aber Madame Muffin lässt es sich nicht nehmen, mich zu begrüßen. Ich streichele ihr über das warme, schwarze Fell am langen Hals und am Rücken. Unter ihrem frisch geschnittenen Pony schaut sie mich mit treuen Knopfaugen an. Als Lina auf mich zukommt, flüchtet sie.

Bevor meine große Schwester mit ihrer Predigt beginnen kann, umarme ich sie. Ihre dunkelgrüne Fleecejacke duftet, als wäre sie selbst ein Alpaka. Fest drücke ich sie. Nach wenigen Sekunden versteift sich Lina und löst sich von mir.

»Wo bist du gewesen? Du weißt doch, auf dem Lindenhof steht die Zeit niemals still. Wenn unsere Eltern ihren Urlaub antreten, brauche ich deine Unterstützung. Das ist einmal im Jahr. Warum schaffst du das nicht?« Sie verdreht die Augen. »Du brauchst gar nicht zu grinsen, Marie.«

Tue ich nicht, nicht absichtlich. Aber Lina sieht aus wie ein dampfender Teekessel mit glühenden Wangen.

»Nie kann ich mich auf dich verlassen! Schlimm genug, dass du mich mit dem ganzen Zirkus auf Fehmarn allein gelassen hast. Da kannst du dich ruhig ein einziges Mal an unsere Verabredung halten.«

Ich unterdrücke das Bedürfnis, meiner Schwester ins Wort zu fallen und warte, bis sie mich ansieht. Ihre Augen sind gerötet. Ein Anblick, den ich selbst von meinem Spiegelbild kenne. Irgendetwas bedrückt Lina. Der eine Tag Verspätung kann nicht der Grund für ihren kleinen Wutausbruch sein. Scheinbar bin ich nicht die Einzige, deren Chi aus dem Gleichgewicht geraten ist.

»Jetzt bin ich da, Lina.«

»Viel zu spät.«

»Besser zu spät als gar nicht, oder?«

Die tiefe Zornesfalte, die unter der Wollmütze auf ihrer Stirn hervorlugt, bestätigt mir, dass Lina anderer Meinung ist.

»Tief durchatmen, Schwesterchen. Du kannst dich nun in Ruhe um die Alpakas und deine Familie kümmern. Ich bin für die Gäste da.«

Aus der Ferne höre ich dumpfes Blöken. So ein seltsames Geräusch kenne ich von den Alpakas nicht.

»Ist Pudding wieder krank? Oder Cheesecake?«

Meine Schwester sieht mich an, als wäre ich eine Festländerin und keine gebürtige Fehmaranerin. »Hast du in der Großstadt vergessen, wie sich Schafe anhören?«

»Du hast Schafe?«

»Seit letztem Jahr. Ich wollte sie dir an Weihnachten zeigen, aber du hast es vorgezogen, in Hamburg zu feiern.«

»Ich hatte mich von Julius getrennt und brauchte eine Auszeit. Das kann man wohl kaum *feiern* nennen.«

Mit einem Dutzend Schokoladenweihnachtsmännern saß ich in einem Hotelzimmer und weinte in frische weiße Kissen, da ich es zu Hause mit Julius nicht ausgehalten hatte.

»Wenn du das sagst ... Jedenfalls habe ich auf einer Messe einen Züchter von Schwarznasenschafen kennengelernt und mich in die Rasse verliebt. Solche zuckersüßen Fellknäuel hast du noch nie gesehen. Wie Mini-Alpakas. Ursprünglich kommen sie aus dem Südwesten der Schweiz. Bei uns fehlen ihnen die Berge, deshalb brauchen sie mehr Pflege, und ...«

Es gibt nur zwei Themen, über die sich meine Schwester ausgiebig unterhalten mag. Ihre Familie und ihre Tiere.

»Willst du sie mir zeigen?«, unterbreche ich sie.

Die Trübheit aus Linas braunen Augen verschwindet. Sie zieht mich durch die Scheune, bis wir das gegenüberliegende Ende erreichen. Ihre gelben Gummistiefel quietschen unter ihrem harten Gang, bis hinter einer Wand aus kniehohen Holzlatten genüssliches Schmatzen ertönt.

»Das sind Pizza, Brezel und Lakritz. Paul und Leon haben sie getauft.«

Ich lächle. Selbst wenn ich wollte, ich könnte nicht anders. Seitdem ich mich von Julius getrennt habe, glaube ich nicht mehr an Liebe auf den ersten Blick. Aber als ich in die drei schwarzen Wollgesichter der Schafe schaue, bin ich schockverliebt. Ihre weißen, flauschigen Körper ähneln einer Dauerwelle aus den Achtzigern. Über den mittellangen Ohren tragen sie spiralförmige Hörner und erinnern mich dabei an Wesen aus antiken griechischen Mythen.

»Das sind ...« Ich habe ein großes Bedürfnis, meine Finger in ihr weiches Fell zu graben, halte mich jedoch zurück. Nicht jedes Tier mag es, angefasst zu werden. »Das sind die kuscheligsten Tiere, die ich je gesehen habe.«

»Nicht wahr?« Lina legt den Kopf an meine Schulter. Die tiefe Falte auf ihrer Stirn ist verschwunden. »Die Feriengäste fallen allesamt in Ohnmacht, wenn sie meine Schäfchen sehen. Einige kommen extra auf den Lindenhof, nur um mit ihnen zu schmusen.«

»Sind sie denn zutraulicher als die Alpakas?«

»Niemand übertrifft Madame Muffin, wenn es um Kuscheleinheiten geht. Aber die Schwarznasenschafe sind keine Fluchttiere wie die Alpakas. Pizza, Brezel und Lakritz sind besonders zahm. Durch die Schwarznasenschafe konnten wir diese Saison mehr Freudentränen bei Kindern und Erwachsenen verbuchen als im gesamten ersten Jahr mit den Alpakas.«

Ich bin im Kuschelhimmel und mir auf einmal sicher, dass Fehmarn die richtige Entscheidung war.

Hinter uns nähern sich selbstbewusste Schritte.

»Habe ich mich doch nicht getäuscht. So eine Rostlaube gibt es nur einmal auf der Welt.« Meine Großmutter steht in einer sauberen Spitzenschürze hinter uns, die Hände in die Hüften gestemmt. »Ihr sollt arbeiten, nicht schnattern.«

»Oma!« Ich eile meiner Großmutter entgegen und genieße ihre feste Umarmung. Ein wohlbekannter Duft nach Kaffee und Marmorkuchen umfängt mich und katapultiert mich zurück in eine sorglose Kindheit, die ich schmerzlich vermisse. »Ich wäre gleich zu dir gekommen. Ich wollte zuerst Lina und die Alpakas begrüßen.«

»Wir sind froh, dass du da bist, Kind.« Ich gehe mit großen Schritten auf die 50 zu, aber daheim gelte ich noch immer nicht als erwachsen. Wenn ich jedoch meine Großmutter mit ihrem ergrauten, hochgezwirbelten Dutt und dem neckischen Lächeln betrachte, gilt das auch für sie. »Lass dich mal ansehen, Kind. Dünn bist du geworden. Gibt es in Hamburg nichts Vernünftiges zu essen?«

Mich wundert es, dass sie meine Trennung von Julius mit keinem Wort erwähnt. Aber ich bin für jeden Augenblick dankbar, in dem ich nicht über ihn und unsere gescheiterte Ehe reden muss.

Mit dem behandschuhten Finger zeige ich auf meine Schwester. »Lina sieht nicht anders aus als ich. Dünn wie eine Bohnenstange.«

»He!« Mit der Faust knufft Lina mich in die Schulter. »Zieh mich da nicht mit rein. Jetzt bist du dran. Ich muss mir die Beschwerden von Oma jeden Tag anhören.«

»Was bitte für Beschwerden?« Großmutter sieht zwischen uns hin und her. »Ihr esst beide zu wenig, nur damit das klar ist. Das habt ihr schon immer. Ihr besteht nur aus Haut und Knochen. Mehr ist an euch nicht dran. Kein Wunder, dass ihr euch bei der Kälte mit Fleece- und Daunenjacken helfen müsst. Seht mich an!« Meine Großmutter breitet die Arme aus. »Kurze Ärmel und Schürze. Ich friere nicht.«

»Wo ist Opa?«, lenke ich sie ab. Ich möchte nicht weiter mein Gewicht thematisieren. Mein Aussehen ist mir derzeit vollkommen egal. »Störtebeker habe ich gesehen, aber ihn nicht.«

Meine Großmutter rümpft die Nase. »Der bringt Rosenkohl zu den Schmidts und tauscht ihn gegen Grünkohl. Den wollen wir morgen zum Mittagessen zubereiten. Ich wollte, dass er in der Küche hilft – war mir nicht sicher, wann du kommst. Aber der Lümmel hat es vorgezogen, zu Heinrich zu fahren. Hans-Jürgen denkt, ich merke nicht, dass er jedes Mal, wenn er bei den Schmidts gewesen ist, mit einer Fahne zurückkommt.«

»Macht Grete noch immer den besten Eierlikör der Insel?« Ich kann mein Grinsen nur schwer unterdrücken.

»Da kommt selbst der Pflaumenschnaps deines Großvaters nicht ran.«

Lina grinst ebenfalls. Ich weiß, woran sie bei Schnaps denkt: kitschige Weihnachtslieder und gläserweise Eierlikör im Dörfergemeinschaftshaus der Landjugend. Das Donnerwetter unserer Eltern, als wir betrunken zum Weihnachtsfest erschienen sind, werde ich niemals vergessen.

Arm in Arm schlendern meine Großmutter und ich über den Hof in Richtung Herrenhaus. Die kleinen Tannenbäume, die in einer Reihe vor dem Reetdachhaus gepflanzt wurden, erstrahlen im Schein goldener Lichterketten. Auch der Saal im Erdgeschoss ist hell erleuchtet. Vermutlich haben sich meine Neffen neben dem Kamin mit ihrer Modelleisenbahn ausgebreitet, die für ihr Kinderzimmer zu klein ist. In der Küche auf der anderen Seite ist es dunkel. Das wird sich gleich ändern, wenn ich das Essen für die Gäste und die Familie zubereite.

»Frau Moormann?«

Hinter uns läuft Alfred Tietjen, dem der Hof nebenan gehört. Mich kann er nicht meinen. Den Nachnamen meines Mannes darf ich erst nach der offiziellen Scheidung ablegen. Ich versuche, meine Großmutter zum Stehenbleiben zu bewegen, aber sie läuft weiter geradeaus, den Blick stur auf das Herrenhaus gerichtet.

»Frau Moormann, ich weiß, dass Sie mich hören. Ihre Enkelin hat sich zu mir umgedreht. Halten Sie mich nicht für einfältig!«

»Mach nicht so etwas, Kind.« Sie spricht so leise, dass ich sie kaum verstehe. »Du weißt doch, wie Alfred ist. Einmal am Tag lässt er seine schlechte Laune an uns aus.«

»Entschuldige!«, murmele ich noch, da überholt uns Herr Tietjen in seinem blauen Overall mit passender Fleecejacke und schwarzen Gummistiefeln. Dass er Schweinezüchter ist, riecht man selbst bei der steifen Brise, die über den Hof weht.

»Frau Moormann, ihr Störtebeker war wieder auf meinem Grundstück. Wann legen Sie den alten Köter an die Leine? Er hat mein Auto mit seinem Gestank markiert. Jeden Tag dasselbe! Warum bestrafen sie ihn nicht? Nur wenn Sie hart durchgreifen, wird der Hund seine Lektion lernen.«

Meine Großmutter reißt die stahlblauen Augen auf. »Unser alter Störtebeker? Das kann ich mir nicht vorstellen. Sehen Sie ihn sich an, Alfred, der Hund kann sich kaum bewegen. Ich muss ihn beinahe prügeln, damit er mit mir spazieren geht.« Ihr mitleidiger Blick ist bühnenreif, der von Störtebeker ebenfalls.

Hinter dem Zaun liegt der Bluthund reglos und flach auf der Seite. Die Schlappohren liegen ihm über der langen braunen Schnauze, so, als wäre er von uns gegangen. Genauso, wie mein Großvater es ihm vor Jahren beigebracht hat, sollte Alfred Tietjen das Grundstück betreten.

Auf der Miene des Nachbarn spielt sich ein explosives Schauspiel ab. Seine Stirn ertrinkt in Falten, sein Gesicht nimmt eine dunkelrote Farbe an.

»Frau Moormann, halten Sie mich nicht zum Narren. Jeden Tag muss ich mich bei Ihnen beschweren, weil ihr Köter keine Grenzen kennt. Gestern hat ihr Mann sich vor mir im Hühnerstall versteckt. Eine halbe Stunde stand ich davor und habe seinen Namen gerufen. Aber er kam nicht raus. Das ist nicht die feine fehmarnsche Art, Frau Moormann.«

Meine Großmutter greift sich Herrn Tietjens fuchtelnde Hand und tätschelt sie wie bei meinen Neffen, wenn sie sich eine Schramme zugezogen haben.

»Ich weiß, was Sie aufheitert, Alfred. Ein paar frische Eier. Wäre das nichts? Da kann Ihre Frau Ihnen schönes Rührei mit Speck machen. Was sagen Sie?«

Die angespannte Miene des Schweinezüchters verflüchtigt sich. »Aber nur die wirklich frischen.«

»Wie jeden Tag, Alfred. Wie jeden Tag.« Meine Großmutter schiebt mich an. »Geh du vor, Kind. In der Küche steht alles bereit. Heute gibt es Rosenkohl zum Mittag. Ich kümmere mich um Alfreds Eier.«

»Ist gut. Auf Wiedersehen, Herr Tietjen.«

Unser Nachbar guckt mich an, als hätte er den Sommer nicht vergessen, in dem Lina und ich seine Schweine aus dem Gehege befreit haben.

Einen kleinen Augenblick lang sehe ich beiden hinterher, wie sie zum Hühnerstall gehen. Dann laufe ich zum

Herrenhaus, ehe mir die Nase fast abfriert. Der Wind auf Fehmarn ist anders als in Hamburg; roh und rau, beinahe erbarmungslos, wenn man nicht die richtige Kleidung zur passenden Jahreszeit trägt.

Im Herrenhaus duftet es nach frischem Kaffee und selbst gebackenem Marmorkuchen, im Hintergrund läuft *Santa Claus is coming to town.* Die Schuhkästen im Flur für die jeweiligen Zimmer quillen beinahe über. Ich hänge meinen Daunenmantel zu den anderen Jacken und lege meine Stiefel samt Handschuhen und Mütze in das Fach für das Lilienzimmer. Es liegt direkt neben dem Badezimmer im ersten Stock. Auf diese Weise muss ich nicht an den anderen Zimmern vorbei, wenn ich duschen möchte.

Ein kleiner Griff in die Reisetasche, dann zünde ich ein Räucherstäbchen auf der Kommode an. Es soll innere Ruhe und Harmonie fördern. Der Rauch wird das Herrenhaus von jedweder negativen Energie reinigen, denn durch die Eingangstür muss jeder von uns durch. Den schwarzen Turmalin lege ich daneben, um den Schutz zu verstärken.

Mit weiteren Kristallen in der Tasche schleiche ich in selbst gestrickten Socken in den Saal, um auf den Fliesen keine kalten Füße zu bekommen.

»Lass das!«, keift Leon seinen Zwillingsbruder an. Meine Neffen umklammern eine Lokomotive, als ginge es um Leben und Tod. Vor dem Kamin liegt eine Eisenbahnlandschaft, die den gesamten Teppich einnimmt. Nur den langen Esstisch haben sie nicht mit Bahnschienen, Miniaturwald und kleinen Dörfern verbaut. »Mama hat gesagt, du darfst mir die Lok nicht wegnehmen.«

»Mama ist aber nicht da.« Paul entreißt seinem Bruder die Lok. Durch den Ruck fällt Leon rücklings auf den Hintern. Sein herzergreifendes Geschrei ähnelt einer Möwe, die am Strand um ein Brötchen kämpft. Den weißen Selenit aus meiner Hand lege ich auf die Auslage des Bücherschranks, um die Harmonie im Wohnzimmer zu fördern und negative Gespräche zu vermeiden.

»Wen haben wir denn da?«

»Tante Marie!« Paul läuft mir in die Arme. Er ist dünn wie ein Streichholz in seinen Jeans und dem selbst gestrickten Weihnachtspullover mit Schneemann. »Hast du uns was mitgebracht?«

»Nur wenn du Räucherstäbchen oder Kristalle magst.« Ich rubbele ihm den dunkelblonden Schopf, während er mir die Zunge herausstreckt.

Leon zieht an meiner Strickjacke. »Ich will auch!« Wie ein Flummi hüpft er an mir hoch und klammert sich an meiner anderen Schulter fest. Stöhnend versuche ich, beide Seiten im Gleichgewicht zu halten, versage jedoch. Wie ein Kutter bei stürmischem Seegang kippen wir drei zur Seite und landen gackernd auf dem Sofa.

»Na wartet!« Gnadenlos kitzele ich meine Neffen. Keine Stelle ist vor mir sicher, selbst ihre geringelten Strümpfe nicht.

»Nicht aufhören! Nicht aufhören!«, bettelt Paul. Leon fleht mich an, ihn loszulassen.

»Seid ihr jetzt lieb zueinander, ihr Monster?« Ich halte beide Jungs auf Abstand, damit sie sich nicht gegenseitig mit den dürren Beinen treffen.

»Mama hat gesagt, du darfst uns so nicht nennen.«

»Mensch, Leon. Bist du denn völlig bedeppert? Tante Marie macht bloß einen Witz.«

»Na! Redet man so mit seinem Bruder, Paul? Entschuldige dich, bitte.« Ich kitzele meinem Neffen die Füße, bis er tränenüberströmt vor sich hin jammert.

»Nein! Niemals!«

»Niemand kann dir helfen, Kleiner. Entschuldige dich!«

Leon hält es nicht mehr auf seinem Platz aus. Er krabbelt über das Sofa und unterstützt mich beim Kitzeln, bis Paul schreit.

»Sag es, Paul, sag es!«, fordert Leon. »Entschuldige dich nur ein einziges Mal.«

»Tut mir leid! Total leid!«

Rotbackig und außer Atem lassen wir von Paul ab.

Zwischen den Zwillingen sinke ich auf den Samtbezug des Sofas. »Warum müsst ihr euch immer streiten? Seid lieber froh, dass ihr einander habt. Nicht jeder hat so viel Glück, einen Bruder oder eine Schwester zu haben. Manche Kinder sind ganz allein.«

»Zwei gegen einen ist unfair«, beschwert sich Paul.

»Gar nicht.« Leon verschränkt die Arme vor seinem Pinguin-Pullover.

»Du hattest Verstärkung. Ohne Tante Marie hätte ich mich nie bei dir entschuldigt.«

Keiner von beiden hört mir zu, was mich nicht wundert. Zwischen dem Hauptbahnhof und dem Wäldchen zu unseren Füßen liegt jede Menge buntes Papier von Weihnachtsnaschereien.

»Das Leben ist nicht immer fair, ihr kleinen Monster.« Ich ziehe beide zu mir. »Jetzt kuschelt mit eurer Tante, bevor sie in die Küche muss.«

Je länger ich zwischen meinen Neffen liege und ihre warmen Körper an meinem spüre, desto schwerer werden meine Lider. Mein verkaterter Kopf meldet sich und ich wünschte, ich hätte gestern Abend keinen Wein getrunken. Nicht nur, weil ich heute energiegeladener wäre. Ich hätte auch keine unbeantworteten Anrufe von Julius auf meinem Smartphone.

Dass er es noch immer versucht, obwohl ich selbst nach dem fünften Mal nicht zurückgerufen habe, wundert mich. Aber er soll sich ruhig Sorgen machen. Ich hingegen werde ein fröhliches Weihnachtsfest mit meiner Familie verbringen. Meine Probleme habe ich über der Fehmarnsundbrücke durch das Loch in meinem Auto in die Ostsee geworfen.

»Der Rosenkohl schält sich nicht von selbst, Kind.«

Meine Großmutter steht im Türrahmen und blickt kopfschüttelnd in den Saal.

»Hilfe! Hilfe!« Mit wedelnden Armen rennt Paul auf seine Urgroßmutter zu. Die Stille ist dahin. »Die haben mich festgehalten und gekitzelt!«

Meine Großmutter streichelt ihm über den Kopf. »Das tut dir gut, Paulchen. Das stärkt den Charakter.«

»Aber ...«

Ich strecke Paul die Zunge heraus und quetsche mich an beiden vorbei durch den Türrahmen, um über den langen Flur ans gegenüberliegende Ende in die Küche zu gehen. Den gelben Citrin aus meiner Tasche lege ich auf den Kühlschrank. Er soll die Verdauung fördern und die Gesundheit steigern, damit die Bewohner dieses Hauses vor Krankheiten geschützt sind.

Hinter der Kochinsel in der Mitte entdecke ich neben dem Spülbecken mehrere Strünke Rosenkohl und einen riesigen Kartoffelberg.

»Wie viele Gäste erwarten wir?«

Meine Großmutter legt den Arm um mich.

»Die Rademachers sind wiedergekommen, mit ihren drei Kindern. Du weißt, er ist Lehrer, sie Kindergärtnerin. Ein weiterer Gast kommt zum Mittagessen. Er hat sich gestern kurzfristig angemeldet. Dann sind da Lina und die

Jungs, du, Hans-Jürgen und ich. Mit dir sind es zwölf hungrige Mäuler.«

Die Zahl sollte mich eigentlich abschrecken. Aber ich freue mich auf die Herausforderung, für so viele Menschen zu kochen.

»Kommt Patte nicht?« In den Schubladen suche ich nach einem scharfen Messer. Beinahe jedes Jahr bin ich auf Fehmarn, vergesse jedoch jedes Mal, wo in dieser großen Küche das Besteck liegt. Seit meine Eltern die Bauernküche meiner Großeltern renoviert haben, ist nichts mehr an seinem Platz. Dafür erstrahlen die Holzmöbel in einem warmen Ton und verbreiten Gemütlichkeit.

Meine Großmutter seufzt. Kopfschüttelnd reicht sie mir aus der Schublade neben sich ein kleines Küchenmesser.

»Hat Lina dir nichts erzählt? Zwischen Patrick und ihr herrscht dicke Luft. Die zwei benehmen sich wie Teenager.«

»Deswegen ihre schlechte Laune?« Mit einem Kuss auf die Wange bedanke ich mich und schneide mit dem Messer den Rosenkohl vom Strunk. Gleichzeitig meldet sich mein Schwestern-Radar. »Warum konsultiert Lina mich nicht, wenn sie Eheprobleme hat? Sie könnte Patte mit in meinen Tempel bringen. Paarberatung ist mein Leben. Ich kann helfen.«

Das Schweigen meiner Großmutter fühlt sich wie ein Dolch in meinem Rücken an. Stumm entferne ich die braunen Blätter vom Rosenkohl und ritze ein Kreuz in das jeweilige Ende.

»Ich mische mich nicht mehr in eure Kabbeleien ein, Kind. Dabei kann ich nur verlieren.«

Vor Schreck schneide ich mir in den Daumen und stöhne. »Kabbeleien? Seit wann kabbeln wir uns?«

»Du weißt, was ich meine.« Meine Großmutter greift nach meiner Hand und hält meinen Finger unter kaltes Wasser. »Lina hat dir nicht verziehen, dass du sie und Fehmarn verlassen hast. Dass du zu Julius nach Hamburg gezogen bist und deine Wurzeln ignoriert hast. Was meinst du, warum sie dich kaum anruft?«

»Sie hat eben wenig Zeit. Haben wir alle.« Mit einem Küchenhandtuch trockne ich meine Hand und widme mich danach wieder dem Rosenkohl. »Julius und ich haben geheiratet. Was hätte ich ihrer Meinung nach tun sollen? Mich im Stall verstecken, damit er ohne mich in Hamburg wohnt? Immerhin ist er in der Stadt aufgewachsen und hatte seine Assistenzstelle dort. Es lag auf der Hand, dass wir gemeinsam dahinziehen.«

»Aber nach seiner Assistenz hätte Julius auf Fehmarn eine Stelle als Zahnarzt finden können. Denkst du nicht? Du hättest dich mehr für uns und die Insel einsetzen müssen.«

Für einen Moment verkrampfen sich meine Finger. Ich muss aufpassen, dass mir das scharfe Messer nicht aus der Hand rutscht. In meinen Zwanzigern habe ich dieses Gespräch so oft geführt, dass ich aufgehört habe zu zählen.

»Du weißt, wie es damals war. Julius und ich waren verliebt und verheiratet. Wir wollten uns ein eigenes Leben aufbauen. Das wäre unter diesem Dach schwer geworden. Auf dem Lindenhof ist kaum Platz für eigene Entfaltung. Hier zählt das gemeinsame Anpacken, damit das Familienunternehmen wächst.« Ich werfe ein weiteres Rosenkohlröschen ins Sieb. »Lina lebt euren Traum. Ich dagegen ...« Unter der Spüle wühle ich nach Töpfen, bis meine Großmutter mir die Schranktür gegenüber der Kochinsel öffnet. »Den mittelgroßen, bitte.« Ich nehme den Topf entgegen und fülle ihn mit Wasser, um ihn auf das Kochfeld zu stellen. »Ich wollte Paaren helfen, ihre Beziehung aufrechtzuhalten und zu vertiefen. Seitdem ich das erste Mal unsere Gäste habe streiten hören, war das mein Traum.«

Meine Großmutter nickt. Ihrem unsteten Gesichtsausdruck nach möchte sie mir jedoch mehr sagen, als sie zugibt. Aber ich gehe nicht darauf ein. Ich will nicht hören, was sie über meine gescheiterte Ehe denkt oder darüber, was ich besser hätte machen können, wenn ich Julius früh genug überredet hätte, nach Fehmarn zu ziehen.

»Dann leg mal los, Kind. Um eins wird gegessen.« Zu meiner Erleichterung wendet sich meine Großmutter von mir ab und geht. »Ich bereite das Tulpenzimmer für unseren neuen Gast vor, falls du den Sparschäler für die Kartoffeln auch nicht findest.«

Dass ich mit den Augen rolle, sieht sie zum Glück nicht.

Im Türrahmen bleibt sie stehen. »Deine Paare hättest du auch auf Fehmarn therapieren können. Auf der Insel gibt es keine Praxis dafür. Ihr beide wärt auf Fehmarn glücklich geworden, hättet eine Familie gründen können und euch nicht auseinandergelebt. Auf Fehmarn hält man zusammen.«

Die roten Botten meiner Großmutter klackern im Flur, als sie geht. Automatisch füllen sich meine Augen mit Tränen.

Eine Familie gründen.

Bis heute habe ich es nicht übers Herz gebracht, meiner Familie zu beichten, dass ich Julius keine Kinder schenken konnte. Es lag nicht daran, dass ich nicht gewollt hätte oder wir uns nicht die Zeit dafür genommen haben. Jahrelang haben wir es versucht, bis festgestellt wurde, dass meine Eileiter verschlossen sind. Julius dachte an Adoption, aber für mich war es Schicksal, dass ich kinderlos bleiben sollte.

Schnell greife ich nach den Zwiebeln, damit niemandem auffällt, weshalb meine Augen brennen.

Als ich den Biomüll in die Tonne unter der Spüle kippe, rast ein silberfarbener Porsche 992 die Sandauffahrt entlang und schert im Eiltempo neben Linas Wagen ein. Ich schiebe die weiße Spitzengardine mit dem Blumenmuster am Fenster beiseite und erstarre, als ein Mann aus dem Auto aussteigt.

Er ist es.

Schwindel packt mich. Vor Schreck kralle ich mich am Wasserhahn fest. Was macht er auf dem Lindenhof? Ist er wegen mir hier? Ich lache auf. Warum sollte er sonst nach Fehmarn kommen? Woher weiß er, wo ich bin?

Während die Töpfe auf den Herdplatten blubbern und der Kasslerbraten im Ofen vor sich hin brutzelt, pirsche ich aus der Küche, den Flur entlang, vorbei an Linas Schlafzimmer und dem meiner Eltern. Vor der Waschküche verharre ich. Die Türklingel lockt Paul gerade aus dem Wohnzimmer.

»Psst.« Ich winke meinen Neffen zu mir. »Sag dem Mann an der Tür, dass ich nicht da bin. Du weißt auch nicht, wo ich bin. Verstanden?«

Mein Neffe hält die Hand auf und schaut mich mit großen graublauen Augen an.

»Ich habe kein Geld bei mir. Später, versprochen! Jetzt geh an die Tür.«

Die Klingel ertönt abermals, mehrfach hintereinander.

»Versprochen?« Paul sieht mich abwartend an.

»Versprochen! Bitte, mach schon!« So liebevoll, wie es mir möglich ist, schiebe ich den Jungen um die Ecke.

»Und nicht vergessen: Tante Marie ist nicht da und du weißt auch nicht, wann sie wiederkommt.«

Paul öffnet die Tür und ich halte den Atem an.

»Moin.« Der Klang seiner Stimme dringt mir unter die Haut. Was will er bloß? Hat Mathilda ihm gesagt, wo ich bin? Doch ich kann mich nicht daran erinnern, ihr von meinem Vorhaben erzählt zu haben.

»Willst du mich nicht reinlassen?«

»Tante Marie sagt, sie ist nicht da und sie weiß auch nicht, wann sie wiederkommt.«

Mist. Das macht der kleine Teufel mit Absicht. Wenn Paul denkt, dass er dafür eine Belohnung erhält, liegt er falsch.

»Das ist fein. Jetzt hol brav einen Erwachsenen, dessen Sätze ich verstehen kann.«

Er spricht mit meinem Neffen wie mit einem Hund.

»Bin schon unterwegs«, ruft meine Großmutter aus dem ersten Stock. Ich verschwinde in der Waschküche, damit sie mich nicht sieht.

So lautlos wie möglich schließe ich die Tür hinter mir. Als sie einrastet, rutsche ich mit den Wollsocken auf den Fliesen aus, stolpere nach hinten und schlage mir einen der Feudelstäbe gegen den Kopf, die an der Wand neben der Waschmaschine lehnen.

Ich erkenne mich selbst nicht wieder. Mein Herz rast, meine Wangen glühen und trotz meines wummernden Kopfs schiebt sich mir ein Grinsen nachdrücklich auf mein Gesicht, obwohl ich es nicht möchte.

Ihm auf dem Lindenhof zu begegnen, ist das Letzte, das ich für möglich gehalten hätte.

»Moin«, ertönt es aus dem Flur. Mein schneller Puls treibt mich nach vorn zum Schlüsselloch. Ich muss hören, was er über mich sagt. »Ich warte bereits seit mehreren Minuten. Haben wir telefoniert?«

Warum hat meine Großmutter mir nicht gesagt, dass er für mich angerufen hat?

Durch das Schlüsselloch beobachte ich, wie meine Großmutter Tom zu sich winkt. »Kommen Sie, schnell. In Ihrem feinen Anzug holen Sie sich bei diesen Temperaturen noch den Tod. Mein Mann sagt uns einen Wintereinbruch voraus. Ich dagegen behaupte, dass seine Schnapsnase ihm die Sinne vernebelt. Aber man weiß nie. Ein blindes Huhn findet auch mal ein Korn.«

Ich hatte vergessen, wie adrett er aussieht. Mit zurückgegelten Haaren sieht er wie ein Model für edle Herrenanzüge aus. Nicht zuletzt aus diesem Grund habe ich ihn nicht angerufen.

Meinen Neffen scheint Toms herausgeputzte Erscheinung nicht zu beeindrucken. Paul steht zwischen ihm und Großmutter und bewegt sich keinen Zentimeter.

»Ich bin Oma Moormann.« Kräftig schüttelt sie Toms freie Hand.

»Angenehm. Tom Feddersen. Ich hatte wegen des Zimmers angerufen.« Er lässt den Blick durch den Flur schweifen, der von den kleinen und großen Froschfiguren meiner Großmutter übersät ist. »Katharinenhof liegt weiter von Burg entfernt, als ich dachte.«

»Das sagen viele Gäste, machen Sie sich keine Sorgen. Die Ostsee befindet sich dafür um die Ecke.« Meine Großmutter wendet sich an Paul. »Trag bitte seinen Koffer hoch. Herr Feddersen bekommt bis Weihnachten das Tulpenzimmer. Weißt du, welches das ist?«

Nickend greift mein Neffe nach dem silbernen Hartschalenkoffer und hält die Hand auf. Ich dagegen warte darauf, dass Tom nach mir fragt. Warum hat er mich noch mit keinem Wort erwähnt?

»Was sind denn das für Manieren? Willst du unserem Gast seine Cents aus dem Ärmel ziehen?«

Als Paul mit dem Koffer vor meiner Großmutter die Treppe hinaufflüchten will, hält Tom ihn zurück. »Schon gut, Frau Moormann. Für einen einfallsreichen Geschäftssinn habe ich immer etwas übrig.« Was Tom meinem Neffen aus seiner Hosentasche gibt, sehe ich nicht. Sein athletischer Rücken im silbergrauen Sakko versperrt mir die Sicht. Doch Pauls Augen leuchten, als stünde der Weihnachtsmann vor ihm. Rasch zieht er den Koffer die viertelgewendelte Treppe hinauf in die erste Etage.

»Wollen Sie gleich zum Mittagessen bleiben oder ...« Meine Großmutter hält mitten im Satz inne und verzieht das Gesicht. Riecht sie erst jetzt mein Räucherstäbchen im Flur?

»Marie?«

Meine Großmutter ruft nach mir. Und ich weiß, warum. Der Duft nach Angebranntem zieht durch das Schlüsselloch. Habe ich den alten Ofen etwa zu heiß eingestellt? Schlimm genug, dass Tom auf dem Lindenhof aufgetaucht ist und ich mich vor ihm verstecke, als wäre ich der Pubertät nicht entkommen. Jetzt droht das Mittagessen zu verderben und ich kann mich nicht kümmern.

»Warten Sie bitte, Herr Feddersen. Ich sehe nach dem Rechten.«

Wie erstarrt stehe ich hinter der Tür. Wenn mich meine Großmutter nicht am Ofen findet, darf ich mir allerlei Vorwürfe anhören. So schnell wie möglich, muss ich aus der Waschküche. Durch das Schlüsselloch sehe ich, dass Tom mit seinem Smartphone beschäftigt ist. Ich könnte in den Flur stürmen und eilig an ihm vorbeilaufen. Aber ich kann mich nicht überwinden, die Türklinke zu drücken und ihm in seine dunklen Augen schauen.

Es muss einen anderen Weg geben.

Da! Die schmale Fensterfront über den Waschmaschinen und dem Trockner. Das letzte Mal, dass ich dadurch unbemerkt verschwunden bin, ist eine Ewigkeit her. Sogleich rutsche ich auf meinen Wollsocken den Maschinen entgegen und klettere hinauf. Mein rechtes Knie verfehlt die Abdeckung nur um wenige Millimeter und schlägt wuchtig gegen die Kante.

Der stechende Schmerz zwingt mich beinahe in die Knie. Nur schwer halte ich mich aufrecht, presse die Lippen aufeinander und hieve mich stöhnend zum Fenster.

»Marie!«

Dem ungehaltenen Tonfall meiner Großmutter nach zu urteilen, sollte ich mich gleich auf das Festland absetzen, wenn ich aus dem Fenster gekrabbelt bin.

Mit einem Ruck löse ich die eingerostete Verriegelung. Eiskalte Luft dringt in die Waschküche. Zum Glück habe ich Thermoleggings, Wollsocken und eine wärmende Strickjacke an.

Mit dem Kopf voran schiebe ich mich durch die Öffnung, weit komme ich jedoch nicht. Entweder ist der Rahmen geschrumpft oder ich bin seit meiner Jugend um die Hüften herum breiter geworden. Mein Bauch schabt an der Unterkante der Öffnung. Jede Vorwärtsbewegung schmerzt, ein Zurück gibt es nicht, denn meine Strickjacke hat sich an der Verriegelung verfangen.

»Lina?« Ich rufe in Richtung Stall, damit meine Schwester mir hilft. Mein Oberkörper wird jede Sekunde kälter, während mein Hinterteil in der Waschküche mollig warm bleibt. »Hilfe! Lina?« Ich könnte mich dafür ohrfeigen, dass ich geglaubt habe, ich passe durch dieses Fenster. »Hilfe!«

Die Tür zur Waschküche springt auf. Die Hoffnung, dass meine Schwester mir zur Rettung eilt, verpufft, als ich eine männliche Stimme zu klackernden Budapestern höre.

»Kann ich Ihnen helfen?«

Ich möchte mich in Luft auflösen. Auf der Stelle. Tom steht hinter mir. Der herbe Duft seines Parfums mischt sich mit dem angebrannten Essensgeruch aus der Küche und zieht durch das Fenster an mir vorbei. Bilder schieben sich in mein Gedächtnis, die ich seit einem Jahr zu unterdrücken versuche. Aber meine Träume belehren mich regelmäßig eines Besseren. Träume, in denen ich Tom sehe, wie wir uns auf Mathildas Einweihungsfeier streiten und anschließend auf seinem Bett aneinanderschmiegen, um ...

»Ma-Marie, bist du das?«

Mein Nacken knackt leicht, als ich den Kopf zu ihm umdrehe.

»Tom?« Woher der schrille Ton in meiner Stimme kommt, weiß ich nicht. Als sich unsere Blicke treffen, intensiviert er sich. »Was machst du denn hier? Was für ein Zufall!«

Er beugt sich über die Waschmaschine, auf der meine Füße unruhig schaben. »Sollte ich das nicht lieber dich fragen? Was hast du vor?«

»Ähm, mir ist ...« Händeringend suche ich nach einer Erklärung dafür, dass ich ihm meinen Hintern ins Gesicht strecke. »Die Hühner ... Eins von ihnen ist wieder durch das offene Fenster in die Waschküche geflogen. Ich musste dem Huhn helfen, damit es sich nicht verletzt.«

Ich lächle. Nicht nur, weil meine Ausrede glaubhaft klingt, sondern, weil Toms Schmunzeln mir das Herz erwärmt.

»Soll ich dir helfen?«

»Ich ... ähm ... wäre dir unendlich dankbar. Meine Jacke hängt fest.«

»Ich sehe schon. Warte, das haben wir gleich.«

Seine kräftigen Hände umfassen meine Hüfte und ziehen mich vorsichtig aus dem Rahmen, bis ich vor ihm auf der Waschmaschine sitze. Das Kribbeln in meinem Bauch dringt mir bis in die weichen Knie und ich bin dankbar dafür, dass ich nicht stehe.

»Alles unversehrt?« Tom mustert mich wie ein Arzt. Die Kleidung eines Chirurgen würde ihm ebenso gut stehen wie dieser figurbetonte Anzug. »Du siehst halb erfroren aus.«

Seine Fürsorglichkeit habe ich nicht verdient und mein schlechtes Gewissen wächst mit jeder Sekunde. Zum Glück ist mein Gesicht von der Kälte gerötet, sonst würde er sehen, wie unangenehm es mir ist, dass wir uns wiedersehen.

Seine Finger gleiten zu meinem Kinn. Was immer er vorhat, ich muss es unterbinden.

Wie eine Schlange winde ich mich von der Waschmaschine, ohne dass er mich berühren kann, und zupfe meine Strickjacke über den Leggings zurecht. Das Gel in seinen schokoladenbraunen Haaren glänzt durch die Strahler in der Decke wie die Sonne auf der Ostsee.

»Was willst du auf Fehmarn? Wohnst du nicht in Hamburg?«

Toms besorgte Miene auf dem glatt rasierten Gesicht verändert sich bei meinen Worten. Er weicht vor mir zurück und verschränkt die Arme vor dem faltenfreien Sakko. »Du bist doch auch hier, obwohl du in Hamburg wohnst.«

»Ich habe einen Grund. Der Lindenhof gehört meiner Familie und das wusstest du. Ich habe es dir erzählt.«

»Ach, du erinnerst dich also an den Abend? Dann hat der Rotwein dir gar nicht das Gedächtnis gelöscht?«

Scharf sauge ich die Luft ein. Ist es das, was er denkt? Dass ich einen Blackout hatte und ihn deswegen nie angerufen habe?

»Hat es dir die Sprache verschlagen?« Einen Augenblick lang sieht Tom mich nachdenklich an. Dann legt er den Kopf zur Seite und lacht abfällig. »Denkst du, ich bin deinetwegen auf die Insel gekommen? Nimmst du etwa an, dass ich ganz Norddeutschland nach dir abgesucht habe wegen einer gemeinsamen Nacht?«

»Ich ... Wieso nicht?« Plötzlich fühlt es sich in meiner Strickjacke wie in einer Sauna an. »Meine Assistentin könnte dir gesagt haben, wo ich bin. Was solltest du sonst auf Fehmarn wollen?«

»Das geht dich absolut nichts an.« Tom kommt auf mich zu. »Du bist nicht das Zentrum meiner Welt, Marie. Du bist nichts weiter gewesen als ein One-Night-Stand. Eine flüchtige Kerbe an meinem Bettpfosten. Wenn du denkst, dass ich mich nach dir verzehre, nur weil du gesagt hast, dass du dich bei mir meldest, irrst du dich gewaltig.«

Seine Worte sollten mich freuen, tun sie aber nicht. Jede einzelne Silbe fühlt sich wie Messerstiche in meinem Herzen an. Zwar habe ich ihn absichtlich nicht angerufen, aber dass unsere Nacht für ihn bedeutungslos war, verschlägt mir den Atem.

»Da bist du ja! Hast du mich nicht rufen hören? Dein Essen ist fast verbrannt.« Meine Großmutter steht mit dem Kochlöffel im Türrahmen und blickt zwischen mir und Tom hin und her. »Was ist passiert?«

Tom schweigt. Seine Nasenflügel sind so sehr geweitet, dass ein Spatz darin Platz hätte.

»Eins der Hühner ist ... Also ... Durch das offene Fenster. Wie immer. Und ich habe geholfen ...« Mit akrobatischen Bewegungen versuchen meine Hände, die fehlenden Worte zu ersetzen. Aber die ergrauten Augenbrauen meiner Großmutter hängen ihr derartig tief im Gesicht, dass ich ebenfalls Plattdeutsch schnacken könnte.

Wie bei dem Finale eines Boxkampfes fühle ich mich. In der einen Ecke steht Tom, der mich mit seinem Blick am liebsten von der Insel katapultieren würde. In der anderen Ecke steht meine Großmutter, kurz vor der Explosion.

Die Waschküche ist überflutet mit negativen Gefühlen. Keine Kristallsammlung auf der Welt könnte diese Mengen an Negativität verbannen. Da hilft nur eine energetische Reinigung durch Ausräuchern. Leider habe ich in der Hektik des Packens mein Gefäß, den Weihrauch und den Klangkörper in Hamburg vergessen.

Deshalb tue ich das Zweitbeste. Mit gesenktem Kopf quetsche ich mich zwischen meiner Großmutter und den Türrahmen vorbei und verschwinde in die Küche.

Die Töpfe sind vom Herd, der Ofen ist leer. Ebenso leer wie ich mich fühle. Nicht, dass ich mich seit Monaten lebendig gefühlt hätte.

Geräuschvoll läuft Großmutter mir in ihren Botten hinterher. Ich starre aus dem Fenster über der Spüle, damit sie mein Gesicht nicht sieht.

Sanft drückt sie meine Schulter. »Geht es dir gut?«

»Wieso? Klar! Mir geht es bestens.« Meine Unterlippe bebt bei dieser Lüge. In mir brodelt ein Gefühlschaos, das sich mehr und mehr an die Oberfläche drängt.

»Kennst du Herrn Feddersen?«

Ich schüttele den Kopf. Das entspricht zwar nicht der Wahrheit, aber ich bin noch nicht bereit, über Tom zu reden. Das, was zwischen uns passiert ist, nachdem ich Julius mit seiner Assistentin erwischt habe, muss niemand erfahren.

»Nun gut, Kind.« Meine Großmutter umarmt mich von hinten. Ihre Wärme schenkt mir kurzfristig Trost. »Ich kümmere mich um die Dekoration im Saal. Die Rademachers sind eben hungrig zurückgekommen. Deren Lütten sehen aus wie kleine Eiszapfen mit roten Apfelbäckchen. Fühlst du dich in der Lage, das Essen zu servieren?«

Ich nicke und warte, bis die Geräusche von Großmutters Botten im Flur leiser werden. Danach sinke ich auf den kalten Küchenfußboden, winkele die Beine an und lege die Stirn gegen die Knie. Mein Herzrasen könnte auch eine Valium nicht stoppen.

Die brennenden Kerzen im Saal tauchen das große Wohn- und Esszimmer in ein gemütliches Licht. Im Hintergrund läuft *Driving home for Christmas*, eins meiner liebsten Weihnachtslieder. Anders als in der Sommersaison gibt es im Winter eine einzige Tafel, an der jeder Platz nimmt.

Das Ehepaar Rademacher sitzt um das hintere Kopfende herum und diskutiert für mein Empfinden etwas zu lautstark darüber, ob sie und ihre Kinder uns nach dem Essen mit Madame Muffin an den Strand begleiten. Leon und Paul haben sich neben Emma, Nils und Matteo gesetzt. Zusammen spielen sie *Ich sehe was, was du nicht siehst*, während ich den Tisch decke.

Ich sollte mich darauf fokussieren, wie Löffel, Gabel und Messer richtig um die Teller herum angeordnet werden, doch meine Aufmerksamkeit gilt Tom. Er steht an der breiten Fensterfront und schaut auf den Hof. Vermutlich fürchtet er, dass sein Porsche schmutzig wird. Seit ich den Saal mit dem Rollwagen voller Geschirr betreten habe, hat er sich nicht einmal umgedreht. Ich weiß nicht, was mich mehr ärgert, dass er ohne Vorwarnung im Haus meiner Eltern aufgetaucht ist oder dass er mich ignoriert.

»Marie?«

Wenn ich nur wüsste, was in seinem Kopf vorgeht. Ist es wirklich bloß Zufall, dass er auf dem Lindenhof ein Zimmer gebucht hat? Der Hof läuft auf den Nachnamen meiner Eltern und ist mit meinem Nachnamen nicht in Verbindung zu bringen. Jedenfalls nicht, bis die Scheidung vorüber ist und ich wieder Marie Moormann heiße. Ich wünschte, er würde sich einen Stuhl suchen, damit ich mir einen Platz ganz weit von ihm entfernt sichern kann.

Jemand räuspert sich. »Marie?«

Als eine Kuchengabel an einem Wasserglas klirrt, blicke ich mich um. Jens Rademacher mustert mich aufmerksam. Er trägt einen schlichten grauen Pullover zu einer ausgeblichenen Jeans. Die langen Beine überschlägt er seitlich am Tisch.

»Stör sie nicht beim Aufdecken, Jens.« Susanne zwickt ihn in seinen Unterarm. Ihr dunkelgrüner Wollpullover ist mit feinen Goldfäden durchzogen und erinnert mich an die Christbaumdekoration von vor ein paar Jahren. »Sie hat zu tun.«

»Lass mich, Susanne. Wenn du unbedingt mit dem Alpaka spazieren gehen willst, dann muss Marie darüber informiert werden. Wie soll sie sonst wissen, wie viele Gäste sie einplanen muss?«

»Kann das nicht bis nach dem Essen warten?«

Jens stöhnt. »Darf ich bitte eine Sache so machen, wie ich es möchte?«

»Tu, was du nicht lassen kannst. Du bist ein erwachsener Mann.«

»Sehr großzügig von dir.« Jens grinst. »Also, Marie, wir kommen nach dem Essen mit. Susanne und ich denken, dass diese Aktivität den Kindern guttun wird.«

»*Ich* denke das, Jens, nicht *du. Du* wolltest, dass sie ins Fehmarn-Museum gehen, damit sie mehr über die Insel lernen. Aber die Kinder haben Ferien und wollen mit Tieren spielen, keine langweiligen Exponate hinter Glas betrachten. Nicht jeder von uns ist Geschichtslehrer. Denk auch mal an uns!«

»Fang nicht wieder damit an.« Jens dreht sich zu seiner Frau und spricht in harschen, jedoch leisen Tönen mit ihr. Die Kinder sind so sehr in ihr Spiel vertieft, dass sie das flüsternde Wortgefecht hoffentlich nicht mitbekommen.

Solange ich mich an die Rademachers erinnern kann, streiten sie, sobald sie bei uns vor Weihnachten für ein paar Tage auf dem Lindenhof einchecken. Als Paartherapeutin juckt es mir in den Fingern, mich mit ihnen zusammenzusetzen, um herauszufinden, wie wir ihre aus dem Gleichgewicht geratene Paarwaage wieder ins Lot bringen können.

»Im Flur riecht es wie in einem Esoterikladen.«

Lina steht in Arbeitskleidung am Kopf der Tafel und streckt mir die Zunge heraus.

»Besser als nach deinen schmutzigen Gummistiefeln.« Ich ziehe ihr den Stuhl an der Ecke vom Tisch zurück und deute ihr mit einer kurzen Handbewegung an, sich zu setzen. »Oder willst du dich vorher umziehen? Paul und Leon haben sich für uns mit ihren Weihnachtspullovern in Schale geworfen.«

»Wozu? Nach dem Essen gehe ich zurück in den Stall und mache Madame Muffin abmarschbereit.« Die Kinder

der Rademachers jubeln, meine Neffen steigen mit ein und trommeln mit den kleinen Fäusten auf der weihnachtlichen Tischdecke. Ihre Freudenschreie bringen mich unweigerlich zum Lächeln. Die Rademachers beenden ihren Streit, selbst Tom dreht sich neugierig zu uns um.

Als sich unsere Blicke treffen, spannt sich seine Kiefermuskulatur an.

»Was ist denn das für ein Lärm?« Mein Großvater betritt den Raum. Das bärtige Gesicht rot, als käme er frisch vom Spielplatz. Seine Pfeife im Mundwinkel wippt munter, während er sich an den blauen Hosenträgern seiner Latzhose festhält. Die grauen Haare stehen ihm wirr vom Kopf.

»Uropa!« Mit weit geöffneten Armen laufen ihm die Zwillinge entgegen.

»Na, ihr Racker? Habt ihr Oma Moormann ordentlich auf Trab gehalten, als ich bei den Schmidts war?«

»Paul hat mich geärgert.« Leon zeigt auf seinen Bruder.

»Hat er das?« Bei dem strengen Blick meines Großvaters wird Paul jede Sekunde kleiner. »Hatten wir nicht besprochen, dass du ihn in Ruhe lässt?«

Pauls Unschuldsmiene ist oscarreif. »Nicht, dass ich wüsste.«

»Na, wenn das so ist …« Ehe mein Neffe fliehen kann, greift mein Großvater nach ihm und kitzelt ihn durch, die Pfeife fest im Mund. Ich kann nicht ausmachen, wer von beiden mehr lacht, aber alle im Saal stimmen mit ein.

»Jetzt ist genug, lasst uns essen.« Meine Schwester befreit ihren Sohn aus den flinken Händen unseres Großvaters. Er gibt ihr dafür einen Kuss auf die Wange, danach kommt er auf mich zu.

»Meine kleine Räucherhexe ist daheim.«

Zwei kräftige Arme umfassen mich, begleitet von einer Wolke aus Eierlikör und süßlichem Tabakduft.

»Gut, dass du wieder bei uns bist, mien Deern. Wir brauchen deine helfenden Hände.«

Für einen Augenblick überkommt es mich. Traurigkeit verdrängt meine Wiedersehensfreude wie stürmische Wellen den Sandstrand. Als hätte ich meinen Großvater seit Jahren nicht gesehen. Als hätte ich am anderen Ende der Welt gelebt und vergessen, wie es ist, ein herzliches Zuhause zu haben, in dem man bedingungslos geliebt wird.

»Na, na, na, mien Deern«, flüstert er mir zu. Ich ziehe meine Trauer so geräuschlos wie möglich hoch. »Nun bist du wieder da, wo du hingehörst.«

Meine Großmutter fährt mit einem weiteren Servierwagen in den Saal, als ich mich von Großvater löse.

»Ich war so frei.« Sie schiebt den Wagen mit köstlich duftendem Rosenkohl, Kartoffeln und Kasslerbraten an uns vorbei. »Setzt euch, ehe das Essen kalt wird. Ihr müsst einen riesigen Kohldampf haben.«

Köpfe nicken, Stühle werden zurechtgerückt. Aus dem Augenwinkel beobachte ich Tom, wie er sich mir gegenüber einen Platz an der Tafel sucht, während meine Großmutter und ich die Schalen auftischen. Drei Stühle sind zwischen Lina und Jens Rademacher frei. Innerlich bete ich, dass er klug genug ist, sich nicht die Mitte auszusuchen, sondern den rechten oder den linken Sitzplatz wählt, damit ich nicht neben ihm sitzen muss.

Meine Stoßgebete werden nicht erhört. Mit jeweils einem Platz Abstand zu seinen Sitznachbarn lässt er sich nieder. Als hätte er von Anfang an geplant, mir das Mittagessen zu ruinieren.

»Geht es dir nicht gut, Kind?« Meine Großmutter korrigiert die von mir bereits zurechtgelegten Bestecke in ihrer Anordnung, dabei huscht sie von Platz zu Platz. Sie trägt ein Schmunzeln auf den Lippen, das mir viel zu sehr nach Schadenfreude aussieht. Ist es so offensichtlich, dass mir Toms Gegenwart unangenehm ist?

»Warum sollte es mir nicht gut gehen?«

Mein schriller Tonfall bringt die Rademachers und Lina dazu, mich anzusehen. Sogar mein Großvater hat mich im Visier, während er an seiner Pfeife pafft. Nur Tom hält den Kopf gesenkt und betrachtet das Kännchen mit der braunen Soße, in die ich ein Extrastück Butter für die Seele eingerührt habe.

»Setz dich ruhig, mien Deern«, fordert mein Großvater mich auf. Meine Großmutter nimmt zwischen Tom und Lina Platz. »Oder willst du im Stehen Wurzeln schlagen? Und ihr anderen ...« Mit seiner Hand gleitet er über den reich gedeckten Tisch. »Bedient euch bitte. Wir freuen uns, euch alle bei uns zu haben. Lasst es euch schmecken.«

Der Duft nach leckerem, leicht angebranntem Essen steigt mir in die Nase. Mein Magen knurrt wie nach einer mehrwöchigen Fastenkur, doch meine Arme liegen reglos auf meinen Beinen und warten darauf, dass Tom anfängt, zu essen. Als ich eben nach der Soße greifen wollte, haben sich unsere Ellenbogen berührt. Ich hätte schwören können, dass er ebenso erstarrt ist wie ich. Einen weiteren Zusammenstoß will ich nicht riskieren.

Zum Glück hat niemand etwas bemerkt. Um uns herum schmatzt es fröhlich. Das Gericht scheint den Gästen und meiner Familie zu schmecken, was mich ebenso sehr freut wie die Tatsache, dass Tom endlich Messer und Gabel in die Hand nimmt.

Hastig greife ich nach den Schüsseln und sammele die Reste der Kartoffeln, dem Fleisch und dem Rosenkohl ein. Selbst von der Soße ist genügend übrig, die ich mir großzügig über mein Essen gieße.

»So, Herr Feddersen«, beginnt mein Großvater kauend. Ich kenne diesen Tonfall. Er stimmt sich auf ein ausführliches Verhör ein, das erst enden wird, wenn meine Großmutter lautstark Einspruch erhebt. »Was führt Sie auf unseren Lindenhof? Oma Moormann hat mir erzählt, dass Sie kurzfristig gebucht haben.«

Ich überlege, zu protestieren, damit Tom sein Essen in Ruhe genießen kann. Aber ich bin selbst an seiner Antwort interessiert. Wenn er nicht wegen mir nach Fehmarn gekommen ist, warum sitzt er dann an diesem Tisch?

»Der Zufall, wenn man so will, Herr Moormann.« Tom trinkt ein Schluck Wasser aus seinem Glas. »*Schlichter Zufall.*« Die letzten beiden Worte waren an mich gerichtet, so flüchtig, wie er mich dabei angesehen hat.

»Hans-Jürgen, bitte. Oder Opa Moormann. Herr Moormann ist mein Sohn und der befindet sich mit seiner Frau im Harz.« Mein Großvater greift nach seinem Glas und prostet Tom zu. »Und welchem Zufall haben wir es zu verdanken, dass Sie über die Feiertage unser Gast sind?«

»Ehrlich gesagt, mein Arzt hat mir eine Auszeit empfohlen. Er meint, ich stehe kurz vor einem Burn-out. Entweder ein paar Tage pausieren und frische Seeluft atmen oder ich lande im Krankenbett.«

»Burn-out? Sowas gibt es? Früher nannten wir das Faulenzen. Wir Fehmaraner haben dagegen ein-«

»Opa!« Ich kann nicht glauben, was ich da höre. »Du kannst unserem Gast keine Faulheit vorwerfen.« Ich werfe meiner Großmutter einen empörten Blick zu. Sie jedoch sieht nicht danach aus, als würde sie das Gespräch übernehmen wollen. Stumm isst sie ihre Kartoffeln und beobachtet Paul, der Leon gerade sein letztes Kasslerstück stibitzt.

»Schon gut«, entgegnet mir Tom, ohne mich dabei anzusehen. »Faul bin ich nicht, Opa Moor ... äh ... Hans-Jürgen. Eher das Gegenteil. Ich arbeite zu viel und achte zu wenig auf mich. Jedenfalls ist das die Erklärung meines Arztes dafür, weshalb ich über die Feiertage nicht in der Kanzlei arbeiten soll. Ich durfte nicht einmal meinen Laptop auf die Insel mitnehmen. Meine Schwester hat es mir verboten. Glauben Sie mir, so nackt habe ich mich noch nie gefühlt.«

»Als was arbeiten Sie denn?«, fragt Lina.

»Ich bin Scheidungsanwalt bei der Kanzlei Greifenstein, Feddersen und Struck. Zusammen kümmern wir uns um die Probleme der Hamburger, was Bau- und Immobilienrecht, Arbeitsrecht und Scheidungen betrifft. Sie finden keine engagiertere Kanzlei in Hamburg mit mehr Klienten als unsere.«

Bei Toms Ausführungen verkrampfe ich mich. Ich erinnere mich genau, wie ich diese Worte das erste Mal gehört habe. Mir ist selten jemand begegnet, der so sehr von sich überzeugt ist wie dieser Mann im feinen Zwirn.

Lina zwinkert mir über ihrem Wasserglas zu, ehe sie sich Tom zuwendet. »Sind es denn viele Scheidungen, um die Sie sich kümmern müssen, weil Marie versagt hat?« Sie grunzt vor Lachen, wie eins der Ferkel von Alfred Tietjen hört sie sich an, wenn die sich fröhlich im Schlamm wälzen.

»Ich verstehe nicht.«

Und ob er versteht. Tom kann nicht vergessen haben, was ich beruflich mache. Schließlich haben wir auf Mathildas Einweihungsfeier eine Ewigkeit darüber gestritten, ob eine Paartherapie sinnvoll ist oder nicht. Zwar weiß ich nicht mehr, wie die Diskussion ausgegangen ist, aber ich bin mir ziemlich sicher, dass ich die besseren Argumente hatte. Immerhin rette ich Beziehungen. Ich kämpfe für die Liebe. Tom dagegen verdient Geld damit, Paare zu trennen.

»Marie ist Paartherapeutin müssen Sie wissen. Sie führt auch eine Kanzlei in Hamburg.«

»Eine Praxis, Lina. Ich habe eine Praxis, keine Kanzlei. Das ist nicht das Gleiche.« Meine Schwester kennt sehr wohl den Unterschied. Warum sie mich gerade jetzt damit aus der Ruhe bringen will, ist mir schleierhaft.

»Dann helfen wir beide Menschen. Schön.«

»Pff.« Mit der Gabel spieße ich mein letztes Rosenkohlröschen auf und stelle mir vor, dass ich mit deren Zacken Toms teuren Porsche zerkratze.

»Was bitte soll das heißen?« Er dreht sich zu mir.

Mein erster Impuls ist auf meinen Teller zu starren, aber ich bin eine selbstbewusste, erwachsene Frau von 45 Jahren. Vor einem Scheidungsanwalt muss ich mich nicht verstecken.

»Nichts«, entgegne ich ihm, wobei ich seinem fordernden Blick standhalte. Wenn er gedacht hat, ich gebe klein bei, hat er sich geirrt.

»Jetzt tu nicht so, als wäre nichts gewesen. Dein *Pff* habe ich sehr wohl gehört.«

»Eben.« Mit dem linken Ellenbogen stütze ich mich auf dem Tisch ab und deute mit dem Zeigefinger provokativ auf seine Nase. »Denn du weißt genau, was das heißt.«

Um Toms Lippen liegt ein angespannter Zug. »Nein, Marie. Kläre mich bitte auf. Offenbar weißt du besser über mich Bescheid als ich selbst.« Er kommt mir so nah, dass seine Nase meinen Finger berührt. Schnell ziehe ich meine Hand zurück und verberge sie unter dem Tisch. »Was ist falsch daran, wenn ich sage, dass wir beide Menschen helfen? Du als Paartherapeutin und ich als Scheidungsanwalt.«

Er spielt den Unwissenden. Dabei kann er unser Streitgespräch nicht vergessen haben. Dieses Déjà-vu ist wie ein blinkender Osterhase zwischen all der Weihnachtsdekoration hier im Saal.

»Alles daran ist falsch. Du hilfst niemandem, außer dir selbst. Und deinem Portemonnaie.«

»Immer schön realistisch bleiben, bitte. Oder verdienst du mit deinem Job bloß Räucherstäbchen?«

Meine Schwester lacht dermaßen laut über Toms Sätze, dass ich die Argumente, die ich mir zurechtgelegt habe, vergesse.

»Bist du fertig, Lina?«

Kopfschüttelnd wischt sie sich die Augen. »Tut mir leid, Schwesterchen. Aber das war einfach zu komisch.«

»Pff ... Jedenfalls bedeutet *helfen* für mich, dass man Paare darin unterstützt, gemeinsam einen Weg zu finden, an sich und ihrer Beziehung zu arbeiten. Du entzweist Menschen und kassierst dafür horrendes Geld.«

»Das ist korrekt.«

Träume ich oder ist Tom so dreist, zu lächeln?

»Trotzdem übersiehst du bei deiner Anklage, dass ich Paare auf den eigenen Wunsch hin trenne. Niemand wird gezwungen, sich scheiden zu lassen. Ihre Ehe haben diese Leute allein in den Sand gesetzt. Aber genau an diesem Punkt komme ich ins Spiel. Ich helfe leidenden Seelen, könnte man sagen. Ohne Scheidungsanwälte gäbe es mehr körperliche und psychische Auseinandersetzungen in Ehen. Das ist statistisch erwiesen.«

»Ich glaube dir kein Wort.« *Leidende Seelen*, von wegen. Verbissen suche ich nach der passenden Reaktion auf diese offensichtliche Lüge.

»Als Oma Moormann und ich jung waren, da hat man seine Probleme selbst gelöst.« Mein Großvater pafft genüsslich an seiner Pfeife. »Niemand hat sich scheiden lassen, niemand hat sich bei irgendeinem Fremden ausgeweint. Wir haben uns zusammengerissen. Schmutzige Wäsche wird daheim gewaschen, nicht vor Fremden. Oder, Frida?«

Meine Großmutter nickt. »Jawohl, mein Lieber. Scheidungen sind für Menschen mit schwachen Nerven. Wie wollt ihr jemals die Goldene Hochzeit erreichen, wenn ihr euch nach einem Streit sofort scheiden lasst?«

Ihre Worte hängen wie dunkle Wolken über dem Tisch. Sowohl die Kinder als auch die Rademachers wirken beklommen und warten vermutlich auf den selbst gebackenen Marmorkuchen, den ich in der Küche bereitgestellt habe. Doch ich bin zu wütend, um aufzustehen und Süßes an die Gäste zu verteilen. Tom hat außerdem kein Stückchen davon verdient. Jemand, der die Zerstörung der Liebe fördert, sollte ohne Nachtisch nach Hause in die Kälte geschickt werden.

»Wisst ihr was?« Die aufgekratzte Stimme meiner Schwester lässt mich Schlimmes erahnen. »Mir kommt gerade eine wunderbare Idee. Du und Herr Feddersen, ihr beide solltet zusammen eine Praxis eröffnen ... Nun roll nicht gleich mit den Augen, Marie. Hör dir erst meinen Vorschlag an.«

Widerwillig nicke ich.

»Wenn deine Therapieansätze den Paaren nicht weiterhelfen, gibt es nebenan gleich den Scheidungsanwalt. Ihr wärt das perfekte Team.«

Ich wische mir den Mund und zerknülle meine Serviette zu einem Knäuel. »Sei nicht albern, Lina. Für nichts auf der Welt würde ich mit dem zusammenarbeiten wollen.«

»Dito.«

Dito. Toms Kiefer mahlt.

»Euer Verhalten ist echt seltsam.« Neugierig schaut meine Schwester uns an. »Kennt ihr euch von irgendwoher?«

»Nein!«, rufen wir beide zur selben Zeit.

Wenigstens darin sind wir uns einig.

Der Geruch nach Schnee breitet sich aus. Die ersten Flocken des Winters bedecken den Strand und die Ostsee am Steilufer von Katharinenhof mit einer zarten weißen Decke.

Madame Muffin unterhält die Kinderhorde vor uns in leichtem Trab und tänzelt elegant mit ihren Schwielensohlen über Muscheln und Kieselsteine. Susanne und Jens führen sie abwechselnd an der Leine, da sie sich nicht einig werden können, wer von beiden sie am besten über den Sand leiten kann. Der Alpakastute scheint es gleich zu sein. Sie erfreut sich am Quieken der Kinder, die mit ihren Fingern durch ihr Fell fahren und ihr jeden Strandfund vor die Nase halten, den sie bei unserem Spaziergang aufspüren.

Neben uns rauscht die Ostsee in leichten Wellen heran und lässt sich von den Schneeflocken nicht beeindrucken. Eine Möwengang paddelt zwischen zwei Schwänen hindurch, die ihre Hälse im Gefieder verbergen.

Meine Schwester bemerkt davon nichts. Sie fixiert Madame Muffin und zuckt jedes Mal, wenn eines der Kinder die Alpakadame streichelt.

»Mach dir keine Sorgen. Madame Muffin liebt die Aufmerksamkeit.« Ich hake mich bei ihr ein, damit wir gemeinsam dem Wind trotzen können. So steif wie Lina sich bewegt, setzt ihr entweder der Spaziergang zu oder die Tatsache, dass sie mir ihre Probleme mit Patte verheimlicht.

»Ich weiß. Es ist nur ... Sie ist an meine Jungs gewöhnt. Sie weiß, wie ungestüm die Zwillinge sind. Aber die anderen Kinder ... Das sind Gäste.«

»Emma, Nils und Matteo kommen regelmäßig auf den Hof. Es ist nicht ihre erste Berührung mit einem Alpaka. Du hast sie alle gut eingewiesen. Außerdem sind ihre Eltern direkt daneben.«

Lina verdreht die Augen. »Hast du gesehen, wie die beiden sich beim Essen benommen haben? Wenn Blicke töten könnten, hätten wir den Leichenbestatter bestellen müssen.«

Ich nicke. »Es wird jedes Jahr schlimmer. Wenn sich beide keine Hilfe holen, dauert es nicht mehr lang.«

»Dann enden sie bald bei Mister Porsche da vorn.« Lina zeigt auf Tom. Er geht in seinen Budapestern neben unserem Großvater im Sand. Die Bitte meiner Großmutter, sich die warmen Stiefel meines Vaters auszuborgen, hat er mit Nachdruck abgelehnt. Entweder ist er eingebildet oder sein edler schwarzer Wollmantel und der silbergraue Schal wärmen ihn mehr, als es den Anschein hat.

Augenblicklich wird Lina langsamer. »Was ist da zwischen dir und dem Feddersen?«

Es war nur eine Frage der Zeit, bis sie mich auf ihn anspricht. Aber ich bin noch nicht bereit, über ihn zu sprechen. Ich hole lieber zum Gegenschlag aus.

»Sag mir vorher, was zwischen dir und Patte ist. Warum war er nicht beim Essen?«

»Wer hat dir davon erzählt?«

»Ist das wichtig?« Ich ziehe Lina zu mir, da sie sich aus meinem Griff winden will. »Warum erzählst du mir nicht von euren Problemen? Ich kann helfen. Es reicht, wenn meine Ehe gescheitert ist. Ihr beide kennt euch, seitdem wir Kinder waren. Was immer zwischen euch steht, kann bereinigt werden, glaub mir! Ich kenne genügend Methoden und Tricks, mit denen ihr eure Ehe wieder in den Griff bekommt.«

Lina schiebt mich von sich. »Wann hörst du damit auf, dich in andere Beziehungen einzumischen? Was zwischen einem Paar vorgeht, geht nur die beiden etwas an.«

Verwundert sehe ich sie an. Wenn meine Schwester in Rage gerät, nur, weil ich ihr eine Paartherapie anbiete, ist etwas Schlimmes zwischen ihr und Patte vorgefallen. »Aber viele wünschen sich eine Beratung. Deswegen kommen sie zu mir.«

»Ich aber nicht und das weißt du.«

»Schon gut.« Ich greife mir wieder ihren Arm und ziehe sie mit mir. Ihre Gummistiefel schlurfen über den Sand und hinterlassen langgezogene Spuren. »Es ist nur ein Vorschlag. Du musst ihn nicht annehmen. Ich bin eine gute Zuhörerin, mehr wollte ich nicht sagen.«

Eine Zeit lang gehen wir schweigend nebeneinander her, bis Lina sich mit der freien Hand eine pechschwarze Strähne zurück unter die grüne Wollmütze schiebt. »Patte und ich leben getrennt.«

Mich trifft fast der Schlag. »Getrennt? Seit wann?«

»Scht!« Lina hält mich zurück, bis Tom und unser Großvater außer Hörweite sind. Ihren Blick hält sie auf Madame Muffin gerichtet, die von Jens gerade ans Steilufer geführt wird. Die Kinder und Susanne folgen ihm wie bei einer Polonaise.

»Patte ist probehalber zurück auf den Hof seiner Eltern gezogen. Den Kindern haben wir erzählt, dass er früh aufstehen und ihnen dort helfen muss. Er braucht eine Auszeit von mir ... sagt er.«

Ich kann nicht glauben, was ich höre. Lina und Patte sind füreinander bestimmt. Ich kenne kein Pärchen, dass besser zusammenpasst als diese beiden.

»Was ist zwischen euch passiert? Ist er auch fremdgegangen?« Wahrscheinlich liegt ein Virus in der Luft, das alle Männer in einem bestimmten Alter dazu verführt, ihre Gene bei anderen Frauen zu verbreiten.

Lina schüttelt den Kopf, ihre Augen werden glasig. Ich kann ihren Kummer gut verstehen. Der Gedanke, wie mein Schwager eine andere im Arm hält, lässt meine Erinnerung an Cheyenne und Julius wieder aufleben. Wie eine Gottesanbeterin hatte sie ihn mit ihren schlanken Beinen umklammert.

»Du solltest Julius verzeihen. Ihr solltet euch aussprechen. Ihr seid dumm, das wegzuwerfen, was ihr euch jahrelang mühselig aufgebaut habt.« Eindringlich sieht meine Schwester mich an. »Hast du ihn jemals gefragt, warum er sich einer anderen zugewandt hat? Ihr könnt eure Ehe mit Sicherheit retten. Noch seid ihr nicht geschieden.«

»Bitte, wie? Wo kommen denn diese Gedanken auf einmal her? Julius hat mich betrogen, Lina. Er hat unsere Liebe, unsere ganze Beziehung, all die gemeinsamen Jahre in den Schmutz gezogen. Außerdem ...« Diese Sätze laut auszusprechen, tut verdammt weh. »Außerdem hat er nicht um mich gekämpft, als ich gegangen bin. Er hat mich widerstandslos ziehen lassen.«

»Hast du ihm je eine Chance gegeben, alles zu erklären?«

Ungläubig sehe ich meine Schwester an. Ist sie etwa auf seiner Seite?

»Nein!«, antworte ich ihr. »Was sollte er groß erklären? Ein Teil von ihm steckte in seiner Assistentin. Cheyenne ist Anfang zwanzig; halb so alt wie wir. Da brauche ich keine Erklärung, warum Julius unser gemeinsames Leben nichts mehr bedeut-« Meinen Satz lasse ich ins Leere laufen. Meine Schwester wischt sich die Lider und mir fällt auf, dass ich sie, seitdem Störtebekers Freundin Tinchen bei einem Autounfall gestorben ist, nicht mehr habe weinen sehen.

»Was hat Patte dir angetan, Lina? Warum weinst du?«

Sie lacht kurz, während sie sich das Gesicht reibt. Mit geröteten Augen sieht sie mich an. »Patte ist ein Engel. Du kennst ihn. Er würde mir niemals das Herz brechen. Das war mit ein Grund, warum ich mich damals in ihn verliebt habe.«

»Und warum dann die Tränen?«

Als Lina nicht antwortet, ahne ich es.

»Du bist fremdgegangen, oder? Du warst es – nicht dein Mann.«

Lina lässt die Schultern hängen. Mit belegter Stimme flüstert sie: »Es ist auf dem Weihnachtsmarkt passiert. Es gibt keine Erklärung oder Entschuldigung für das, was ich getan habe. Aber ich war geschafft von der anstrengenden Saison auf dem Hof. Dazu die Jungs, die mir seit Monaten auf der Nase herumtanzen, weil ich jede freie Minute in die Tiere und den Onlineshop stecke. Hinzukommt, dass Mama und Papa uns den Lindenhof übertragen wollen, da ihnen die körperliche Arbeit zu viel wird. Und da ...«

Mir schwindelt es bei all den Informationen. Lina erbt den Hof? Nicht, dass ich ihn haben will, aber dass unsere Eltern die Verantwortung abgeben wollen, ist mir neu. »Sind Mama und Papa krank? Warum weiß ich nichts davon?«

Lina sieht durch mich hindurch, als wäre ich aus Glas. »Überleg mal, wie oft du auf Fehmarn anrufst oder gar vorbeischaust. Du bist nie da, Marie.«

»Ich wohne in Hamburg, nicht in Timbuktu. Ihr könnt mich bei solchen Schwierigkeiten nicht außen vorlassen.«

»Ich wollte es dir sagen, aber ich wurde von ihnen überstimmt. Unsere Eltern sind sturer als die Schwarznasenschafe. Sie wollten dich und dein Leben in Hamburg nicht noch mehr durcheinanderbringen.«

Mir brummt der Schädel. »Ihr könnt mir nicht solche Informationen vorenthalten. Ich bin ein Teil dieser Familie.«

»Du bist gegangen.«

»Nach Hamburg!«, brülle ich. Alle anderen schauen mich an. Rasch setze ich zwischen den fallenden Schneeflocken ein flüchtiges Lächeln auf. »Nichts passiert!«

Ich bin mehr aus dem inneren Gleichgewicht geraten, als ich gedacht habe. Das Beben meiner Stimme kann ich nur schwer unterdrücken. »Ich bin nach Hamburg gegangen, ja. Aber ich war immer in der Nähe. Ihr hättet mir sagen sollen, wenn ihr mehr Unterstützung gebraucht hättet als einmal im Jahr zu Weihnachten. Julius und ich wären dann öfter nach Fehmarn gekommen.«

»Dafür ist es jetzt zu spät.«

»Du hast recht.« Seufzend blicke ich in den grauen Himmel und lasse ein paar Schneeflocken auf meinem erhitzten Gesicht landen. »Das mit unseren Eltern kläre ich, wenn sie aus dem Harz zurückkommen.« Tief atme ich aus. »Wir konzentrieren uns auf ein Problem zurzeit. Was ist denn auf dem Weihnachtsmarkt passiert?«

Meine Schwester kickt einen Stein über den Strand. Er hüpft an meinem Großvater vorbei und landet in der Ostsee.

»Lars ist passiert.«

»Lars Schredder?«

»Scht! Ich will nicht, dass die Jungs davon erfahren.«

Flüchtig sehe ich nach den Zwillingen. Zu meinem Erstaunen halten sie Tom bei den Händen und ziehen ihn zu einer Sandburg, die mittlerweile vollständig mit Schnee bedeckt ist.

»Die Jungs sind außer Hörweite. Sag mir lieber, warum du mit Meister Schredder geschlafen hast?«

Lina winkt ab. »Hab ich nicht. Woran du wieder denkst.«

»Hast du nicht? Aber wovon reden wir dann?«

Seufzend fährt sie fort. »Wir haben Glühwein getrunken. Viel zu viel. Du kennst mich, wenn ich mit dem süßen Zeug anfange, kann ich schlecht wieder aufhören ... Jedenfalls habe ich ihn geküsst. Besser gesagt, er hat mich geküsst und ich habe ihn nicht davon abgehalten. Wir standen im Dunkeln neben dem Rathaus. Lars hatte mich abgefangen, als ich zur Toilette bin. Aber Dina hat uns gesehen und es Patte gleich auf die Nase gebunden. Vor allen Leuten. Das war vielleicht ein Drama.«

»Dina Janssen? Die Vorsitzende der *Inselfrauen*? Dieses Miststück konnte ich noch nie leiden.« Mein gespielter Zorn scheint Lina nicht aufzuheitern.

»Dina kann nichts dafür. Meine Lippen lagen auf denen von Lars, nicht ihre.« Das Zittern in Linas Stimme berührt mich tief, obwohl ich mir nicht vorstellen kann, wie sie sich fühlt. Warum nur kam sie auf die Idee, einen anderen Mann zu küssen? Soweit ich weiß, ist er noch nicht einmal ihr Typ. Ihr Typ ist Patrick Petersen, seitdem wir erkannt haben, wie anziehend Jungs sind.

»Du hättest Pattes' Gesicht sehen sollen. All die Enttäuschung darin. So habe ich ihn noch nie gesehen.«

Meine Schwester schluchzt. Ich umarme sie und bereue zutiefst, nicht früher auf die Insel gekommen zu sein. Das Einzige, woran ich gedacht habe, waren meine Klienten, dabei hätte meine Familie mich gebraucht.

»Wenn ich Dina treffe, werde ich ihr gehörig die Meinung geigen.« Das hilft Lina zwar nicht weiter, aber es tut gut, die Worte laut zu sagen.

»Das brauchst du nicht. Sie hat genug eigene Probleme. Zwischen Dina und Jasper läuft es nicht gut.«

Oha. Aber das wundert mich nicht. Wenn eine Beziehung zu perfekt aussieht, ist es oft das Gegenteil. »Keine gute Zeit für Pärchen, wie?«

Ein niedergeschlagenes Glucksen rutscht meiner Schwester zwischen ihren Schluchzern heraus. Ich drücke sie an mich.

»Aber du und Patte, ihr bekommt das wieder hin. Es war nur ein Kuss. Ein einziger. Gib ihm Zeit. Er wird erkennen, wie sehr er dich liebt und euch alle vermisst.«

»Meinst du?«

Ich nicke und ziehe sie dabei ein paar Schritte von der Ostsee fort. Wenn wir nicht aufpassen, laufen wir beide ins Wasser.

»Hast du in deinem Trennungsjahr auch erkannt, wie sehr du Julius liebst?«

Ich schließe die Lider und warte, bis sich der plötzliche Krampf in meinem Magen löst.

»Bei uns ist das etwas anderes. Julius hat mich gegen einen Teenager ausgetauscht. Er hat Cheyenne nicht bloß geküsst, er hat sich hinter meinem Rücken regelmäßig mit ihr vergnügt.«

»Vielleicht hast du eurer Ehe nicht genügend Zeit gegeben?«

Meine Schwester verwendet meine eigenen Sätze gegen mich – Zeit, zu schweigen. Eine Weile halten wir aneinander und beobachten, wie der Schnee auf uns hinabrieselt.

Als Paul und Leon uns zuwinken, strahlt Lina wie das blühende Leben. Ich weiß, ihre Maske der Heiterkeit ist bloß Tarnung, damit ihre Jungs keinen Verdacht schöpfen. Trotzdem finde ich sie bewundernswert.

Von der Seite her betrachtet sie mich. »Jetzt sag mir, was zwischen dir und Mister Porsche läuft.«

»Nichts ... läuft da.«

Ich versuche, meine Mundwinkel unten zu halten, versage jedoch.

»Sag schon.« Lina knufft mich in die Schulter. »Ich habe dir auch von Patte erzählt.«

Miese Schwesterntaktik. Alles in mir sträubt sich, ihr von Tom zu erzählen. Außerdem sollte es nichts zu berichten geben. Niemand sollte von uns wissen.

Ungeduldig stupst sie mich an.

»Na, schön«, sage ich und ziehe Lina mit mir voran. »Tom und ich kennen uns aus Hamburg.«

Abrupt bleibt meine Schwester stehen. »Das kann jawohl nicht alles sein. Ihr zwei benehmt euch, als hättet ihr euch nackt gesehen.«

»Scht!« Mein Blick huscht zu Tom, der mit Paul an der schneebedeckten Sandburg baut, während mein Großvater und Leon die dicken Flocken jagen. Das Letzte, was ich gebrauchen kann, ist, dass der Staranwalt mitbekommt, dass ich für ihn schwärme.

»Also hatte ich recht.« Zufrieden hakt Lina sich bei mir ein. »Ich will alles wissen! Warum seid ihr nicht zusammen? Er sieht ganz süß aus. Gefällt dir der Porsche nicht?« Lina nickt vor sich her. »So ein Angeberauto wäre nichts für mich. Die meisten Männer kaufen sich so ein teures Ding, um ihr Ego zu pushen. Will Tom sein Ego pushen? Hat er das tatsächlich nötig?«

»Ruhig, Schwesterchen. Tief durchatmen, bitte. Du interpretierst mehr in die Sache hinein, als es in Wahrheit ist.«

»Welche Sache denn? Erzähl!«

Für ein paar Atemzüge erinnere ich mich an den Abend, als wir uns begegnet sind. Tom trug diesen weichen dunkelgrauen Rollkragenpullover zur schwarzen Anzughose, der seiner Figur schmeichelte. Alles an ihm hat mich abgestoßen. Sein perfekter Model-Look; seine Arbeit, mit der er nicht nur die Menschen ausnimmt, sondern auch voneinander trennt; und seine arrogante Art und Weise, mir jedes Wort im Mund umzudrehen, nur damit es für ihn zum Vorteil wurde.

Ich wollte ihn abscheulich finden, das wollte ich wirklich. Julius hatte mir nur wenige Stunden vorher den Schock meines Lebens versetzt. Ich war am Boden zerstört, nur noch ein Schatten meiner selbst und nicht fähig, einen klaren Gedanken zu fassen. Ich hatte zu viel Angst, allein zu sein, weshalb ich zu Mathildas Einweihungsfeier gegangen bin.

An diesem Abend wollte ich alle Männer hassen. Tom durchkreuzte meinen Plan mit seinen tiefdunklen Augen und seinem Charme. Sein attraktiver warmer Hautton und sein ehrliches Lächeln schlichen sich hinterrücks in mein verwirrtes Herz. Ich war ihm erlegen, ehe sich unsere Lippen das erste Mal berührten.

Aber all das muss Lina nicht wissen. Deshalb sage ich nur: »Wir kennen uns von Mathildas Feier.«

»Die zu ihrer Einweihung? Das ist über ein Jahr her.« Lina kneift die Lider zu schmalen Schlitzen. »Du hast mir von Mathilda erzählt, aber die heiße Nacht mit dem Porsche-Besitzer hast du mir verschwiegen.«

»Scht! Bitte, Lina.«

»Ja, ja. Niemand kann uns hören.« Mit erhobenem Kinn deutet sie auf die anderen, die ausgelassen im Schnee toben. »Erzähl weiter.«

Eigentlich möchte ich das nicht. Ich bin froh, wenn ich einen Tag nicht an diese Nacht denke. Aber meine Schwester sieht mich auffordernd an.

»Viel zu erzählen gibt es nicht. Wir haben getrunken und gestritten. Sehr viel gestritten. Und dann ... ist es geschehen. Ich wollte nicht nach Hause, da ich nicht wusste, ob ich dort auf Julius treffen würde ... Und irgendwie sind wir bei Tom gelandet. Er wohnt in einer dieser Hamburger Schickimicki-Altstadtwohnungen ohne Farbe an den Wänden. Seine gesamte Einrichtung ist Weiß.«

»War es denn schön? Ich meine, mit ihm zusammen zu sein?«

Unglaublich schön. Aber das werde ich meiner Schwester nicht erzählen. Tom an diesem Abend begegnet zu sein, war wie ein Segen, eine ausgiebige Streicheleinheit für meine geschändete Seele.

»Er hat mir seine Nummer gegeben«, antworte ich ihr stattdessen. »Aber ich habe ihn nie angerufen. Ich bin nicht bereit für eine neue Beziehung, erst recht nicht mit einem Scheidungsanwalt. Das spricht gegen alles, woran ich glaube.«

»Weil du Julius noch liebst.« Aufmunternd sieht Lina mich an.

»Nein!« Auch wenn ich mir selbst kaum glaube, da ich ihn gestern angerufen habe, hoffe ich, dass Lina es wenigstens tut.

Ich atme die kalte Luft ein und lächle meine Gedanken weg. »Ich werde Julius vermutlich immer lieben, auf irgendeine Weise. Aber zwischen jemanden noch lieben und jemandem verzeihen können, liegen Welten.«

Ich bin mir bis heute nicht sicher, warum ich Tom nach unserer berauschenden Begegnung nicht angerufen habe. Den Zettel mit seiner Nummer bewahre ich in einem meiner beiden Teebecher auf, die ich bereits zu Hause ausgepackt habe.

»Tante Marie! Tante Marie!«

Wie aus dem Nichts stehen Paul und Leon neben uns. Lina drückt ihren Söhnen jeweils einen Kuss auf die kalte Stirn.

»Wir sprechen später weiter«, sagt sie und geht an Tom und Großvater vorbei, die sich auf mich zu bewegen. Madame Muffin ist von den Rademachers und fremden Spaziergängern umzingelt und ich vermute, meine Schwester will der Stute Freiraum verschaffen.

»Wir haben die anderen gefragt.« Pauls Worte überschlagen sich beinahe. »Sie wollen alle morgen Kekse backen. Können wir? Können wir?«

»Bitteee!« Leon schenkt mir einen unterwürfigen Augenaufschlag. Meine Neffen sehen mit ihren dunkelblonden Schöpfen wie zwei Miniversionen von Patte aus. Unweigerlich frage ich mich, ob Lina nach den Zwillingen noch ein Mädchen gewollt hätte.

Das jährliche Keksebacken liegt mir schwer im Magen. Ich hatte gehofft, dass die Zwillinge es vergessen, weil es letztes Jahr bereits ausgefallen ist. Julius und ich haben über die Weihnachtsfeiertage immer mit den Kindern gebacken und dabei Weihnachtslieder gesungen. Aber mir ist nicht danach, diese Erinnerungen wieder aufleben zu lassen.

»Ich weiß nicht, ihr beiden.« Wie sagt man Kindern, dass es kein Keksebacken geben wird?

Mir kommt eine rettende Idee.

»Ich bin dieses Jahr allein in der Küche, da wird es schwer, für so viele Kinder einen ordentlichen Teig zu rühren.«

Pauls Augen werden feucht. Er verzieht das Gesicht, bis es gerötet ist. Da wird mir eines klar: Der Kleine wickelt jeden Erwachsenen problemlos um den Finger.

»Kann Tom beim Backen helfen? Burgen bauen kann er auch.«

Auf keinen Fall! Lieber würde ich mit Cheyenne und Julius eine glückliche Patchworkfamilie gründen, als mit Tom Kekse zu backen.

Gerade, als ich den Zwillingen erklären möchte, dass Herr Feddersen als Gast Besseres zu tun hat, als mit mir Teig zu rühren, höre ich seine entspannte Stimme.

»Bin dabei.«

»A-Aber ...« Ich muss diese Katastrophe abwenden. Ich will ihn nicht in meiner Nähe haben. Das wird mir alles zu viel. »D-du bist unser Gast. Du bist zur Erholung auf Fehmarn, nicht zum Arbeiten.«

Übertrieben starre ich ihn an. Er ist Anwalt. Er sollte intelligent genug sein, dass ich ihn mit meinen Argumenten aus der Bredouille retten will. Bevor er mir hilft, knete ich mir lieber allein die Finger am Teig wund.

Tom sieht Paul freundlich an. »Gern, Kleiner. Seit meiner Kindheit habe ich keine Kekse mehr gebacken.«

Hat Tom Schneeflocken auf den Augen und in den Ohren? Das kommt davon, wenn man bei dem Wetter keine Mütze trägt.

»Das wird klasse!« Paul umarmt unseren Gast. Leon dagegen tanzt verhalten im Kreis, öffnet die Arme und fängt weiße Flocken, die stetig mehr werden.

Je länger ich den Schnee betrachte, wie er mal hierhin, mal dahin weht und durch die Luft tanzt, desto weniger verärgert bin ich. Wenn die Zwillinge sich darüber freuen, ist es die richtige Entscheidung. Ich werde die paar Stunden neben Tom überleben. Ich habe schon Schlimmeres überstanden.

Ich schließe den Kragen meines Mantels enger um den Hals und wende mich zur Ostsee hin. Der Duft nach Algen und Muscheln wird mich immer an Fehmarn erinnern und das Kreischen der Möwen. Tief inhaliere ich den salzigen Geruch und atme die frische Luft ein. Sauerstoff durchflutet meinen angespannten Körper und schenkt meinen Nerven Erholung.

Stundenlang könnte ich dabei zusehen, wie die Wellen mit ihren Schaumkronen an den Strand schwappen und den schmalen Algenstreifen davor mit Wasser benetzen. Am Horizont trifft der graue Himmel auf die anthrazitfarbene Ostsee. Ein leicht grünlicher Schimmer durchzieht das Wasser, darüber weht ein fast undurchsichtiger Vorhang aus dicht gedrängten Schneeflocken.

Ob wir dieses Jahr weiße Weihnachten feiern? Vage erinnere ich mich daran, wie wir in meiner Kindheit mit der Familie und den Gästen mit mehreren Schlitten auf der Ostsee spazieren gefahren sind, als sie einmal zugefroren war.

Mein Großvater legt einen Arm um mich und lässt den Blick über die See schweifen.

»Kannst du dich noch an weiße Weihnachten erinnern, Opa? Es muss eine Ewigkeit her sein, dass wir einen Schneemann gebaut haben.«

»1978«, sagt er mit Pfeife im Mund. Man könnte meinen, dass sie ihm jede Sekunde von der Lippe rutscht, aber er scheint mit seinem Erbstück verwachsen zu sein. »In dem Jahr gab es eine Schneekatastrophe, die sich gewaschen hatte. Ich erinnere mich, als wäre es gestern gewesen. Zwar kam der Schneesturm erst nach Weihnachten, aber dafür dann mit heftigen Schneemassen. Es wurde sogar der Katastrophenalarm ausgelöst. Die ganze Insel stand still.« Er beugt sich zu mir vor und flüstert: »Zieh dich lieber warm an, mien Deern. Meine Nase sagt mir, dass eine deftige Schneewelle anrollt.«

Paul und Leon haben bislang kein einziges weißes Weihnachtsfest erlebt. Die warme Ostsee macht es dem Schnee und jedem Zentimeter Eis jedes Jahr schwer, auf der Insel Fuß zu fassen. Das Festland ist meist schon eine weiße Schneelandschaft, obwohl Fehmarn noch mit grünen Wiesen und matschigen Straßen glänzt. Ich kann mir beim besten Willen nicht vorstellen, dass es dieses Jahr anders werden soll.

»Bist du sicher? Noch sieht es nicht danach aus, dass der Schnee liegenbleibt.«

Mein Opa trägt dieses wissende Funkeln in den Augen. »Du redest wie Oma Moormann – als wärt ihr verwandt. Aber ihr solltet besser auf mich hören. Dieses Jahr wird der Schnee gewaltig werden. Das rieche ich!« Zum Beweis streckt er die gerötete Nase in die Luft und schnuppert. Dann breitet er die Arme aus. »Kommt, ihr Zwerge!« Wie ein übermütiger Schuljunge läuft er auf seine Urenkel zu. »Ich stecke euch mit dem Kopf in den Sand.«

Die Zwillinge stürmen davon.

»Nein! Nein! Mama! Hilfe!« Leon flüchtet kreischend vor Großvater, indem er in Schlangenlinien davonrennt. Paul versteckt sich hinter seiner Burg und reibt sich die behandschuhten Hände.

Ich weiß nicht, was mir mehr Freude bereitet. Zu sehen, wie mein Großvater seinen Urenkel verfolgt oder das herzliche Lachen, das dabei aus Toms Mund dringt. Er klingt nicht wie ein Erwachsener im Anzug, der täglich von morgens bis spät in die Nacht arbeitet. Sein unbeschwertes Lachen ähnelt dem meiner Neffen, nachdem ich sie gehörig durchgekitzelt habe.

»Linas Jungen sind echt klasse«, sagt er, ohne mich dabei anzusehen. Fast wünsche ich mir, er würde mir einen seiner intensiven Blicke schenken, die er mir bei Mathilda über den Tisch zugeworfen hat. Aus dem Augenwinkel beobachte ich, wie sich Lachfalten auf Toms Gesicht bilden. Seine grauen Schlieren an den Seiten sind vollkommen von Schneeflocken bedeckt. »Paul ist ein großes Talent, was Streiche angeht, und Leon hat eine besonders feine Seele. Auf dem Lindenhof aufzuwachsen, scheint das wahre Paradies zu sein.« Lächelnd verfolgt er das Spiel zwischen Leon und meinem Großvater. »Die beiden erinnern mich an meine Nichten. Sie sind etwas älter, aber zusammen hätten sie riesigen Spaß am Strand.«

»Das liegt an den Alpakas. Niemand kann ihnen widerstehen. Sie bringen einen dazu, friedlich miteinander zu leben.«

»Tun sie das?« Jetzt endlich schaut Tom mich an. Aus der Nähe wirken seine dunklen Augen weniger schwarz. Sie ähneln zwei Schokoladentropfen, die einen dazu verführen, mehr von dem haben zu wollen, was man sieht.

Mein Herz schlägt sogleich höher, weshalb ich mich abwende. Lina kommt mit den Rademachers und der Alpakastute auf uns zu.

»Unter friedlich verstehe ich etwas anderes. Mir sieht Madame Muffin eher nach einer Frohnatur aus. Wenn man nicht hinschaut, knabbert sie einem am Ohr oder schubst einen in den Sand.«

Tom hat keine Ahnung von Alpakas. Vermutlich auch von keinem anderen Tier, das nicht haarlos und artig in seinem fusselfreien Wohnzimmer liegt. Aber Madame Muffin hat noch jeden Skeptiker überzeugt.

»Weißt du nicht, was man über diese zahmen Tiere sagt?«

»Nein, kläre mich auf, Marie. Welche Weisheit ist mir nicht bekannt?«

Tom betrachtet meine Lippen, als würde er sich daran erinnern, wie sie schmecken. Von seinen weiß ich noch, wie unfassbar weich sie waren. Bei seinem intensiven Blick stockt mir der Atem und ich brauche einen Moment, um mich an das Sprichwort zu erinnern.

»Schau einem Alpaka lieber nicht direkt in die Augen«, sage ich. »Du könntest dich verlieben.«

Tom schmunzelt. »Das sehe ich.«

Ich warte darauf, dass er den Blick von mir abwendet und Madame Muffin anschaut. Aber das tut er nicht.

Eine seltsame Melodie begleitet mich in meinem Kopf, während ich die Teller von den Essensresten befreie und in die Spülmaschine stelle. Weder fällt mir der Titel ein, noch kann ich aufhören, sie zu summen. Dazu fühle ich mich ungewohnt leicht, was definitiv nicht an den Unmengen Pfannkuchen liegen kann, die ich gerade mit Apfelmus und Zimt verzehrt habe.

Die Rademachers haben sich nach dem Abendbrot mit Emma, Nils und Matteo für einen Spieleabend in ihr Rosenzimmer zurückgezogen. Meine Schwester sieht sich mit Paul und Leon einen Weihnachtsfilm an, dessen abenteuerliche Klänge über den langen Flur zu mir in die Küche schallen. Meine Großeltern sind bei den Schmidts zum Rommé eingeladen. Niemand von ihnen bekommt mit, dass ich Tom durch das Küchenfenster beobachte.

Er kämpft draußen auf dem Parkplatz gegen die Schneeflocken an, um seinen Porsche mit einer Plane abzudecken.

Sein intensiver Blick vom Strandspaziergang lässt mich nicht los, so sehr ich mich auch ablenke. Schmetterlinge bahnen sich ihren Weg in meinen Bauch und hinterlassen ein ungewohntes Kribbeln. Ich kann mich nicht daran erinnern, wann Julius mich das letzte Mal auf diese Weise angesehen hat.

Als ich den Lichtschalter betätige, versinkt die Küche in Dunkelheit. Gleichzeitig meldet sich meine Müdigkeit von heute Morgen zurück. Mit halb geöffneten Lidern schlendere ich über den Flur. Am Saal bleibe ich stehen und sage leise »Gute Nacht«. Leon liegt schlafend quer über den Beinen meiner Schwester, die mit geschlossenen Lidern auf den Fernseher schaut. Paul winkt mir mit Keksen in der Hand zu.

Vielleicht sollte ich morgen mit Patte sprechen. Er darf nicht vergessen, was für eine tolle Familie auf dem Lindenhof auf ihn wartet. Er kann nicht so engstirnig sein, das alles wegen eines unbedeutenden Kusses zu opfern.

Die Schwere meiner Beine bemerke ich erst, als ich die viertelgewendelte Treppe hinauf in den ersten Stock gehe. Die Aufregung des Tages, das Wiedersehen mit Tom, die frische Luft, der Schnee, das gute Essen, all die Gespräche haben mich mehr Energie gekostet, als ich heute zur Verfügung hatte. Trotzdem ist mein Herz von Wärme erfüllt und ich bin dankbar, diesen Tag auf Fehmarn erlebt zu haben.

Oben angekommen schiebe ich mich auf knarzenden Dielen an einer Bilderwand vorbei, die die Geschichte der Moormanns auf der Insel zeigt. Mein Lieblingsbild entdecke ich kurz vor dem Lilienzimmer. Lina und ich müssen im Alter der Zwillinge gewesen sein. Mit roten Wangen, Kleidchen und weißen Rüschenblusen liegen wir im Stroh, die Sonne küsst uns das Gesicht, um uns herum die Hühner.

Wehmütig streichele ich über den hellen Holzrahmen, den meine Schwester irgendwann mit grünen Herzen verziert hat. Manchmal wünsche ich mir, ich könnte die Zeit zurückdrehen. Das Erwachsenenleben mit einem Schnipsen gegen die Unbeschwertheit meiner Kindheit tauschen. Diese Leichtigkeit noch einmal fühlen, die einen über den Tag begleitet hat, und wie man abends erschöpft vom Spielen in den Schlaf gesunken ist.

Darunter hängt das Bild unserer Volleyballmannschaft, als wir auf dem Sommerfest in Burg Kuchen verkauft haben. Ein Gesicht aus der Gruppe schaut besonders selbstbewusst. Gesine Witt. Sie ist einer dieser Menschen aus meiner Vergangenheit, die ich niemals vergessen werde, wie oft ich es auch versucht habe. Ich erinnere mich genau an das schäbige Gefühl, als Gesine mir Julius ausspannen wollte. Wir hatten uns gerade erst kennengelernt und er wollte mich unbedingt zum Tanz in den Mai im Dörfergemeinschaftshaus begleiten. Gesine ist uns den ganzen Abend nicht von der Seite gewichen. Erst, als Julius ihr mit aller Deutlichkeit weisgemacht hat, dass er mit mir zusammen ist, zog sie schmollend von dannen.

Vor meinem Zimmer, das mit einer gemalten Lilie auf einer weißen Porzellanscheibe verziert ist, bleibe ich stehen und schiele zum gegenüberliegenden Tulpenzimmer. Tom ist sicher noch auf dem Parkplatz und kämpft mit der Plane.

Ich schüttele den Gedanken ab, ihm Handschuhe und Mütze zu bringen. Er ist nicht wegen mir auf dem Lindenhof. Und das ist gut so. Ich möchte mein Chi ins Gleichgewicht bringen und mich nicht mit verwirrenden Gedanken an einen attraktiven Mann quälen, für den ich nichts weiter als eine Kerbe in seinem Bettpfosten bin. Intensive Blicke hin oder her.

Wie Paul mir versprochen hat, steht meine Reisetasche vor meinem Bett. Als Erstes zünde ich daraus ein Räucherstäbchen an. Ich stelle es auf den runden Tisch vor dem Fenster, das auf den Hinterhof und die anliegenden Felder hinausgeht. Die anderen Kristalle und Räucherstäbchen lege ich daneben.

Der Duft nach Engelwurz, Lavendel und Kamille verbreitet sich, um meinen entspannten Schlaf zu fördern. Anschließend schlüpfe ich in meine mit Teddyfell gefütterte Schlafhose und werfe mir das passende Langarmshirt über. Um nicht zu frieren, ziehe ich meine Strickjacke darüber. Zwar läuft die Heizung, aber sicher ist sicher.

Mein Telefon quillt über vor verpassten Anrufen und Nachrichten von Julius. Den ganzen Tag über hat er versucht, mich zu erreichen. Einen Augenblick setze ich mich auf das Bett. Ohne ihn auf dem Lindenhof zu sein, ist merkwürdig. Als würde er gleich vom Zähneputzen ins Zimmer kommen und sich zu mir ins Bett legen.

Die Kinder fragen nach dir. Morgen backen wir Kekse, schreibe ich ihm. Seit einem Jahr haben wir kaum Kontakt, besprechen nur das Nötigste. Aber das Leuchten in den Kinderaugen heute Nachmittag am Strand hat mich daran erinnert, was wir jedes Jahr für eine schöne Zeit auf Fehmarn hatten.

Wenige Sekunden später erhalte ich seine Antwort.

Bist du auf Fehmarn?!

Ja!, will ich ihm schreiben. Ich will ihm sagen, dass die Kinder ihn vermissen, dass ich ihn vermisse. Irgendwie. Dass ich die Erinnerung an uns, an das, was wir einmal waren, vermisse. Doch mein Chatfenster bleibt leer, da ich nicht weiß, was genau ich fühle.

Mein Telefon klingelt. Es ist Julius. Ein paar Mal lasse ich es läuten, bevor ich es ausschalte und in der Reisetasche vor dem Bett verstecke. Jetzt mit ihm zu sprechen, könnte Sehnsüchte in mir wecken, die lieber verborgen bleiben sollten.

Mit meinem Kulturbeutel in der Hand drücke ich mein Ohr gegen die Tür zum Flur. Keine Stimmen, kein Treppengepolter oder Knarzen der Dielen. Der Weg ins Badezimmer ist frei. Auf leisen Sohlen pirsche ich die kurze Strecke über den Flur, trete ins Bad, schließe die Tür hinter mir und kreische vor Schreck.

Tom steht in einem hellgrauen Pyjama aus weichem Flanell mit rosa Herzen vor dem Waschbecken und putzt sich die Zähne. An den Füßen trägt er weiße Pantoffeln, die aussehen, als hätte er dafür zwei Perserkatzen geopfert. Mit geöffnetem Mund sieht er mich an, die Lippen voller Zahnpastaschaum.

Ich presse den Rücken gegen die Tür und umklammere meinen Kulturbeutel, um in dem kleinen Badezimmer genügend Abstand zwischen uns zu bringen.

»Entschuldige. Ich dachte, das Bad wäre frei.«

»Das Schloss fehlt«, nuschelt Tom. Mit der Zahnbürste deutet er auf die Tür.

»Es gibt eine Kordel, die ...« Ich schaue hinter mich, finde jedoch nur die leeren Haken an Tür und Wand. »Wo ist sie?«

Tom dreht sich im Kreis. Dann hebt er die rot-weiß-blaue Kordel hoch, die auf einem Stapel frischer Handtücher mit Leuchtturm-Motiv liegt. »Suchst du die? Ich dachte, das wäre Deko.«

Ich nicke. »Sie gehört an den Haken der Tür und wird mit dem gegenüber an den Fliesen verbunden, um die Tür geschlossen zu halten. Leon hat sich vor ein paar Jahren unten im Badezimmer aus Versehen eingeschlossen und kam nicht mehr raus. Seitdem gibt es auf dem Hof kein Badezimmer mehr mit Schlüssel. Hat meine Großmutter dir nichts davon erzählt?«

»Das muss sie vergessen haben.«

»Tut mir leid. Jedenfalls ...« Hinter meinem Rücken suche ich mit der Hand nach der Türklinke. Wenn uns beide jemand zusammen im Badezimmer entdeckt, darf ich mich über die Feiertage einem Fragenmarathon stellen. »Ich geh besser.«

»Das brauchst du nicht. Ich bin fertig.« Tom spuckt die Zahnpastareste ins Waschbecken und spült sich den Mund. Danach greift er nach einem schlichten schwarzen Kulturbeutel, der teurer aussieht als der gesamte Inhalt meiner Tasche.

Damit wir uns nicht berühren, trete ich zur Seite und stoße gegen den offenen Schrank mit den Handtüchern. Tom kommt mir entgegen und bleibt ganz nah vor mir stehen. Sein warmer Pfefferminzatem kitzelt meinen Hals.

»Ich sehe sonst nicht so aus«, flüstert er.

Ich beiße mir auf die Lippen, um nicht zu lachen. In seinem Outfit ähnelt er Alfred Tietjens Frau. Es fehlen nur die großen Lockenwickler im Haar und der Lippenstift auf den Zähnen.

»Das meine ich ernst. Der Schlafanzug und die Puschen gehören meiner Schwester.« Er tippt mir auf die Nasenspitze. »Ich schlafe für gewöhnlich nackt, wie du weißt.«

Ich erinnere mich gut an seinen athletischen Körper und wie er sich auf dem Bett bewegt hat.

»Meine Schwester hat mich gezwungen, ihr Zeug mitzunehmen, falls es auf Fehmarn kälter ist als erwartet.« Grinsend wendet er sich zur Tür, dreht sich jedoch noch mal um. »Und was soll ich sagen? Sie hatte wie immer recht. Es ist scheiße kalt bei euch!«

»Das ist der Ostwind.« Die Weisheiten meines Großvaters kenne ich auswendig. »Der lässt die Insel kälter wirken, als es ist.«

»So, so.« Tom behält eine Hand an der Türklinke. Sein Blick wandert besonders langsam an mir hinab, als wüsste er ebenso, wie ich unter meinen Schlafsachen aussehe.

Zum Schutz halte ich meinen bunten Kulturbeutel vor meinen Oberkörper. »Kann ich dir helfen?«

»Och ... Ich wollte bloß die Erinnerung an unsere Nacht auffrischen, damit ich gut schlafe.«

»Was?« Ich greife nach dem nächstbesten Waschlappen und werfe ihn nach Tom, der flink in den Flur verschwindet.

Fassungslos verschließe ich mit der Kordel die Tür. Obwohl ... Vielleicht hätte ich gar nichts dagegen, wenn er wiederkommt?

Zurück in meinem Zimmer bekomme ich das Grinsen nicht aus dem Gesicht. Gleichzeitig versuche ich, meine wirren Gedanken zu ordnen, während ich mich unter die dicke Bettdecke begebe.

Toms Worte heute Mittag im Waschkeller waren eindeutig. Ich bin nicht *das Zentrum seiner Welt.* Und doch gibt es diese Momente zwischen uns, die mir sagen, dass ... Ja, was eigentlich? Dass er sich zu mir hingezogen fühlt? Mich begehrt?

Aber die viel wichtigere Frage ist, will ich das überhaupt? Will ich seine Hände auf meinem Körper spüren, seine Lippen auf meinem Mund und in seinen Armen einschlafen?

Etwas in mir schreit eindeutig: Ja!

Schnaufend ziehe ich mir die Decke über den Kopf und schreie so leise in die Daunen, wie es mir möglich ist. Einmal alles rauslassen, wenn auch gedämpft, hilft oft Wunder.

Als ich auftauche, fühle ich mich besser, aber nicht weiser.

Nur noch vier Tage bis Weihnachten, dann hat die Verwirrung ein Ende. Noch ein paar Tage, bis Tom abreist und wir wieder getrennte Wege gehen. Nur noch ein paar Tage ...

Wie in einer Dauerschleife fließen mir dieselben Worte durch den Kopf. Bei den Gedanken an unsere gemeinsame Nacht tasten meine Finger zögerlich nach meinen Lippen, die von seinen Küssen ganz wund waren. Die Erinnerung an seine starken, großen Hände, wie sie jeden Zentimeter meines Körpers im Kerzenschein ertastet haben, begleiten mich, bis ich in die Welt der Träume hinabsinke.

Ein Unglück kommt selten allein

(Erhard Blanck)

Ein entfernter Paukenschlag reißt mich aus dem Tiefschlaf. Als stünde ein Gong in der Nähe, der rhythmisch von einem Folterknecht geschlagen wird. Dumpfe Stimmen ertönen. Gepolter dringt zu mir herein. Gefolgt von Türen, die in ihre Angeln fallen, und hastigem Getrampel auf knarzenden Dielen.

Zögerlich öffne ich die Lider. Trübes Licht fällt durch die Gardinen vor dem Fenster, da die Sonne noch nicht aufgegangen ist. Schatten von Lilienblüten auf einer hellgelben Tapete erinnern mich daran, dass ich nicht in Hamburg bin. Ich bin auf dem Lindenhof, zu Hause auf Fehmarn.

Schlagartig wird mir bewusst, was der Lärm draußen bedeutet.

Mein Großvater steht auf dem Hof und schlägt mit einem Holzlöffel auf den Boden eines Kochtopfs.

Abermals hallt seine provisorische Trommel zu mir in den ersten Stock. Ich brauche mein Telefon nicht anzuschalten, um zu wissen, wie spät es ist. Es ist viel zu früh am Morgen. Ebenso weiß ich, dass mein Großvater nicht aufhören wird, bis wir alle wach sind, um auf dem Hof zu helfen.

Meine Glieder knacken wie Knisterfolie, als ich mich aus dem Bett rolle und mit Wollsocken in meine Anziehsachen schlüpfe. Ein Blick auf den verschneiten Hinterhof versichert mir, dass die Entscheidung, eine Thermostrumpfhose unter meinen Leggings zu tragen, die richtige ist. Der Schnee leuchtet in der Dunkelheit wie ein Hoffnungsschimmer, dass der Tag, trotz der kurzen Nacht, kein schlechter werden wird. Um ganz sicherzugehen, stecke ich einen meiner liebsten Heilsteine, den roten Jaspis, in die Tasche meiner Strickjacke. Meine kleine Rundumversorgung. Der Stein sollte mir genügend Schutz vor körperlichem, spirituellem und emotionalem Schaden geben.

Als ich aus dem Badezimmer komme, öffnet sich die angrenzende Tür des Tulpenzimmers. Tom steht in einem dunkelblauen Anzug und hellbraunen Oxford-Schuhen vor mir. Die Haare stehen ihm wie nach einem Stromschlag vom Kopf und schenken ihm zusammen mit seinen verquollenen Augen und einem leichten Bartschatten einen Hauch von Gemütlichkeit.

»Werden wir angegriffen?« Mit beiden Händen hält er sich am Treppengeländer fest und gähnt.

»Moin!«, rufe ich ihm entgegen. Tom zuckt bei meiner Lautstärke zusammen, weshalb ich im Flüsterton fortfahre: »Das ist mein Großvater, der amtierende Folterknecht auf Fehmarn. Er ruft zur Arbeit.«

»Kann er das nicht leise machen?« Tom reibt sich die Augen.

Ein wenig tut er mir leid, so gequält, wie er das Gesicht verzieht. Ein anderer Teil von mir freut sich, zu sehen, wie er sich bei dem Krach vor dem Treppengeländer windet.

»Jeder packt bei uns mit an. Auch die Gäste. Hat dich meine Großmutter nicht informiert?«

»Verrückt!«, grummelt er vor sich hin. Dann verschwindet er im Badezimmer. Ich eile die Treppen hinab, um meinen Großvater davon abzuhalten, ganz Katharinenhof zu wecken.

Mit roten Wangen und Pfeife im Mundwinkel steht er im Bademantel und Gummistiefeln im Schnee. Wie ich es erwartet habe, trommelt er mit einem Kochlöffel auf einem Topf herum. Zu seinen Füßen sitzt Störtebeker und jault, als hätte jemand sein Spielzeug mutwillig zerstört. Der Schnee bedeckt sie dabei mit zarten Flocken ähnlich einer Puderzuckerschicht.

Die beißend kalte Luft erfasst mich, als ich hinaus auf den Hof trete. »Wir sind wach! Alle sind wach!« Ich schwenke die Arme wie bei einem Winkeralphabet. »Du kannst aufhören, Opa.«

»Moin, mien Deern.« Mein Großvater nimmt mich in den Arm. »Hab schon gedacht, du stehst niemals auf, du Langschläferin. Lina ist längst bei den Alpakas und die Zwillinge kehren mit Oma Moormann den Stall der Schwarznasenschafe. Die Rademachers füttern mit ihren Kindern die gackernden Hühner.«

Die nackten Beine meines Großvaters verschaffen mir nur vom Zusehen eine Gänsehaut. »Willst du nicht reinkommen, Opa? Du holst dir noch den Tod.«

»Nee, nee, nee. Ich war in der Ostsee baden. Mit dem Schnee am Strand macht es gleich doppelt viel Spaß. Das würde dir auch guttun. Das hält dein Immunsystem fit.«

Nie im Leben.

Tom steckt hinter mir den Kopf durch die offene Tür. Das Gesicht frisch rasiert, die Haare zurückgegelt. »Habe ich das Frühstück verpasst? Im Saal ist es dunkel.«

»Ziehen Sie sich an, Herr Feddersen. Ich habe eine besonders große Schaufel, auf der ihr Name steht. Denn wir zwei, wir werden Schnee schippen. Oma Moormann behauptet zwar eisern, dass der Schnee im Laufe des Tages schmelzen wird, aber nicht mit mir. Ich rieche eine Katastrophe, wenn sie sich anbahnt.«

Unsicherheit und Unverständnis spiegeln sich auf Toms Gesicht wider. Vermutlich kann er ohne Kaffee keinen klaren Gedanken fassen.

»Aber erst ziehst du dir eine Hose an, Opa. So läufst du mir nicht draußen herum. Und unser Gast braucht erstmal Kaffee.«

Dankbar sieht Tom mich an. Mein Großvater hingegen verschränkt die Arme vor dem Bademantel, während Störtebeker sich neben ihm aufrichtet.

»Du klingst schon wie Oma Moormann.«

»Ist mir egal.« Demonstrativ zeige ich in den Flur. »Dalli!«

Die Brötchen, die der Fahrer der Bäckerei *Börke* vorbeibringt, sind noch warm. Ihr Duft verteilt sich in der Küche und mischt sich mit dem Geruch nach frisch gemahlenen Kaffeebohnen. Die selbst gemachte Marmelade meiner Großmutter, den Honig und das Pflaumenmus fülle ich in kleine Schälchen um. Danach verteile ich sie neben Frühstücksbrettchen, Messern, Gläsern und Bechern auf dem Servierwagen. Hinter mir kochen die Eier vor sich hin, während ich zwischendurch aus dem Fenster schiele. Ich kann nicht anders. Tom zieht meinen Blick magisch an, wie er mit dem Schneeschieber die lange Auffahrt freischaufelt.

Die Wollmütze meines Vaters, die ich ihm aufzwängen musste, hängt ihm schräg über dem verzweifelten Gesicht. Trotzdem wehrt er sich nicht, wenn mein Großvater ihm auf den Rücken klopft und ihn anspornt, die nächsten Meter der Allee vom Schnee zu befreien. Jetzt lächelt er sogar und ich ertappe mich dabei, wie ich den Kopf neige und schmunzle.

Als ich die Teesorten auf einem Teller drapiere und den heißen Kakao für die Kinder bereitstelle, dringen laute Männerstimmen vom Hof durch das Fenster. Für einen Moment befürchte ich, dass Tom und mein Großvater sich wegen der Schaufel streiten.

Aber mein Großvater ist nicht mehr da. Stattdessen parkt ein schwarzer Skoda, der mir sehr bekannt vorkommt, mit laufendem Motor neben Tom. Julius hängt seitlich aus dem Fahrerfenster, sein Gesicht hat dieselbe Farbe wie sein rötliches Haar. Er brüllt in Toms Richtung, dessen Schneeschieber gefährlich nah über dem Auto schwebt.

Ich denke nicht nach, ich eile hinaus auf den Hof und schnappe mir beim Vorbeilaufen meinen Mantel vom Kleiderhaken.

»Noch einmal …«, ruft Tom über den verschneiten Platz. Mittlerweile hat er die Schaufel gesenkt. »Ich habe Ihr Auto nicht gesehen.«

»Sind Sie denn blind?« Schwungvoll steigt Julius aus dem Auto. »Oder betrunken? Schließlich fahre ich kein Spielzeugauto! Mein Auto kann man nicht übersehen.«

»Julius!« Mit wedelnden Händen versuche ich, das Schlimmste abzuwenden. »Was machst du hier?« Ich positioniere mich zwischen den Männern, die wie zwei Stiere wirken, die gleich aufeinander losgehen. Die testosterongeschwängerte Luft könnte man mit einem Messer zerteilen.

»Ihr kennt euch?« Tom will an mir vorbeisehen, aber ich versperre ihm mit meinem Kopf die Sicht.

»Selbstverständlich kennt sie mich. Ich bin ihr Ehemann.«

Sein letzter Satz trifft mich direkt ins Herz. Ein leichter Schwindel überfällt mich. Julius' Brust schwillt unter seinem Rentierpullover förmlich an, was nie ein gutes Zeichen ist.

»Das ist dein Mann?«

»Getrennt!«, korrigiere ich rasch. »Wir beide leben getrennt! Wir si-«

»Noch«, unterbricht Julius mich. Ich brauche einen Augenblick, um zu begreifen, was er damit andeuten will.

»Noch? Wieso sagst du das?« Mein Schwindel verstärkt sich. Zwischen den beiden Männern fühle ich mich wie ein Kreisel, der sich rasant um die eigene Achse dreht. Vor Julius bleibe ich stehen und schüttele den Kopf. »Was in Gottes Namen hat dich dazu veranlasst, nach Fehmarn zu fahren?«

Julius lächelt. Er trägt dieses Lächeln auf den Lippen, in das ich mich vor mehr als 20 Jahren verliebt habe. Unschuldig, anziehend, mit einer Prise Arroganz. In diesem Moment macht es mich fast wahnsinnig.

»Deine Schwester hat mich eingeladen.«

»Sie hat, was? Lina hat dich ... Was hat sie? Lina!« Automatisch schaue ich zur Scheune. Meine Schwester ruft ihn hinter meinem Rücken an? »Lina, verdammt! Ich weiß, dass du mich hörst.«

Als ich mich umdrehe, begibt sich Tom auf die Allee und schippt weiter Schnee. Ich werde später mit ihm sprechen. Erst kümmere ich mich um dieses Chaos.

»Du freust dich nicht, mich zu sehen? Ich dachte ... Ich hatte gehofft, es wäre deine Idee gewesen und du hättest

Lina bloß vorgeschoben.« Das Feuer in Julius' hellgrünen Augen erlischt. Zurück bleibt eine Unsicherheit, die nicht zu der fröhlichen Miene des Rentiers auf seinem Pullover passt, den er definitiv nicht von mir hat.

»Wie kommst du auf die Idee, dass ich dich sehen will? Wir leben getrennt. Das Scheidungsjahr ist fast vorbei.« Etwas in mir drängt mich, nach seinem Arm zu greifen, damit meine Worte weniger harsch klingen. Aber Julius zu berühren, könnte alles lösen, was sich seit einem Jahr in mir aufgestaut hat.

Mit geneigtem Kopf sieht er mich an. »Du hast mich angerufen, erinnerst du dich? Ich hatte gehofft, wir könnten in Ruhe reden. Ich möchte mich dringend bei dir entschuldigen.«

Krachend schwingt die Scheunentür auf. In Gummistiefeln, dickem Holzfällerhemd und grüner Wollmütze kommt Lina auf uns zu. Sie wirkt wie jemand, der sich innerlich die Hände reibt, weil sein teuflischer Plan, die Weltherrschaft an sich zu reißen, aufgegangen ist.

»Das ging aber schnell«, flötet sie. »Moin, Julius!« Nach einer innigen Umarmung sieht meine Schwester mich mit demselben Unschuldsblick an, den Julius bis eben getragen hat. »Warum schreist du nach mir? Du verschreckst noch die Hühner und dann gibt's morgen keine Eier.«

Ich habe noch gar nicht angefangen, richtig zu schreien. Und das weiß sie. »Hast du Julius gesagt, er soll nach Fehmarn kommen?«

»Nein.«

»Hast du nicht?«

Julius kaut auf seiner Unterlippe, so, wie er es immer tut, wenn er vor einer ihm unlösbaren Aufgabe steht.

Irgendetwas läuft entschieden falsch. Ich wollte meiner Familie und den Gästen ein schönes Frühstück herrichten und nach dem Aufräumen mit den Kindern Kekse backen. Ich wollte mir nicht den Hintern abfrieren, während ich meinem zukünftigen Ex-Mann erkläre, dass seine Anwesenheit mich nervös macht.

Julius sieht dünn aus. Das kleine Bäuchlein, dass er sich in unserer Ehe zugelegt hat, ist verschwunden. Ich kann nicht sagen, ob er mir schlanker besser gefällt. Um seine Augen liegen tiefe Ringe, als hätte er nicht geschlafen. Und sein unsteter Blick gleicht dem eines unsicheren Jungen. Wohin ist der selbstbewusste Mann verschwunden, mit dem ich mein Leben geteilt habe? Haben er und Cheyenne Probleme?

Mein Herzschlag stockt für eine Sekunde. Hat er sich von ihr getrennt? ... Und warum freut mich der Gedanke?

Gleich drehe ich durch. Ich brauche eine Antwort. Und etwas zu essen. Drama auf leeren Magen ist nichts für mich.

»Kann mir bitte jemand sagen, was das Ganze zu bedeuten hat?«

Lina verdreht unter ihrer Mütze die Augen. »Julius und ich haben nicht miteinander gesprochen. Wir haben ... geschrieben.«

Ihr leichtes Grinsen gefällt mir nicht. Ist das für sie bloß ein Spiel? »Nun sieh mich nicht so erschrocken an, Marie. Julius vermisst dich und du vermisst ihn. Außerdem ist bald Weihnachten. Ihr solltet endlich reden, ehe ihr den größten Fehler eures Lebens begeht.«

Ich glaube nicht, was ich aus dem intriganten Mund meiner Schwester höre.

»Du vermisst mich also auch?«

Ich weiß nicht, was ich darauf antworten soll. Die Sekunden vergehen, ohne dass ich fähig bin, zu sprechen. Natürlich vermisse ich ihn. Meine Gefühle verpuffen nicht im Wind, bloß, weil er mich betrogen hat.

»Julius! Was für eine schöne Überraschung.«

Meine Großmutter kommt auf uns zu. Vermutlich hat sie im Stall der Schwarznasenschafe ein Ohr dicht ans Holz gehalten und alles gehört.

»Wussten wir, dass du kommst?«

»Nicht alle von uns«, antworte ich mit einem wütenden Seitenblick auf meine Schwester. Innerlich versuche ich herauszufinden, was passiert ist. Julius ist nach Fehmarn gekommen, weil er mich vermisst? Aber was ist mit Cheyenne? Ist sie aus unserer ehemals gemeinsamen Wohnung ausgezogen?

Sein durchdringender Blick ist auf mich gerichtet. Schon lange hat er mich nicht mehr so angesehen. Als wäre ich seine Frau und er mein Mann.

In mir erwacht eine Sehnsucht, die ich mit aller Macht unterdrückt habe. Soll ich ihn ins Haus bitten oder ihn zurück nach Hamburg schicken?

Meine Großmutter nimmt mir die Entscheidung ab.

»Komm, Julius.« Sie hakt sich bei ihm unter und zieht ihn vom Auto weg. »Wir wollen gleich frühstücken. Du siehst hungrig aus.« Julius hält meinen Blick, bis Lina sich dazwischenschiebt und ihnen hinterhergeht.

Unentschlossen sehe ich allen dreien nach. Meine Beine wollen sich trotz der Kälte nicht bewegen. Was ist gerade geschehen? Wie kann ich eben noch zufrieden in der Küche den Kaffee zubereiten und mich jetzt fühlen, als hätte mich ein Traktor mit Schneepflug von der Straße geschoben und im eiskalten Graben verscharrt?

Tom steht nicht weit von mir entfernt unter ein paar Linden. Wie eine Maschine häuft er den Schnee auf.

Auf die Gastfreundschaft meiner Großeltern ist stets Verlass. Nicht nur, dass sie Julius zum Frühstück eingeladen haben, sie haben ihm auch angeboten, auf dem Lindenhof mit uns Weihnachten zu feiern. Aber wenn sie annehmen, dass er bei mir im Lilienzimmer übernachten wird, liegen sie falsch. Und wenn Julius denkt, dass ich mir das widerstandslos gefallen lasse, unterschätzt er mich.

Mein Croissant schmeckt nicht nach feinster Butter und paradiesischer Herrlichkeit. Der hauchdünne Blätterteig klebt mir wie Pech auf der Zunge. Über dem Brötchenkorb werfe ich meiner Schwester finstere Blicke zu. Warum hat sie angenommen, ich würde mich über Julius' Anwesenheit freuen?

Lina hingegen ignoriert mich. Sorglos isst sie ihr Marmeladenbrötchen und streichelt Leon neben ihr über den Kopf.

Das muss das leiseste Frühstück sein, das der Lindenhof je erlebt hat. Selbst als ich damals meinen Eltern mitgeteilt habe, dass ich mit Julius nach Hamburg ziehe, hat zumindest das Schluchzen meiner Mutter die Stille gebrochen.

Tom hat mich seit dem Chaos heute früh nicht einmal angesehen. Dank meiner Großmutter sitzt er links von mir, Julius zu meiner Rechten. Selbst wenn ich wollte, könnte ich nicht sagen, ob Tom atmet. Stumm hält er seinen Becher mit Möwenkopf-Emblem in den Händen. Julius auf meiner anderen Seite trübt offenbar nichts die Laune. Er schmatzt wie zu unseren glücklichsten Zeiten.

Die anderen Anwesenden scheinen die ungewohnt ruhige Stimmung am Tisch zu spüren. Familie Rademacher schlürft leise an ihrem Kaffee und dem Kakao. Niemand von ihnen streitet sich.

»Was machen Sie beruflich, Herr ...« Julius zerreißt die Stille am Tisch und mustert Tom hinter meinem Rücken.

»Feddersen«, antwortet Tom. Dabei hält er den Blick auf seinen Kaffeebecher gerichtet. »Tom Feddersen.«

»Aha«. Mit der Teekanne füllt Julius meinen halbvollen Becher auf. »Wie Sie vielleicht wissen, bin ich Julius Thorhoven.« Er zwinkert mir zu, als würden wir beide unter einer Decke stecken. Mit aufgerissenen Lidern versuche ich, ihm zu verdeutlichen, dass er gefälligst höflich bleiben soll. Aber er ignoriert mich.

»Also«, beginnt er von Neuem. »Was machen Sie, Herr Feddersen, beruflich, wenn Sie den Moormanns nicht beim Schneeschieben zur Hand gehen?«

»Er ist Scheidungsanwalt.« Paul beantwortet die Frage. Seine Lippen sind mit Großmutters Marmelade überzogen, was ihn nicht daran hindert, frech zu grinsen. »Und er fährt einen superschnellen Porsche. Hast du ihn gesehen? Er ist Silber und schläft unter einer Haube.«

»Aha.« Julius' linke Augenbraue schnellt in die Höhe. Für Außenstehende sieht er nur überrascht aus. Ich jedoch weiß, dass diese Geste pure Geringschätzung bedeutet. Er hatte noch nie etwas für schnelles Fahren oder überteuerte Autos übrig. »Dann haben Sie in meiner Marie bestimmt keine Freundin gefunden, Herr Feddersen. Das Einzige, das Marie als Paartherapeutin weniger leiden kann als Scheidungen, sind die Anwälte, die sich dabei eine goldene Nase verdienen.«

»Julius, bitte. Ich kann für mich selbst sprechen. Und ich bin nicht *deine* Marie. Nur ... Marie.« Offenbar sollte ich einige Dinge an diesem Tisch klarstellen.

»Selbstverständlich kannst du für dich sprechen.« Julius gluckst. Mein Magen fühlt sich von Sekunde zu Sekunde unwohler. »Ich treibe nur Konversation. Herr Feddersen versteht das, nicht wahr?«

Was ist nur in ihn gefahren, dass er sich wie ein Rind benimmt, das seine Weide verteidigen muss? Weiß er, dass Tom und ich eine Nacht zusammen verbracht haben?

Lina beobachtet mich genau. Hat sie Julius etwa davon erzählt? Zwar wischt sie Leon beiläufig den Mund, da er aussieht, als hätte es eine Pflaumenmusexplosion in seinem Gesicht gegeben, aber ich kenne diesen Blick. Mit allen Mitteln will sie mich darauf hinweisen, dass ich an die Seite meines Mannes gehöre.

Ich schnappe nach Luft, während Tom sich an Julius wendet.

»Vielleicht sollte ich Marie meine Hilfe anbieten, was sagen Sie dazu, Herr Thorhoven?«

»Wie?« Mit vollem Mund sieht Julius an mir vorbei. »Wobei könnte meine Marie Ihre Hilfe gebrauchen? Beim Porschefahren etwa?« Genüsslich kaut er auf seinem Brötchen und schluckt danach den Bissen herunter. »Meine Marie hält nichts von protzigen Karren. Haben Sie ihr schrottreifes Auto nicht gesehen? Sie liebt es, obwohl ich ihr immer sage, dass sie ein neues braucht.«

»Julius, bitte!« Hoffentlich legt er diesen überheblichen Tonfall ab. Und er weiß genau, dass Tom darauf nicht hinauswollte. Aber ich habe so das Gefühl, dass mir heute niemand mehr zuhören wird. Heute ist einer dieser Tage, die man mit der Decke über dem Kopf im Bett verbringen sollte. Bei einem Nag Champa Räucherstäbchen, Meditationsmusik und einem Berg von Schokoladenweihnachtsmännern.

»Davon rede ich nicht, Herr Thorhoven.« Tom stellt seinen Becher vor sich ab. »Soweit mir bekannt ist, leben sie beide im Trennungsjahr.« Unverblümt grinst er an mir vorbei. »Marie wird einen Anwalt brauchen, um sich von Ihnen scheiden zu lassen.« So, wie er schmunzelt, genießt er jedes seiner Worte, was ich ihm nicht verübeln kann.

Mit einem fast unhörbaren »Lass gut sein« bitte ich ihn, das Thema zu wechseln. Doch Tom scheint auf einmal schwerhörig zu sein.

»Für Marie werde ich pro bono arbeiten, wenn sie mich darum bittet. Denn anders als Sie vermuten, Herr Thorhoven, geht es mir in meinem Beruf nicht ums Geld. Ich helfe Frauen, sich von lästigen Ehemännern zu befreien. Mich selbst sehe ich eher als Beschützer, denn als Zerstörer.«

Gleich bricht Krieg aus. Warum tut denn niemand etwas? Mein Großvater lehnt mit verschränkten Armen und seiner Pfeife im Mund an seinem Stuhl. Meine Großmutter beobachtet die Schneeflocken hinter der breiten Fensterfront. Aber ich weiß, dass sie jeden Satz verfolgt.

Julius beschmiert sich eine Brötchenhälfte mit Butter, ehe er antwortet. »Es ist schon lustig, Herr Feddersen. Dafür, dass Sie uns kaum kennen, meinen Sie viel über uns zu wissen.« Er greift nach den Salamischeiben, die vor Paul auf einem Teller liegen. »Wer sagt Ihnen denn, dass meine Marie und ich uns scheiden lassen?«

»Tun Sie das nicht?«

»Mir wäre das neu.«

Tom und Julius sehen mich an. Und nicht nur diese beiden. So muss es sich anfühlen, wenn man träumt, man hält nackt vor der Schulklasse ein Referat. Jeder am Frühstückstisch beobachtet mich und ich habe den innigen Wunsch, mich auf der Stelle in Luft aufzulösen.

Links von mir sitzt Tom, der mein Herz zum Rasen bringt. Rechts von mir schaut Julius mich erwartungsvoll an, nachdem er ohne Rücksprache mit mir verkündet hat, dass er sich nicht von mir scheiden lassen will.

»Keksebacken!«, rufe ich verzweifelt. Der erstbeste Einfall, der mir in den Sinn kam. Ich habe nicht vor, unter den neugierigen Augen aller diese Frage zu klären. »Wer hat Lust, Kekse zu backen?«

Die drei Kinder der Rademachers trommeln auf dem Tisch und jubeln zusammen mit Paul und Leon im Chor.

»Ich bereite alles vor.« Hastig stehe ich auf, lache dabei aufgekratzt und vermeide es, mit einem der Erwachsenen Augenkontakt aufzunehmen. Ihre fragenden Blicke brennen Löcher in meine Strickjacke, als ich den Saal verlasse.

Kräftiger als nötig schrubbe ich die Brettchen und befördere Becher, Gläser und Besteck in die Spülmaschine. Der Klang des klimpernden Geschirrs und die Ahnung, dass jeden Moment etwas zerbrechen könnte, stillt meinen Zorn leider nicht. Auch mein Räucherstäbchen neben dem Toaster gibt sich zwar alle Mühe, aber der Geruch nach der Frangipani-Blüte besänftigt mich nicht. Wenn es sich nicht um das feine Porzellan meiner Großeltern mit dem bunten Blütenrand handeln würde, hätte ich es längst auf den weißen Fliesen zerschmettert.

Lina ist die Erste, die sich in die Höhle der Löwin wagt. Neben mir bleibt sie stehen, sieht aus dem Fenster in Richtung Parkplatz. Seit ich denken kann, hat sich meine Schwester noch nie bei mir entschuldigt. Auch dieses Mal wird sie es nicht tun. Aber dass sie Julius hinter meinem Rücken nach Fehmarn gelockt hat, ist die Spitze des Eisbergs.

»Ich hatte die besten Absichten«, fängt sie nach einer kurzen Pause an. »Ich dachte ... Wenn ihr beide eure Probleme beseitigen könnt, dann schaffen Patte und ich es erst recht.«

Ich werfe meine Spülbürste und das letzte Brettchen ins Spülbecken. Der Knall spiegelt nicht im Entferntesten die Wut wider, die mir durch die Adern fließt. Ich will meiner Schwester sagen, dass sie sich gefälligst aus meinem Leben raushalten soll, dass sie die Beziehung zwischen Julius und mir nichts angeht. Doch meine Wut löst sich in Luft auf, als ich ihre Tränen bemerke.

Stumm greife ich nach Linas Hand.

Das Leben geht verworrene Wege. Nichts läuft geradlinig, schon gar nicht, wenn man ein Teil meiner Familie ist. 45 Jahre bin ich eine Moormann und noch immer habe ich mich nicht daran gewöhnt, wie stur und engstirnig wir alle sind. Jeder von uns weiß besser, was für den anderen das Richtige ist. Und wir tun alles dafür, bis derjenige es einsieht oder wir alle in einer verbalen Sturmflut untergehen.

»Ich habe Angst, Marie.« Linas Stimme ist so leise, dass ich sie kaum verstehe. »Patte antwortet mir nur noch, wenn es um die Jungs geht.« Sie wischt sich eine Träne von der Wange. »Ich werde ihn verlieren.«

»Wirst du nicht. Patte liebt dich.« Das hoffe ich jedenfalls. Ich muss unbedingt mit meinem Schwager sprechen. Er muss wieder zu Sinnen kommen und zu seiner Familie zurückkehren. »Aber weißt du, Lina ... Julius und ich ... Wir ... Das, was wir einmal waren, das gibt es nicht mehr. Wir sind aneinander zerbrochen.«

Meine Schwester drückt meine Hand. »Ihr werdet es auch schaffen. Ihr müsst euch nur zusammensetzen und über eure Probleme sprechen. Wir alle gehören zusammen. Das letzte Weihnachten ohne euch war nicht dasselbe. Ich will kein zweites davon erleben.«

Das Gesicht meiner Schwester gleicht einer Fensterscheibe, die vom Regen überschwemmt wird. Ich möchte ihr die Trauer und ihre Furcht nehmen, doch diesen Weg muss sie allein gehen. Wenn ich ihr sagen würde, dass mir Julius das Herz gebrochen hat, würde das nichts bringen. Nicht in diesem Moment.

Wenn mir jemand vor ein paar Tagen erzählt hätte, dass ich mit Julius kurz vor Weihnachten Kekse backen würde, hätte ich ihn für verrückt erklärt. Wie soll ich mich mit dem Mann, der mit seiner neuen Freundin in unserer ehemaligen Wohnung zusammenwohnt, in einem Raum aufhalten, ohne durchzudrehen?

Die Kinder machen es möglich. Die Freude in ihren geröteten Gesichtern, ihr Lachen und Quieken lassen mich die Tatsache verdrängen. Erwartungsvoll stehen sie zwischen Julius und Tom an der Kochinsel, die mit aller Kraft den Mürbeteig mit Nudelhölzern bezwingen.

Mit einer heißen Schokolade in der Hand beobachte ich vom Spülbecken aus, wie sie angestrengt den Teig ausrollen, als wäre es eine anerkannte Wissenschaft. Nach Augenmaß fügen sie Mehl hinzu, damit der Keksteig nicht an der Arbeitsplatte festklebt. Wie bei einem Wettbewerb schielt Julius zu Tom und Tom zu Julius, damit der eigene Teig der dünnste und beste ist. Mit unzufriedenem Grummeln und verständnislosem Brummen wird die Teiglage ausgelotet, mehr Mehl hinzugefügt und entsprechend nachgerollt. Es dauert eine Weile, bis ihre Daumen nach oben zeigen und die Kinder Kekse ausstechen dürfen.

Dass die Kleinen den heimlichen Wettstreit nicht mitbekommen, erleichtert mich. Fröhlich drängeln sie sich um die Kochinsel, stechen Sterne, Tannenbäume, Leuchttürme und Stiefel aus, während im Hintergrund *Morgen kommt der Weihnachtsmann* spielt. Julius hat sich die Ankerform gesichert und sticht, ehrgeizig wie er ist, die meisten Formen aus, bis es wieder an der Zeit ist, den Teig neu auszurollen.

Daneben hilft Tom dem kleinen Matteo, der auf einem Tritthocker steht, Tannenbaumkekse auszustechen. Die Ärmel seines dunkelblauen Sakkos sind mit Mehl beschmiert, aber das scheint ihn nicht zu stören. Wie eine schützende Muschel steht er hinter dem Jüngsten der Rademacher-Bande, damit der Kleine nicht herunterfällt.

Je länger ich Tom mit Matteo betrachte, desto mehr muss ich lächeln. Auf einmal schmeckt meine heiße Schokolade wie flüssige Glückseligkeit, die mir warm und süß die Kehle hinabrinnt.

Als mein Blick auf Julius trifft, wie er mir mit wackelnden Augenbrauen Avancen macht, verschlucke ich mich. Seine rötlichen Brauen tanzen wie an dem Tag, als wir uns das erste Mal begegnet sind. Ehe ich mich in seinem Charme verliere, drehe ich mich zum Fenster und gebe hüstelnd vor, dem fallenden Schnee am grauen Himmel zuzusehen.

Julius mustert mich. Das weiß ich, ohne hinzusehen. Was ich jedoch nicht begreife, ist, was er sich auf Fehmarn erhofft. Denkt er, wir hätten noch eine Chance, nach all dem, was geschehen ist? Lina tut es jedenfalls. Auch wenn ich mir nicht sicher bin, dass sie Patte verzeihen würde, wenn sie in meiner Situation wäre.

Können Julius und ich wieder ein Paar werden? Ich wage kaum, mir diesen Gedanken zu erlauben. Nachts würde er sich an mich kuscheln und mir wärmflaschenartig die kalten Füße aufheizen. Während meiner morgendlichen

Dusche würde er die Glastür öffnen und hineinschlüpfen, um, wie er behauptet, Wasser zu sparen.

Wie lange würde diese Phase andauern? Ein halbes Jahr? Vielleicht ein ganzes? Wie lange würde es gut gehen, bis wir uns wieder im Alltag und in der Arbeit verlieren?

Meine Finger verkrampfen sich um den Becher, mein Brustkorb zieht sich zusammen. Ich will diese Erinnerungsbüchse der Pandora nicht öffnen. Sie ist fest verschlossen. Es gibt einen Grund, weshalb wir nicht mehr zusammen sind. Dieser Grund ist weiblich, heißt Cheyenne und lebt mit Julius zusammen.

Von der Seite hüllt mich eine gewaltige Mehlwolke ein. Die Kinder kichern und kreischen. Ich traue meinen Augen nicht. Julius und Tom stehen sich gegenüber, in der einen Hand jeweils eine Packung Mehl, mit der anderen greifen sie hinein, bewerfen sich und hüllen die Küche in eine riesige Wolke aus feinstem weißem Puder.

»Verschwinde von hier!« Mit hochrotem Kopf bewirft Julius katapultartig sein Gegenüber. Die Augen zu Schlitzen geformt, der schmale Mund gekräuselt. »Du hast hier nichts zu suchen! Verschwinde und lass meine Marie in Ruhe!«

»Du bist vollkommen irre.« Tom wischt sich das Mehl aus den Augen und versucht dabei, seinen Angreifer ebenfalls einzunebeln.

»Julius!«, bettele ich. »Tom, bitte! Beruhigt euch wieder!« Meine flehenden Rufe prallen an ihren erhitzten Gemütern ab. Paul und Leon zerre ich in Sicherheit, ihre dunkelblonden Haare und geröteten Gesichter sind übersät mit Mehl. Die drei Kinder der Rademachers sind längst aus der Küche geflüchtet. Von ihnen sind nur noch die kleinen Fußspuren auf den Fliesen zu erkennen.

»Irre nennst du mich? Du hast mich noch nie *irre* erlebt!«

»Wartet! Nicht! Stopp!«

Wie ein Besessener beginnt Julius, Tom durch die Küche zu jagen. Er versenkt den schicken Anzug unter einer dicken Mehlschicht. Tom stolpert rückwärts und bewirft Julius' Rentierpullover und die helle Jeans mit Mehl.

»Das wird dein Untergang sein!« Julius greift tief in die Packung, als meine Großmutter hinter Tom auftaucht.

»Achtung!«, rufe ich ihr zu, aber es ist zu spät. Tom schert im selben Augenblick zur Seite aus. Die für ihn bestimmte Ladung Mehl landet auf Großmutter.

»Beim Klabautermann!« Nach Luft japsend taumelt sie rückwärts gegen die Schrankwand. »Was soll das Chaos?« Hastig befreit sie ihre Augen von der mehligen Schicht. »Schämt ihr euch nicht? Wie könnt ihr den Kindern das Keksebacken verderben?« Mit einem Ruck reißt sie das Kabel aus dem Radio neben dem Toaster, gleichzeitig verstummt das Kichern meiner Neffen.

Wie ungezogene Schüler stehen Julius und Tom zwei Armlängen auseinander vor meiner Großmutter. Die Blicke auf den schmutzigen Boden gerichtet, die Mehlpackungen hinter den Rücken verborgen.

»Paul, Leon!« Meine Großmutter zeigt in den Flur. »Geht duschen! Aber zieht vorher die Socken aus, damit ihr mir den Flur nicht noch mehr schmutzig macht.«

Ich schiebe die Jungs zur Tür und helfe ihnen, sich so weit auszukleiden, dass sie problemlos ins Badezimmer laufen können.

Als ich mich umdrehe, zeigt meine Großmutter mit erhobenem Finger auf Tom und Julius. »Wenn ihr beide denkt, dass ich euer Durcheinander aufräume, habt ihr euch geschnitten. Ihr werdet so lange in der Küche bleiben, bis ich keinen Krümel Mehl mehr entdecke. Haben wir uns verstanden?«

Beide nicken zögerlich.

»Julius, du wirst die Oberflächen säubern. Aber nicht nur die Arbeitsflächen, sondern auch die Schranktüren. Herr Feddersen wischt den Boden. Und du Marie ...« Ihr vorwurfsvoller Blick gefällt mir nicht. »Du wirst das Mittagessen vorbereiten und ein Auge auf die Männer haben. Wenn ich auch nur eine Prise Mehl entdecke, werde ich dich dafür verantwortlich machen.«

»Mich? Wieso mich?«

»Weil du nicht unschuldig an der Unordnung bist. Los jetzt! Zeig den beiden Putzlappen und Feudel. Und dass mir keine Klagen kommen!«

Wie Aschenputtel komme ich mir vor, die von ihrer bösen Stiefmutter dazu gezwungen wurde, Zeit mit zwei durchgedrehten Prinzen zu verbringen. Gründlich wasche ich den Grünkohl aus dem Gemüsegarten, schäle Zwiebeln sowie Kartoffeln, kümmere mich um Kohlwurst und Bauchspeck. Alles für das Mittagessen. Nebenbei beobachte ich Julius und Tom, die mit genügend Abstand zueinander die Küche säubern.

Bis auf meine Messergeräusche und ein gelegentliches Klacken, wenn Toms Feudelstange an einen Schrank schlägt, ist die Küche von einem unbehaglichen Schweigen belegt.

Als Tom die Küche verlässt, um das Schmutzwasser zu entsorgen, drehe ich mich zu Julius. Er wringt seinen Schwamm im Spülbecken aus. »Wieso gehst du auf einen der Gäste los? Das könnte dem Lindenhof und dem Ansehen meiner Familie schaden. Was ist bloß in dich gefahren?«

Ein letztes Mal presst Julius das Wasser aus dem Schwamm. »Ist er das denn?«

»Was meinst du?«

»Ich spreche von *deinem* Tom. Ist er ein *normaler* Gast so wie Susanne oder Jens?«

Bei seiner Betonung läuft es mir eiskalt den Rücken hinab. »Er ist nicht *mein* Tom. Er ist ein Gast wie jeder andere.« Ein wenig widerstreben mir diese Worte, doch in diesem Moment sind es die richtigen. Tom und ich sind kein Paar. Ich muss Julius nicht belügen.

»Und warum sieht er dich an, als wärst du sein Eigentum?«

Ein Lachen stolpert mir über die Lippen. Nicht nur, dass Julius keine Menschenkenntnis besitzt, er ist dazu noch eifersüchtig geworden. All die Jahre hat es ihn nie geschert, wenn ein Mann mit mir geflirtet hat. Aber plötzlich beginnt er eine Mehlschlacht, weil Tom mir einen bestimmten Blick zuwirft?

»Du fantasierst.«

Achtlos wirft er den Schwamm ins Spülbecken. »Ich habe noch nie klarer gesehen.« Seine Lider verengen sich. »Wie lange kennt ihr beide euch schon? Hattest du wegen ihm keine Zeit für mich?«

Julius steht so nah vor mir, dass ich seinen Duft wahrnehme und damit unser altes Leben. Er nutzt noch immer das Aftershave, das ich ihm jedes Jahr zum Geburtstag geschenkt habe.

Alles an dieser Situation fühlt sich merkwürdig an. Zwei Schritte weiche ich zurück. »Ich …« Mein Kopf ist leer und gleichzeitig überfüllt. Es dauert ein paar Sekunden, bis ich ihm antworte.

»Wann hatte ich bitteschön zu wenig Zeit für dich? Wir leben seit einem Jahr getrennt. Ich muss keine Zeit mehr für dich haben. Mein Leben widme ich meinen Klienten, meiner Familie und mir. Nicht dir.«

Wie einem Kleinkind streicht Julius mir über den Kopf. Ich bin zu verblüfft, um mich zu wehren.

»Ich spreche von unserer Ehe, Marie. Von dem letzten Drittel. Du hast dich so weit von mir entfernt, hattest weder Zeit für Urlaub noch für einen Kurztrip. Und ich habe ein Recht zu wissen, ob das an dem Typen lag, der zu blöd zum Schneeschippen ist.«

Energisch schiebe ich seine Finger von meinem Kopf. Er kann mich nicht streicheln und mir gleichzeitig eine Affäre unterstellen. »Ich bin nicht du, Julius. Ich habe dich nicht betrogen. Zwischen Tom und mir ist nichts. Außerdem geht dich das alles nichts mehr an.«

»Dann gibt es Hoffnung für uns?« Julius greift nach meinen Händen und massiert sie mit den Fingern – genau wie früher.

»Für uns beide? Du willst wieder mit mir zusammen sein?«

»Ja.«

Zwei Buchstaben. Zwei einfache Buchstaben, die meinen Herzschlag erhöhen. Ist das sein Ernst? Langsam verliere ich den Boden unter den Wollsocken. Was ist mit Cheyenne? Denkt er, er kann uns einfach austauschen, wie es ihm beliebt?

»Weiß sie, wo du bist?«

»Wer?«

Ich presse die Finger um seine Hände. »Bring mich nicht dazu, ihren Namen auszusprechen.«

Sein Schweigen ist wie eiskaltes Wasser im Gesicht. Er weicht meinem Blick aus und ich ahne, dass sich seine Situation nicht geändert hat.

Erst nach ein paar Atemzügen schaut er mich wieder an.

»Lass uns nach New York fliegen – noch heute Nacht. Es gibt einen Flug direkt von Hamburg aus. Du musst nur *Ja* sagen, Marie. Sag *Ja* und wir lassen alles hinter uns und sind wieder ein Ehepaar.«

Zwei Buchstaben. Zwei einfache Buchstaben.

Mein Puls rast wie damals, als Julius mir einen Heiratsantrag gemacht hat. Zwar geht er nicht auf die Knie, aber das Strahlen in seinen hellgrünen Augen ist dasselbe.

Ich weiß nicht mehr, wie oft ich mir so eine Situation ausgemalt habe: Julius steht vor meiner Haustür oder er fängt mich in meinem Tempel ab und bittet mich, wieder zu ihm zu ziehen. Er fleht um Verzeihung, schwört, wie sehr er mich liebt. Sagt, dass er geistig umnachtet gewesen sein muss, mich betrogen zu haben. Doch das ganze Trennungsjahr über hat er nicht reagiert. Bis jetzt.

Erst langsam, dann stetig drohender, schleicht sich eine Ahnung in meinen Kopf. »Hat sie sich von dir getrennt? Ist das der Grund, warum du nach Fehmarn gekommen bist? Fürchtest du dich vor dem Alleinsein?« Sein Schweigen treibt mich beinahe in den Wahnsinn. »Sag was, Julius!«

Seine zärtlichen Berührungen fühlen sich vertraut an und beruhigen mich langsam. Alte Gewohnheiten schleichen sich plötzlich ein. Wie früher lege ich den Kopf schief, schließe die Lider und genieße kurz seine Wärme.

»Mein Auftritt hat dich ziemlich überrascht, ich weiß.«

»Ziemlich ist arg untertrieben.«

»Seit Monaten wollte ich dich anrufen. Aber ich habe mich nicht getraut, weil du gesagt hast, dass du mich nicht wiedersehen willst. Aber dein Anruf an unserem Hochzeitstag hat alles geändert.«

»Ach, ja?« Je länger ich beobachte, wie er auf seiner Unterlippe kaut, desto nervöser werde ich und löse mich von ihm. Jede Sekunde, die ich weiter mit ihm verbringe, intensiviert den Wunsch, ihm nahe zu sein. Ist das nur Gewohnheit oder möchte ich einen Neuanfang mit ihm wagen?

»Bitte, bleib.« Julius hält meine Hände fest. »Ich vermisse dich. Ich vermisse deinen Geruch in meinen T-Shirts, in denen du geschlafen hast. Ich vermisse uns. Das, was wir einmal waren. Ein Team, das nichts und niemand trennen konnte. Selbst deine Gemüsesäfte, die wie Kompost schmecken, vermisse ich. Ich liebe dich, Marie. Und ich will keinen Tag mehr ohne dich sein. All das, was geschehen ist, tut mir unsagbar leid. Eine Entschuldigung macht meine Taten nicht ungeschehen, das weiß ich. Aber es ist ein Anfang. Ein Neuanfang für uns, wenn du mich zurücknimmst. Liebst du mich noch, Marie? Denn ich liebe dich – mehr als je zuvor.«

Er sagt sie alle. All die schönen Worte, die ich vor einem Jahr hatte hören wollen. Nach denen ich mich verzehrt habe, ohne die ich in Frust und Selbstmitleid versunken, fast ertrunken bin.

Julius vermisst mich. Er liebt mich. *Mehr als je zuvor.* Seitlings lehne ich an der Arbeitsfläche und versuche, zu begreifen, was gerade geschieht. Er will mit mir zusammen sein.

Aber warum weicht er mir aus, wenn ich nach *ihr* frage? Hat er sich von ihr getrennt? Liebe ich ihn noch? Kann ich ihm verzeihen, dass er mich betrogen hat? Will ich zurück in ein Leben, das ...

Ein Räuspern erklingt. Tom steht im Türrahmen. Wie lange er uns bereits zuhört, kann ich nicht einschätzen.

Seiner reglosen Miene nach zu urteilen, hat er zu viel gehört.

»Brauchst du Hilfe beim Kochen?« Mit einem kurzen Nicken deutet er auf die Töpfe auf dem Herd.

Julius stellt sich schräg vor mich. »Marie hat ausreichend Hilfe. Ich bin jetzt da. Du wirst nicht gebraucht.«

»Hör sofort auf damit!« Ich winde mich hinter Julius' Rücken hervor und strafe ihn mit einem leichten Schlag gegen die Schulter. »Du benimmst dich wie ein Neandertaler. Gleich zerrst du mich an den Haaren die Treppe hinauf.«

»Wenn du das möchtest, können wir das machen. Ich bin für alles offen. Erinnerst du dich, wie wir jeden Sonntag vor dem Frühstück nackt auf dem ...«

»Julius! ... Das gehört nicht hierher.« Entsetzt ringe ich nach Atem, mein Gesicht brennt wie Feuer. »Aber ich brauche keine Hilfe, Tom, danke, dass du ...«

Der Türrahmen ist leer, Tom ist längst gegangen. Dafür kommt mein Großvater über den Flur auf uns zu.

»Wie gut, dass du noch da bist, Julius. Ich brauche jede kräftige Hand, die ich finden kann. Wir müssen Schnee schippen, sonst wächst er uns über den Kopf.«

»Kann das nicht warten? Ich wollte Marie beim Essen helfen. Und nach der Wettervorhersage wird der Schnee nicht liegenbleiben.«

Mein Großvater nimmt seine Pfeife aus dem Mund und deutet damit aus dem Fenster. »Wenn der Wind aus Nordosten kommt und es vorher tagelang kalt ist, kann es über Nacht zuschneien, bis die Straßen verstopft sind. Dann versinken wir schneller in einer Schneekatastrophe, als wir *Klabautermann* sagen können. Oma Moormann kann meckern, wie sie will – wir schippen Schnee. Die

Autos müssen gesichert werden und Lina braucht Hilfe bei den Tieren im Stall.«

»Selbstverständlich.« Man braucht nicht viel Menschenkenntnis, um herauszuhören, dass Julius lieber bei mir bleiben würde.

Ein letztes Mal dreht er sich zu mir um. »Das zwischen uns ...«, sagt er, »... das ist noch nicht vorbei.«

Vor sich hin summend eilt er meinem Großvater hinterher und lässt mich mit meinem Gefühlschaos allein.

Das Mittagessen gleicht einer tragischen Komödie. Ich sollte erleichtert sein, denn die Stimmung im Saal ist ausgelassen und fröhlich. Julius erzählt neben mir eine Zahnarztanekdote nach der anderen, was vermutlich daran liegt, dass Tom nicht anwesend ist. Meiner Schwester laufen Lachtränen aus den Augen und mein Großvater grinst unter seiner Pfeife, während meine Großmutter sich halb am Kräuterschnaps verschluckt.

Mir ist nicht zum Lachen. Ich kenne jeden von Julius' Witzen. Aber daran liegt es nicht. Toms Gesichtsausdruck geistert mir im Kopf herum. Wie er im Türrahmen stand und mich ansah, als wären wir Fremde, als würden wir nicht den Geschmack unserer Lippen kennen und wüssten nicht, wie sich die Haut des Anderen anfühlt.

Stumm blicke ich auf meinen Teller, hin und wieder setze ich eine Maske der Begeisterung auf, damit niemand Verdacht schöpft. Ab und zu schiele ich hinüber in den Flur, da ich befürchte, jeden Augenblick Toms Koffer zu entdecken.

Umso erleichterter bin ich, dass ich nach dem Abwasch mit den Kindern verabredet bin. Julius wollte sich uns anschließen, doch mein Großvater hat ihn eingeteilt, gemeinsam mit Tom bis zum Abendbrot den Parkplatz und die weitläufige Allee vom Schnee zu befreien. Die beiden Schneeberge, die er und Tom jeweils an den gegenüberliegenden Enden des Hofes anhäufen, besitzen mittlerweile die Höhe von Iglus.

Der kleine Matteo hat seine große Schwester Emma und seinen Bruder Nils mitgebracht. Gemeinsam mit Paul und Leon veranstalten wir eine Laternenwanderung über den Hof. Ich schalte die LED-Lichter unserer selbst gebastelten Laternen aus bunten Cellophan-Blättern an. Die aufgeklebten Sterne, Leuchttürme und Fische werden ins rechte Licht gesetzt. Im Gänsemarsch folgen wir Matteo durch die Schneeflocken, der in Schlangenlinien über den Hof marschiert. Dabei singen wir Weihnachtslieder und schunkeln fröhlich hin und her.

Während ich darauf achte, dass mir niemand abhandenkommt, erwische ich mich, wie ich nach Tom Ausschau halte. Seitdem wir an die frische Luft gegangen sind, ignoriert er mich. In den gefütterten Gummistiefeln und der Wollmütze meines Vaters häuft er konzentriert Schnee auf einer Stelle an und dreht mir absichtlich den Rücken zu. Jedenfalls kommt es mir so vor, denn jedes Mal, wenn Matteo uns an Tom vorbeiführt und ich hoffe, einen Blick auf sein Gesicht zu erhaschen, ändert er seine Position.

Julius benimmt sich dagegen wie ein übermütiger Teenager. Wenn wir seinen Schneeberg passieren, winkt er unserem Laternenumzug zu, steht wie ein Soldat mit seiner Schaufel stramm und bringt mich und die Kinder zum Lachen.

Als wir ein weiteres Mal bei Tom vorbeigehen, bleibe ich unwillkürlich stehen.

»He!« Paul zieht am Ärmel meines Daunenmantels. »Nicht anhalten! Dann unterbrichst du die Kette.«

»Ich komme gleich. Lauf du hinter Leon – aber nicht ärgern!«

Grinsend eilt Paul seinem Bruder nach und schiebt ihm einen Finger in den Rücken. Mit einem Auge verfolge ich, wie Leon sich beschwert, Paul jedoch lachend hinter den anderen Kindern hermarschiert.

Warum dreht sich Tom nicht ein einziges Mal um? Er muss uns gehört haben. Trotzdem schichtet er Schnee auf, als stünde jemand mit einer Peitsche hinter ihm.

Zwei, drei Schaufeln verharre ich auf der Stelle, dann kann ich nicht länger an mich halten. »Ich habe Julius nicht eingeladen, das musst du mir glauben.«

Schweigend schippt Tom Schnee. Aber ich habe gesehen, wie er für eine Sekunde innegehalten hat.

»Lina hat ihm geschrieben. Deshalb ist er gekommen. Ich möchte, dass du weißt, dass es mir nichts ... Ach, verdammt!« Ich bin es leid mit seinem Rücken zu sprechen. »Drehst du dich wenigstens um?«

Mit einem Ruck landet Toms Schaufel im Schneeberg, prallt ab und schlittert über den Boden zu seinen Gummistiefeln. Als hätte ich ihm einen Eimer eiskaltes Wasser über den Kopf gegossen, dreht er sich zu mir um. Die Arme vor dem Oberkörper verschränkt, die Lippen geschürzt, die dunklen Augenbrauen liegen tief in seinem Gesicht.

»Deine Worte sind unnötig.«

»Das ... das finde ich nicht«, stammele ich. »Zwischen uns gab es einen Moment. Gestern am Strand. Es fühlte sich an wie vor einem Jahr, als wir bei-«

»Ach, hör damit auf, Marie!« Mit einem barschen Winken unterbricht er mich. Sein strenger Blick treibt mir beinahe die Tränen in die Augen. Aber diese Genugtuung werde ich ihm nicht geben. »Du bist mir keine Rechenschaft schuldig. Triff dich, mit wem du willst. Dein Leben geht mich nichts an.«

»Nur ein One-Night-Stand«, flüstere ich. Meine Kehle fühlt sich wie Schmirgelpapier an. »Eine flüchtige Kerbe in deinem Bettpfosten.«

»Eben.«

Innerlich erfasst mich eine Lawine. Meine Ohren rauschen, mein Kopf schmerzt und meine Beine zittern. Ich habe dieses dringende Bedürfnis davonzulaufen, kann jedoch nicht, da mich der imaginäre Schnee längst begraben hat.

»Versteh bitte, Marie.« Tom kommt mir entgegen. »Es ist nicht so, dass ich nicht ... Es gab diesen Moment zwischen uns, aber seitde-«

»Aaangriff!«

Wie ein Pfeil schnellt Julius' Stimme über den Hof und übertönt Toms Worte. Kurz darauf rasen Schneebälle an uns vorbei, platzen am Schneeberg auf, treffen die Scheune hinter uns und zerbersten an unseren Mänteln und Hosen. Julius steht hinter den Kindern, die sich wie ein schützender Deich vor ihm positioniert haben.

Tom und ich sehen uns an. Er grinst.

»Los. Den zeigen wir's.«

Mir schwirrt noch immer der Kopf. Trotzdem folge ich ihm hinter den Schneeberg. Wir verbarrikadieren uns, raffen jedes bisschen Schnee zusammen, das wir mit unseren behandschuhten Fingern greifen können.

Dann stürmen wir auf unsere Angreifer los. Wie bei einem Feuerwerk schnellen die Schneebälle zwischen Kreischen, Lachen und Kichern über den Hof. Wir laufen im Kreis, bewerfen uns gegenseitig. Wir spielen jeder gegen jeden.

Leon liegt als Erster im Schnee und jammert, Paul thront gackernd auf ihm. Matteo, Emma und Nils haben sich unfairerweise gegen mich verschworen und seifen mich mit Schnee ein, während ich nach Hilfe rufend mit den Armen auf dem Boden rudere. Erst als ich fast in Schnee ertrinke, bemerke ich Tom und Julius. Wie in einem Duell stehen sie sich gegenüber, gehen abwechselnd in die Knie, formen Schneebälle und bewerfen sich mit einer Zielsicherheit, die ihresgleichen sucht.

»Jungs, lasst gut sein!« Beide ignorieren mich. »Drinnen wartet heiße Schokolade auf uns.« In der Hoffnung, dass sie auf meinen Bestechungsversuch eingehen, stehe ich auf und wische die Lawine von meiner Kleidung.

Aber weder Tom noch Julius hören auf mich. Dafür laufen die Kinder mit einem lauten »Schokoladeee!« ins Haus.

Erst als ein VW Polo mit quietschenden Reifen über den Schnee die Allee hinaufschlittert, hört Julius auf, Schneebälle zu formen. Das kleine Auto erinnert mich an eine pinke Kaugummiblase, die kurz vor dem Platzen steht.

Ich kann nicht erkennen, wer am Steuer sitzt, doch so, wie Julius' Gesichtsausdruck gefriert, schwant mir nichts Gutes.

»Wer ist das?« Mit ausgebreiteten Armen trete ich zwischen die Männer, damit sie ihre Schlacht nicht von Neuem beginnen.

Tom wirft seinen letzten Schneeball an meine Leggings und streckt mir die Zunge heraus. »Erwartet ihr noch einen Gast?«

Ich schüttele den Kopf. Großmutter hätte mir erzählt, wenn sich jemand kurzfristig vor Weihnachten bei uns ein Zimmer gemietet hätte.

»Julius?«

Er reagiert nicht auf mein Rufen. Julius säubert seine Kleidung und läuft dem Auto entgegen.

Ich müsste Kristalle so groß wie die Schneehaufen auf dem Hof aufstellen, um die angespannte Luft beim Abendessen zu reinigen. Der Tisch im Saal quillt beinahe über vor Menschen, Pfannkuchen, selbst gebackenem Brot und aufgewärmten Brötchen vom Frühstück, Spiegeleiern, geräuchertem Fisch, Gewürzgürkchen, Mini-Würstchen, selbst gemachter Marmelade, Nussmus, Kakao, Wasser, Bier und Wein.

Trotzdem ist mir der Appetit vergangen. Nicht, weil Julius nicht mehr neben mir, sondern weil er mir gegenüber an Cheyennes Seite sitzt, die mich mit ihren Puppenaugen mustert.

Ich fasse es nicht, dass beide hier sind. Hier, im Haus meiner Eltern. Auf dem Lindenhof, den die Großeltern meines Großvaters errichtet haben. Wenn meine Vorfahren davon wüssten, würden sie mir ihre Mistgabeln leihen, damit ich beide von der Insel jagen kann.

Sieh dem Dreckspatz in die Augen, Kind, hat meine Großmutter gesagt, als ich vorhin den letzten Pfannkuchen auf den Servierwagen gelegt habe. Ich weiß noch immer nicht, ob sie damit die verquere Lage an sich oder Cheyenne gemeint hat. Ihrem grell geschminkten Gesicht nach zu urteilen, hat sie nicht eine Farbe aus ihrem Tuschkasten ausgelassen.

Ich komme mir mit meinem hochgezwirbelten Dutt, in meiner bunten Strickjacke und den schwarzen Leggings altbacken und stillos vor. Mir schwant langsam, warum Julius sich von seiner Assistentin mehr und mehr angezogen gefühlt hat. Eine Erkenntnis, die mir einen heftigen Stich versetzt.

Mit einem großen Schluck Rotwein kippe ich meine verletzten Gefühle hinunter und hoffe, sie verschwinden unter dem Gedankenwirrwarr, der meinen Kopf beherrscht.

Zumindest ist auf meine Schwester Verlass. Die bösen Blicke, die Lina unserem Neuzugang über den Tisch zuwirft, erheitern mich. Beinahe könnte ich ihr verzeihen, dass sie Julius nach Fehmarn eingeladen hat, ohne mich zu fragen.

Aber nur beinahe. Denn ohne ihre überstürzte Aktion säße mein Ex-Mann in spe nicht an diesem Tisch und neben ihr seine ... Was? Aktuelle Freundin? Ex-Freundin? Assistentin mit gewissen Vorzügen?

Tom schenkt mir Wein nach. Seit wir am Tisch sitzen, tut er das. Und ich genieße diesen Service. Zwar sagt er kein Wort, aber ihn neben mir zu wissen, fühlt sich wie ein Fels in der tosenden Brandung an.

»Das schmeckt vorzüglich, Oma Moormann.« Mir schnürt es die Kehle zu, dass Cheyenne den Spitznamen meiner Großmutter ausspricht, als wäre sie ein Teil dieser Familie. Insgeheim hoffe ich, sie würde sich an ihrem Pfannkuchen verschlucken.

»Danke, Liebes.« Meine Großmutter bleibt wie immer ausgesprochen höflich. »Was machen Sie beruflich?«

Cheyenne kaut an einem Gewürzgürkchen, ehe sie antwortet: »Ich arbeite mit Julius zusammen. Wir führen gemeinsam die Zahnarztpraxis in Hamburg-Mitte. Es ist einfach perfekt!« Mit ihrer Gabel spießt sie ein weiteres Gürkchen auf. »Wie lange machen wir das jetzt, Schatzi?«

»Ähm.« Julius' Blick huscht über die Teller wie ein aufgedrehtes Eichhörnchen. Für wenige Herzschläge bleibt er bei mir, nur um sich schnell wieder seiner Sitznachbarin zu widmen. »Seit zwei Jahren bist du in *meiner* Praxis.«

»Stimmt, Schatzi. Eine Ewigkeit schon.« Sie kichert. »Die Zeit rennt super schnell. Eben noch mache ich meinen Abschluss und dann begegne ich dem tollsten Typen im Hamburg. Wie in einem romantischen Film – einfach perfekt! Trotzdem habe ich ständig das Gefühl, morgen steht bei uns die Rente an. Deshalb ist es so wichtig ... Was sage ich immer, Schatzi?«

»Ähm. Carpe ... diem.«

»Genau. Wie in diesem Film, wissen Sie?« Kauend nickt sie in die Runde. Susanne und Jens starren sie wie ein Fernsehprogramm an, das sie ihren Kindern lieber vorenthalten würden. »Es ist besser, den Tag vor dem Abend zu nutzen als andersherum. Dann wird alles perfekt.« Wie bei einem Prost hebt Cheyenne ihr Glas und spült die Gürkchen mit Wasser hinunter.

Bei dem Klang ihrer grellen Stimme befürchte ich, dass mein Glas zerspringt. Aber wie durch ein Wunder hält sich der Wein darin. Hastig trinke ich, bis ich den Boden erreiche. Als ich das Glas abstelle, schenkt mir Tom sogleich nach.

»Und was führt Sie zu uns auf den Lindenhof? Brauchen Sie Urlaub von der Großstadt?«

Endlich. Mein Großvater stellt die richtigen Fragen. Schmunzelnd lehnt er sich zurück gegen den Stuhl und zieht an seiner Pfeife.

»Ich habe Julius gesucht.« Cheyenne lächelt entzückt. »Heute früh bin ich aufgewacht und er lag nicht mehr in unserem Bett. Aber meine App hat mir angezeigt, wo er ist. Mein Schatzi macht manchmal solche Späße, müssen Sie wissen. Aber ich finde ihn überall. Und dass er mich mit einem Ausflug auf eine Insel überrascht, hätte ich niemals gedacht.«

Mit ihren beringten Fingern greift sie nach Julius' Arm, als wäre er ihr persönliches Eigentum. Schlimm genug, dass ich mit ansehen muss, wie die Frau, die mir meinen Mann ausgespannt hat, die Pfannkuchen isst, die ich gebraten habe. Nun wendet sich Julius ihr mit einer Fürsorglichkeit zu, die mir die Galle in den Rachen treibt.

Abrupt stehe ich auf.

»Sind alle fertig? Dann werde ich den Tisch abräumen. Julius und seine ... ähm ... Assistentin müssen sich verabschieden. Der Weg nach Hamburg ist weit und es ist schon spät.«

Julius wirft mir einen flehenden Blick zu. Vermutlich will er mir sagen, dass er den Abend mit mir verbringen wollte. *Versöhnung* feiern. Mir wird schlecht bei dem Gedanken. Was hat er vorhin gesagt? Er liebt mich und will mit mir zusammen sein?

Ich hasse die ganze Welt.

Geschirr und Besteck klirren und klimpern, als ich es auf den Servierwagen werfe.

»Wo ist deine Gastfreundschaft geblieben, Kind? Du kannst unsere Gäste bei diesem Wetter nicht vor die Tür schicken. Julius und Cheyenne bekommen das Veilchenzimmer, wenn sie bei uns übernachten wollen.«

Ich wage es nicht, mich zum Tisch umzudrehen. Das muss alles ein mieser Albtraum sein. Was bezweckt meine Großmutter mit dieser Einladung? Will sie mich umbringen?

»Wenn Marie nichts dagegen hat, bleiben wir gern, Oma Moormann.« Julius hat diesen weinerlichen Unterton in der Stimme, den er jedes Mal nutzt, wenn er weiß, dass ich *Nein* sage, er von mir aber unbedingt ein *Ja* hören möchte.

»Spiel doch Akkordeon, Opa«, mischt sich meine Schwester ein. »Dann können wir alle Seemannslieder singen und den Abend gemütlich ausklingen lassen. Was sagt ihr?«

Ich liebe meine Schwester für ihre Ablenkungsaktion.

»Live-Musik?« Cheyenne kreischt. »Ich steh auf Konzerte!« Wie die Kinder, wenn es um eine heiße Schokolade geht, klatscht sie die Hände zusammen und wippt auf dem Stuhl.

»Ich helfe dir, Marie.«

Julius steht auf und räumt den Tisch mit ab. Mein deutliches »Nicht nötig« ignoriert er und schiebt den vollen Servierwagen über den Flur. Mein Magendrücken intensiviert sich, je näher wir der Küche kommen. Ich versuche, mich auf alle Hilfsmittel zu besinnen, die mir für Atemkontrolle und Selbstbeherrschung einfallen.

Tief atme ich ein und aus, wieder und wieder. Ein leuchtender Regenbogen wächst in mir. Ich laufe auf einer grünen Wiese bei strahlendem Sonnenschein. Ich bin das Zentrum der Ruhe. Niemand kann mich aus meinem inneren Tempel verdrängen.

Nichts davon hilft.

Wenige Schritte später erreichen wir die Küche. Noch ehe Julius den Servierwagen an die Spülmaschine geschoben hat, dreht er sich um und umarmt mich.

Vor Schreck bleibt mir die Luft weg.

»Ich wusste nicht, dass sie kommt. Ehrlich! Du musst mir glauben. Du musst einfach. Ich hätte es nie zugelassen, dass ihr euch begegnet. Diese App ist der letzte Scheiß. Ich wollte ihr eine Nachricht hinterlassen, aber das habe ich vor lauter Vorfreude auf ein Wiedersehen mit dir vergessen. Ich habe dich unendlich vermisst, Marie. Ich will keinen Tag mehr ohne dich sein.«

Wie in einer Zwangsjacke schnappe ich nach Luft und befreie mich aus seinem Armgefängnis.

»Seid ihr noch zusammen?«, krächze ich mit trockenem Mund. »Hast du gedacht, du kommst nach Fehmarn und machst mich zu deiner Konkubine, während sie in Hamburg euer Bett warmhält?«

»So ... so ist das nicht. Ehrlich!« Julius will mich in den Arm nehmen, doch ich trete zurück.

»Wie ist es dann?«

»Ich ... ich vermisse dich.«

»Du wiederholst dich.« Langsam plagt mich das Gefühl, dass seine Worte keinerlei Bedeutung haben. »Bist du noch mit ihr zusammen?«

Mehr als ein Seufzen bekomme ich nicht aus ihm heraus.

»Antworte mir!«

Zögerlich öffnet er den Mund. »So ist das alles nicht. Es ist alles ganz anders ... Lass uns nach New York fliegen. Wir beide, heute Nacht. Dann wird sich alles klären. Wenn wir erst im Flieger sitzen, sieht die Welt ganz anders aus.«

»Flucht? Das ist deine Antwort?«

»Du denkst zu viel, Marie. Das hast du immer schon getan. Lass dein Herz entscheiden. Ein einziges Mal. Was sagt es dir? Hm? Was sagt dir dein Herz?«

Ich brauche nicht lange überlegen. Es gibt bloß eine Sache, die ich mir gerade wünsche.

»Verschwinde aus der Küche.«

Mir kam der Keller des Hauses immer wie ein dunkler, trister, beinahe gefährlicher Ort vor. Ein düsteres Untergeschoss, in dem Mäuse und Ratten ihr Unwesen treiben und irgendwo sicher die Leiche von Großonkel Herbert versteckt ist, die nie gefunden wurde.

Aber wenn ich mich so umsehe, verleihen die Spinnweben, die dunklen Rohre und die beiden durchgelegenen Matratzen, auf denen ich sitze, dem Raum absurde Gemütlichkeit. Über mir flackert eine Birne ohne Lampenschirm im Takt eines monotonen Ratterns, das von der Sauna aus dem angrenzenden Fitnessraum kommt. Auf den Regalbrettern an der hinteren Wand lagern Großmutters selbst gemachte Marmeladen- und Pflaumenmusgläser. Darunter liegen verborgen in abgedeckten Holzkisten Kartoffeln, Zwiebeln und Kürbisse aus der letzten Ernte.

Der Geruch nach kalter Nässe hängt in der Luft, aber das stört mich nicht. Ich habe den süßlichen Duft von Großvaters heimlich selbst gebranntem Mirabellenschnaps in der Nase und kann momentan gut auf meine Räucherstäbchen verzichten.

Jeder Schluck des leckeren Schnapses wärmt mich von innen und lichtet das Chaos in meinem Kopf. Meine Fragen erhalten keine Antwort, aber die Dringlichkeit, herauszufinden, ob ich Julius noch liebe oder erörtern sollte, warum ich Tom nicht aus den Gedanken bekomme, verschwindet langsam.

Beide wohnen in Hamburg. Die Hafenstadt ist keine Insel, aber ich könnte wetten, dass ich ihnen über den Weg laufen werde, wenn ich zurückfahre. Irgendwann sicher. Vielleicht sollte ich nach Fehmarn ziehen und meine Paartherapie in Burg anbieten. Wohnen könnte ich in diesem feinen Keller. Bis auf funktionierendes Internet habe ich alles, was ich brauche.

Darauf trinke ich noch einen ausgiebigen Schluck, der nach alkoholisierten Fruchtbonbons schmeckt.

Die Kellertür oben an der Treppe schwingt auf und hinterlässt ein hartes Geräusch beim Einrasten. Jemand steigt hinab. Sie suchen nach mir. Vermutlich darf ich nicht verpassen, wie Cheyenne von ihrem perfekten Sexleben mit meinem zukünftigen Ex-Mann berichtet.

Ich grunze über meinen eigenen Scherz und gieße mir einen weiteren Schnaps ein.

Es klopft an meiner Tür, bevor ich trinken kann.

»Niem-« Ich verschlucke mich an meinen eigenen Worten und kichere vor mich hin. »Niemand zu Hause!«

Stolz darauf, dass ich meinen Satz fehlerfrei aufgesagt habe, proste ich mir zu und kippe den Schnaps hinunter. Herrlich süß läuft er mir die Kehle hinab.

Die Tür wird geöffnet. Wer zum Teufel versteht die Worte *Niemand zu Hause* nicht?

Tom schaut aus dem Kellerflur hinein. »Erbitte Einlass!«

Das Haargel unter seiner Wintermütze hat auf seinem Kopf eine chaotische Frisur hinterlassen. Entweder liegt es am Alkohol oder er sieht dadurch noch attraktiver aus.

Kerzengerade richte ich mich auf. Falls er denkt, dass er mich nach oben lotsen kann, irrt er sich gewaltig.

»Mein Platz ist hier.« Mit dem leeren Glas zeige ich auf die beiden Matratzen unter mir. »Keine zehn Alpakas kriegen mich zurück nach oben.«

»Ich bin nicht gekommen, um dich zu holen.«

»Nein?«

Grinsend hält Tom eine Flasche Rotwein hoch. »Ich will dir Gesellschaft leisten.«

Mein Herz flattert. »Schnell!« Mit dem Glas in der Hand winke ich ihm zu. »Schließ die Tür. Nicht, dass uns die perfekte Cheyenne erwischt und mir auf die Nase bindet, wie glücklich sie mit Julius ist.«

Tom schließt die Tür hinter sich. »Macht dir das kleine Püppi Kopfschmerzen?«

Mir gefällt seine Art zu denken. »Du hast ja keine Ahnung.«

»Doch, doch.« Er fährt sich über die Haare und lehnt sich rücklings gegen die Tür. »Ich durfte mir eben Romeo und Julias Liebesgeschichte anhören. Sie hat allen erzählt, wie sie sich bei ihrem Vorstellungsgespräch in Julius verliebt hat und sie ihm jeden Tag Muffins gebacken hat, um sein Herz zu gewinnen.«

Meine Seele brennt. Wenn Tom mir nicht gegenüberstehen würde, würde ich längst in der Fötusstellung liegen und vor mich hin weinen.

»Hat sie auch von dem Ende erzählt?«

»Als du sie mit Julius erwischt hast?« Tom lacht, als hätte er einen schlechten Witz gehört. »Jedes Detail. Besonders gefiel mir, wie du sie mit rotem Saft beworfen hast. Cheyenne dachte, du bringst sie um.«

Leider bin ich keine Mörderin.

Ein weiterer Schnaps stillt meine Traurigkeit, steigert jedoch gleichzeitig meinen Zorn. Wieso ist Cheyenne hier? Warum erzählt sie allen, wie sie meine Ehe zerstört hat?

»Hat diese Person gar kein Schamgefühl?«

»Hattest du das mit 15?«

Kichernd stelle ich die Flasche zwischen meine gekreuzten Beine und deute neben mich. »Dafür hast du dir einen Platz auf meiner Losermatratze verdient.«

»Denkst du so über dich?«

Tom könnte weit entfernt von mir sitzen, die Matratze ist groß genug, aber er wählt den Platz direkt an meiner Seite.

Als er sich an die Wand lehnt, erlaube ich mir, seinen Duft einzuatmen. Zurückbleibt ein überwältigendes Verlangen danach, seine Lippen auf meinen zu spüren.

Ich sollte aufhören, zu trinken.

Vielleicht.

»Du bist kein Loser, Marie.« Tom hebt eine Hand, wirkt, als wollte er mich berühren. Er tut es aber nicht und zieht sie wieder zurück. »Cheyenne ist fast noch ein Kind und – verzeih mir, wenn ich das sage –, aber Julius ist ein Vollidiot.«

Diese Worte habe ich im letzten Jahr sehr häufig gehört. Trotzdem lindern sie mein Leid, meinen Zorn, meine Enttäuschung nicht.

»Du musst das nicht sagen. Ich brauche kein Mitleid.«

Tom setzt die Weinflasche an den Mund, hält aber inne. »Ich sage das nicht, weil ich dich bemitleide.« Mit der Flasche an den Lippen spricht er weiter. »Wenn mir einer leidtut, dann ist es Cheyenne.« Anschließend trinkt er.

»Sie tut dir leid? Mir würden viele andere Dinge einfallen, die sie verdient hat. Mitleid steht dabei nicht auf der Liste.«

Tom kratzt am Etikett seiner Flasche, bis sich eine Ecke löst. »Ich kenne diese Art von Geschichten aus der Kanzlei.« Er nimmt noch einen Schluck und dreht sich dann zu mir. »Glaub mir, in nicht allzu ferner Zukunft wird Cheyenne aus ihrer rosaroten Wolke aufwachen. Dann wird sie erkennen, dass Julius ein alter Mann mit Haarausfall ist, der ihn nicht mehr hochbekommt und sie mit schlechten Zahnarztwitzen langweilt. Und er wird bemerken, wie eintönig und farblos sie unter all der Schminke ist; dass ihre Jugend und Spontanität im Alltag verfliegt und keine Garantie für wahre Liebe ist. Nichts ist das.« Mit einem Seufzer schließt er kurz die Lider. »Wollen wir für beide hoffen, dass sie dann noch nicht verheiratet und keine Kinder mit im Spiel sind.«

Eine Weile sitzen wir schweigend nebeneinander, lassen seine Worte durch die schnapsgetränkte Luft schweben.

Es gibt also keine Garantie für die Liebe. Darauf hebe ich mein volles Glas und proste ihm zu. »Du scheinst immer die passenden Worte parat zu haben.«

»Das täuscht.«

»Nein, es stimmt. Bei Mathildas Feier hast du mir gesagt, dass es keine wahre Liebe zwischen mir und Julius gewesen ist. Und dass die wahre Liebe dort draußen auf mich wartet.«

Tom lacht leise. »So etwas Kitschiges würde ich niemals sagen.«

Ich kneife ihn in den Oberarm und fühle deutlich seine Muskeln unter dem schwarzen Rollkragenpullover. »Hast du sehr wohl. Du hast ebenfalls gesagt, dass sich alle Männer um mich reißen werden, wenn ich meinen Ehering ablege und mich scheiden lasse. Du hast mir sogar Prozente für deine Kanzlei angeboten. Klingelt da nichts bei dir oder bist du so betrunken gewesen, dass du alles vergessen hast? Mathildas Bar war an dem Abend ziemlich gut gefüllt.«

Grinsend schüttelt er den Kopf. »So betrunken bin ich nicht gewesen.«

»Ich auch nicht«, gebe ich zu. »Ich erinnere mich noch gut an deine verführerischen Blicke, die du mir über den Tisch zugeworfen hast.«

Er schmunzelt. »Du hast mich an dem Abend sehr beeindruckt.«

»Ich dich beeindruckt?« Er muss mich verwechseln. Bestimmt hatte er mehr getrunken, als er sich eingestehen möchte. Ich strecke die Beine aus und wende mich ihm zu. »Was hat dir mehr imponiert? Als ich dich mit Bierdeckeln beworfen habe oder dass ich auf der Toilette geheult habe?«

Tom streicht mir eine meiner Strähnen aus dem Gesicht und ich wünsche mir, er würde seine Hand nicht wegnehmen.

»Ich kenne kaum jemanden, der sich dermaßen für seine Klienten einsetzt. Du opferst alles, damit es anderen besser geht. Einer Frau wie dir bin ich noch nie begegnet, Marie.«

Von der Seite her mustert er mich nachdrücklich, was die Schmetterlinge in meinem Bauch tanzen lässt. Ich leere mein Schnapsglas in einem Zug, um zu vergessen, dass mein Gesicht wie die flackernde Deckenlampe glüht.

»Warum hast du mich nicht angerufen?«

Diese Frage habe ich befürchtet, trotzdem überrollt sie mich. Unentschlossen nippe ich am leeren Glas. »Du meinst ... danach?«

Tom nickt und setzt sich gerade hin. Eigentlich möchte ich meine Gründe nicht preisgeben. Aber vielleicht ist jetzt der passende Zeitpunkt, um aufrichtig zu sein.

Ehe ich anfange, gieße ich mir Schnaps ein und genehmige mir einen Schluck.

»Im Prinzip ist es ganz einfach ... oder auch nicht. Die Nacht mit dir hat mich davor bewahrt, durchzudrehen. Ich weiß, das hört sich lächerlich an, aber es war so. Nachdem ich Julius mit einer anderen erwischt habe, gab es unendlich viele Fragezeichen in meinem Kopf. Da war diese Wut, aber auch Enttäuschung. Ich hätte sicherlich irgendetwas Dummes getan, wäre ich dir nicht begegnet.« Ich schiele kurz zu ihm herüber. Er hat die Weinflasche abgestellt und hört mir aufmerksam zu. »Und ... ähm ... so schön es auch mit dir gewesen ist – denn das war es –, es hat sich trotzdem nach Verrat angefühlt. Als hätte ich meinen Ehemann und den Schwur, den wir uns gegeben haben, verraten. Als ich morgens bei dir in deinen Armen aufgewacht bin, habe ich mich für das, was ich getan habe, unglaublich geschämt. Deshalb bin ich rausgeschlichen und habe dich nicht angerufen.«

Tom redet nicht, trinkt nicht. Sein Blick ruht auf mir. Ich dagegen nippe nervös an meinem Glas und hoffe, dass er mich nicht falsch versteht.

»Das klingt nicht lächerlich«, erwidert er irgendwann mit gesenkter Stimme und nimmt anschließend einen großen Schluck Wein. »Das Lustige daran ist, dass ich noch nie einer Frau meine Nummer gegeben habe.«

Mein Schnaps bleibt mir in der Kehle stecken. Hustend drehe ich mich zur Seite, damit er mein gerötetes Gesicht nicht sieht. »Ich glaube dir kein Wort«, röchele ich.

Tom zuckt mit den Schultern. »Es ist die Wahrheit. Ich liebe mein Singledasein. Meine Arbeit und meine Kollegen geben mir alles im Leben, was ich brauche. Zwar hatte ich in der Schulzeit kurze Beziehungen, aber die haben nie gehalten. Auch später in der Uni hat es nicht funktioniert. Ich habe nie jemanden auf Augenhöhe gefunden. Irgendwann habe ich aufgegeben, nach einer passenden Frau zu suchen, und meine Karriere in den Vordergrund gestellt. Damit bin ich die letzten Jahre gut gefahren. Bis auf gelegentliche ... Liebeleien ... hat mir nie etwas gefehlt.«

»... Kerben im Bettpfosten?«

Tom verzieht das Gesicht. »Dass ich das zu dir gesagt habe, ist unverzeihlich. Ich kann nicht genug erwähnen, wie dumm ich mich verhalten habe. Vergiss bitte alles, was ich bei unserem Wiedersehen zu dir gesagt habe.«

Es ist ungewohnt, neben jemanden zu sitzen, dem es offenbar leichtfällt, sich zu entschuldigen. Julius musste ich für gewöhnlich jede Entschuldigung aus der Nase ziehen.

»Warum hast du es gesagt, wenn du es nicht gemeint hast?«

Wieder zuckt er mit den Schultern. »Verletztes Ego, schätze ich.« Nach einem intensiven Schluck Wein sieht er mich an und trägt dieses verführerische Lächeln auf den Lippen. »Ich bin es nicht gewohnt, dass eine Frau mit mir schläft und mich danach nicht wiedersehen will. Du hast mir quasi das Herz gebrochen, Marie. Glaub es oder nicht, es ist so.«

Seine Sätze hören sich seltsam an. Aber komischerweise lacht er nicht, nicht einmal seine Mundwinkel bewegen sich. »Du veralberst mich.«

Er schüttelt den Kopf, während ich ihn anstarre.

»Du bist mir mehr unter die Haut gegangen als jemals eine andere Frau zuvor.«

Ich weiß nicht, ob es an der Zärtlichkeit in seinen Worten liegt oder am Inhalt – es ist mir auch gleich. Mich überkommt die Sehnsucht. Ich schmiege mich an seinen Rollkragenpullover, um seine Wärme zu spüren. Mit meinen Lippen suche ich nach seinem Mund. Vorsichtig presse ich mich an ihn.

Der süße Geschmack nach Mirabellenschnaps mischt sich mit dem lieblichen Rotwein an seinen Lippen und hinterlässt ein wohliges Kribbeln in meinem Körper.

Als mir bewusst wird, dass ich mich ihm gerade an den Hals werfe, ziehe ich mich zurück.

»Oh ... Das ... Es tut mir ...« Diese verdammte Schnapsflasche zwischen meinen Beinen. Wie komme ich darauf, ihn zu küssen? Ich muss verrückt geworden sein. Unsicher schaue ich Tom an.

Das Verlangen in seinem Gesicht irritiert mich. Er lässt mich nicht aus den Augen, als suche er in meinem Blick nach meiner Erlaubnis.

Als ich lächle, lehnt er sich mir entgegen. Wie zufällig streifen seine Lippen meinen Mund, als wäre es nicht seine Absicht gewesen, mich und meine Lippen aus dem Konzept zu bringen. Immer fordernder küsst er mich, bis ich die Lider schließe und in seinen Armen versinke.

Das Leben ist zum Tanzen da

(Oma Mormann)

Meine Nasenspitze ist ein Eiswürfel. Ich brauche sie nicht zu berühren, um zu wissen, dass sie bitterkalt ist. Meine Hände verstecke ich unter zwei ausrangierten Decken, die Tom in dem einzigen Regal hinter den Destilliergeräten und leeren Schnapsflaschen meines Großvaters gefunden hat. Ihr Geruch ähnelt einem nassen Waschlappen, der in einem benutzten Turnbeutel vergessen wurde. Dennoch möchte ich in diesem Augenblick nirgendwo anders sein.

In meinem Kopf herrscht trübe Leere, gleichzeitig hämmern meine Schläfen wie nach einem Rockkonzert. Zusammen mit dem schalen Belag auf meiner Zunge erinnern sie mich daran, dass gestern der merkwürdigste Abend meines Lebens war.

Toms leises Schnarchen ähnelt einem schnurrenden Kater mit Schnupfen. Wir liegen dicht nebeneinander, um uns gegenseitig zu wärmen. Hin und wieder wacht er auf, kuschelt sich näher an mich, umschlingt mich mit seinen Beinen und streichelt mich, bis er wieder einschläft.

Seit mehreren Augenblicken schlägt mein Großvater draußen vor der Tür auf seinem Topf zum morgendlichen Appell auf dem Lindenhof. Die trommelnden Geräusche dringen gedämpft durch das mit Schnee bedeckte, schmale Fenster zum Hinterhof. Etwa ebenso lang will mein Herz mich zwingen, über Tom und mich nachzudenken.

Wo wird das Ganze hinführen? War das wieder nur ein One-Night-Stand? Wie nennt man den zweiten One-Night-Stand? Second-Night-Stand? Oder ist Tom nun mein fester Freund und ... möchte ich das? Soll ich ihn darauf ansprechen oder warten, bis er anfängt?

Das Glücksgefühl in meinem Bauch lässt mein Herz schneller schlagen. Mit einer Wolldecke bedecke ich mein Lächeln. Tom muss nicht wissen, dass ich mich in seinen Armen frei und sicher fühle wie seit einer Ewigkeit nicht mehr.

»Was machst du da?« Er nähert sich mir und küsst meine Schulter. »Wieso versteckst du dich?«

»Mein Atem riecht scheußlich.«

»Fieser als der Geruch in diesem Raum kann er nicht sein.«

»Heißt das etwa, ich stinke?«

Tom kitzelt mich unter den Wolldecken. Atemlos versuche ich, halb kichernd, halb schreiend, seinen beharrlichen Fingerspitzen zu entkommen, bis unsere Gesichter nur noch wenige Zentimeter trennen und er mich fest umschlingt. Unsere nackten Körper fühlen sich wie eine Einheit an. Ein weiteres Mal versinke ich in seinen starken Armen und gebe mich seinen gefühlvollen Streicheleinheiten hin.

»Tom«, keuche ich irgendwann. Ich habe längst das Zeitgefühl verloren. Zaghaft löse ich mich von ihm, jedenfalls versuche ich es. Er umklammert mich mit den Beinen, als wollte er mich nie wieder loslassen. »Wir sollten gehen, ehe mein Großvater einen Suchtrupp nach mir schickt.«

Niemand aus diesem Haus darf mich in dieser Position, in seinen Armen, in diesem unglaublich schönen Augenblick sehen. Niemand darf wissen, dass Tom und ich ein undefiniertes Etwas sind.

Grummelnd lässt er mich gehen.

»Wir müssen vorsichtig sein«, warne ich ihn, als ich in meine Strickjacke schlüpfe. »Also, wenn wir gleich hinaufgehen. Ich will nicht, dass man uns ...«

Mit hochgezogenen Brauen sieht Tom mich an, kurz bevor er sich den Rollkragenpullover über den Kopf zieht. Denkt er, dass zwischen uns wäre mir unangenehm?

»Also nicht, dass uns niemand sehen darf. Es ist nur ... Ich möchte vermeiden, dass man uns bei-«

»Nicht nötig, Marie.« Flüchtig küsst Tom mich, danach begibt er sich zur Tür.

»Nicht nötig? Wie meinst du das?«

Ist das ein Anzeichen, dass es für ihn nur ein Second-Night-Stand gewesen ist?

»Wir beide hatten eine wunderbare Nacht.« Vor der Tür bleibt er stehen. »Wenn du nicht mehr daraus machen möchtest, ist das ... Nun ja ... in Ordnung, solange wir ehrlich miteinander sind.« Seine verzogenen Mundwinkel sagen mir jedoch etwas anderes. Er will mich. Und ich will ihn.

»Warte!« In wenigen Schritten bin ich bei ihm und küsse ihn. Tom schlingt die Arme und mich und hält mich, als lägen wir nebeneinander im Bett. Ich weiß nicht, was das bedeutet, was das genau zwischen uns ist. Ich weiß nur, dass ich ihn küssen möchte.

So leise wie möglich schleichen wir die steinerne Kellertreppe hinauf. Tom bleibt vor der Tür stehen. Ein letztes Mal küsst er mich und wir besprechen, uns nach dem

Frühstück in meinem Zimmer zu treffen. Dann öffnet er die Tür zum Flur.

Ich komme mir wie in einem Zoo vor. Tom und ich sind seltene Tiere, die vom Aussterben bedroht sind, und die Besucher stehen an, um uns zu begaffen. Nur, dass meine Familie uns mit Taschenlampen anleuchtet. Selbst Julius und Cheyenne haben eine in der Hand. Zum Glück sind die Rademachers mit ihren Kindern nicht dabei.

»Moin«, summt mein Großvater. Kurz betrachtet er uns auf eine Weise, die mir äußerst unangenehm ist, dann spielt er mit seiner Pfeife im Mund und geht in Richtung Haustür. »In zehn Minuten auf dem Hof, Herr Feddersen. Erst die Arbeit, dann das Vergnügen.«

Tom erwidert nichts. Schulter an Schulter stehen wir nebeneinander im Flur und lassen die Welle an offenen Mündern und überraschten bis zornigen Gesichtern über uns ergehen.

Julius schaut uns unverwandt an.

Bis er aus seiner Starre erwacht.

»Du verdammter ...« Er drängelt sich an Cheyenne und Lina vorbei und stürzt sich auf Tom. Zusammen prallen sie auf den Boden, wie beim Schlammcatchen wälzen sie sich über die Fliesen. Ihre Arme und Beine schlagen an die Kommoden und Vitrinen, die mit Großmutters Froschfiguren bestückt sind.

»Julius!«

Ich versuche, ihn von Tom herunterzureißen. Aber er stößt mich mit einer Hand weg, mit der anderen und seinen Beinen hält er Tom am Boden. Rücklings stolpere ich gegen meine Schwester, die mich auffängt, ehe ich an die Kommode mit dem Räucherstäbchen stoße.

»Vorsicht!«

Der Flur ist zu schmal für ihr Gerangel. Eine Vase mit Zweigen, eine Schale mit Potpourri, zwei Bilderrahmen und meine Kristalle fallen mit lautem Krachen herunter.

Ich möchte die Zeit zurückdrehen. Ich möchte zurück in den Keller und mit Tom unter der Decke verschwinden. Ich möchte nicht zusehen, wie Julius blaue Flecke verteilt und dabei die Einrichtung meiner Familie zerstört.

Meine Großmutter steht kopfschüttelnd mit dem Kochlöffel und dem Topf ihres Mannes auf der Treppe in den ersten Stock.

»Tu etwas!«, flehe ich sie an.

Seufzend nickt sie mir zu. Den Topf samt Löffel stellt sie auf der untersten Stufe ab und stapft in ihren Botten auf die Kämpfenden zu. Julius und Tom sind dabei, sich in den Saal zu schieben, in dem Paul und Leon mit ihrer Eisenbahn spielen. Dicht neben ihnen bleibt sie stehen und stampft auf den Fliesen auf. »Aufhören! Ihr benehmt euch wie Kinder!«

Julius schrickt hoch und fängt sich einen rechten Haken von Tom ein, der mit einer aufgeplatzten Lippe unter ihm liegt und keucht. Mit schmerzverzerrtem Gesicht löst sich Julius von ihm und lehnt sich erschöpft an die Wand.

»Schatzi!« Cheyenne läuft in ihren goldfarbenen Moonboots auf ihn zu. »Hat er dir wehgetan?«

Ich reiche Tom die Hand, aber er ignoriert mich. Blut tropft ihm von der Lippe, das ich ihm am liebsten wegwischen möchte. Doch bei seinem verärgerten Blick traue ich mich nicht, ihn anzufassen.

Wortlos steht er auf und geht an mir vorbei die Treppe hinauf.

»Willst du deinem Lover nicht nachlaufen?«

Mit einer Hand bedeckt Julius seine Gesichtshälfte, mit dem freien Auge beäugt er mich. Denselben Ausdruck muss ich im Gesicht getragen haben, nachdem ich ihn mit seiner Assistentin erwischt hatte. Aber ich verspüre kein Mitleid mit ihm und seiner Verletzung. In mir tobt Zorn. Ich balle die Finger zu Fäusten.

»Sei froh, dass die Kinder nebenan sind.« Bedrohlich nahe trete ich an ihn heran und beuge mich zu ihm hinab, damit er keines meiner Worte verpasst. »Du setzt dich sofort in dein Auto und fährst nach Hamburg. Deine ... *Begleitung* nimmst du besser gleich mit, sonst verfüttere ich sie an die Tiere.«

Meine Großmutter hält mich fest und zieht mich zurück. Nur widerwillig beuge ich mich ihrem Druck, der mich in Richtung Küche führt.

»Das geht nicht, Kind.«

»Wieso nicht?« Julius ist nicht stark verletzt. Er kann Auto fahren. Zur Not zahle ich ihm ein Taxi, damit er von der Insel verschwindet.

In der Küche schiebt mich Großmutter bis zum Fenster über dem Spülbecken. Mir steht der Mund offen, als ich hinausschaue.

Schnee. Massenweise Schnee. Wie riesige Wattebäusche haben die Flocken den Lindenhof mit einer weißen Decke eingehüllt.

»Aber ...« Ich weiß, dass meine Frage stumpfsinnig klingt, trotzdem stelle ich sie. »Sieht es überall so aus?«

Meine Großmutter drückt mich an sich. »Die Straßen sind nicht mehr befahrbar, Kind. Letzte Nacht hat ein Schneesturm die Insel mit meterhohem Schnee eingedeckt. Habt ihr davon nichts mitbekommen?«

Irgendjemand ganz weit oben hasst mich.

Leise dringt das Gemurmel vom Frühstückstisch aus dem Saal über den Flur zu mir in die Küche. Mit dem Teebecher in der Hand stehe ich am Fenster und kaue auf einem aufgewärmten Croissant aus der Kühltruhe. Die weiße Schneelandschaft ähnelt einem Ölgemälde von Monet. Es fehlt nur ein Pärchen, das Arm in Arm spazieren geht oder eine Lokomotive, die langsam über unseren Hof fährt.

Ich würde meinen letzten Kristall dafür geben, wenn wenigstens die Deutsche Bahn Julius und Cheyenne nach Hamburg transportieren könnte. Aber ohne zahlreiche Schneepflüge, die die Straßen und Schienen freiräumen, gelangt kein Fahrzeug von der Insel. Selbst die Tiere bleiben heute früh in ihren Ställen.

Cheyennes Sorglosigkeit ist wie Feuerholz für meine Entrüstung. Jedes Mal, wenn sie im Saal gackert, pressen sich meine Finger um den Becher und ich verfluche jede Schneeflocke, die es gewagt hat, sich auf meine Insel zu legen. Zwar sitze ich nicht bei ihnen am Tisch, kann mir aber vorstellen, wie Julius sie zum Lachen bringt und das Frühstücksensemble mit langweiligen Witzen unterhält.

Toms Stimme höre ich nicht. Entweder ist er nicht mehr heruntergekommen oder er nimmt sein Frühstück schweigend zu sich. Es nagt an mir, dass ich ihm nicht nachgegangen bin, aber seine Geste war eindeutig. Ich kann mir vorstellen, was er von mir denkt. Er wünscht sich sicher, nicht auf den Lindenhof gekommen zu sein und verdammt mich und unsere zweite gemeinsame Nacht.

Seufzend stelle ich meinen leeren Teebecher in die Spüle und schlucke den letzten Bissen Croissant herunter. Der Schnee fällt wie strömender Regen auf den Boden. Die freigeschaufelten Wege von gestern sind nicht mehr zu erkennen. Wenn die Flocken nicht bald weniger werden, müssen wir alle in einem Iglu leben. Cheyenne, Julius und ich. Wie eine große, unglückliche Familie.

Auf dem Weg zur Treppe in den ersten Stock streichele ich Störtebeker, der in seinem Körbchen im Flur auf meinen Großvater wartet. Ein paar Herzschläge lang schiele ich in den Saal. Tom sitzt still neben meiner Schwester und isst sein aufgewärmtes Brötchen. Seine aufgesprungene Lippe schiebt er von sich, während er abbeißt.

Meine Schuldgefühle wachsen mit jeder Sekunde, die ich ihn betrachte. Ich hätte Julius gleich nach Hamburg zurückschicken sollen, als er einen Fuß auf den Lindenhof gesetzt hat. Ihn nach einem Jahr wiederzusehen, hat mir offenbar den Kopf vernebelt. Immerhin waren wir zwanzig Jahre lang verheiratet. Ich kenne diesen Mann so gut wie mich selbst. Weiß, dass er am liebsten Senf auf dem Käsebrot isst, dass er seine Gurkenscheiben fingerdick bevorzugt und sein Frühstücksei in Salz ertränkt. Er liebt den kleinen Bioladen direkt an der nächsten Hausecke und anders als andere Männer, freut er sich über Blumensträuße zu seinem Geburtstag.

Eine heiße Dusche brauche ich jetzt. Der Gedanke treibt mich die Treppe hinauf ins Badezimmer. Heißes Wasser, die selbst gemachte, wohlriechende Alpakaseife meiner Schwester und jede Menge Ruhe. Diese Kombination wird meine Gedanken klären. Danach werde ich wissen, was zu tun ist. Und wenn ich wieder nach unten gehe, ist der Schnee verschwunden und mit ihm Julius und seine Assistentin, die mich …

»Cheyenne!« Kreischend bleibe ich im Türrahmen des Badezimmers stehen. Sie kniet vor der Toilette und übergibt sich mit einem ohrenbetäubenden Geräusch in die Schüssel.

»Entschuldige, ich wusste nicht ... dass du im Bad bist. Es gibt eine Kordel ... irgendwo. Zum Abschließen.«

Händeringend suche ich danach, finde sie jedoch nicht.

»Paul muss sie wieder versteckt haben. Geht ... geht es dir gut? Bist du krank?«

Cheyenne würgt in die Toilette, danach sieht sie mich an. Bleich wie Porzellan. Von ihrem bräunlich goldenen Make-up ist kaum etwas zu erkennen. Ein leichter Glanz klebt auf ihrer glatten Stirn, die Wimperntusche und der Eyeliner fließen in feinen Linien unter ihren Augen zusammen.

Verlegen wischt sie sich den Mund und mir schwant nichts Gutes. Es ist nur eine Ahnung, aber wenn ich eins und eins zusammenzähle, möchte ich mich neben sie knien und mich ebenfalls übergeben. Warum sollte sie sonst Julius hinterherreisen und sich vor meinen Augen an ihn schmiegen, als müsste sie unmissverständlich ihr Revier markieren?

Als sie die Lippen öffnet, um mir zu antworten, laufe ich davon. Nicht mit mir!

In Wollsocken schlittere ich den Flur entlang, vorbei an den Bildern, auf denen Lina und ich glücklich aussehen, und laufe die Treppe hinab.

Raus. Nur raus, bevor ich ersticke.

Ich könnte mich irren. Ich könnte mit meiner Vermutung falschliegen und mich vor Cheyenne unnötig blamiert haben. Aber was, wenn ich richtig liege? Was, wenn Cheyenne schwanger ist? Ist Julius deshalb nach Fehmarn gekommen? Warum sollte er mir sagen, dass er mich liebt und mit mir nach New York fliegen wollen, wenn er Vater wird? Leidet er an Torschlusspanik? Wollte er vor seiner Verantwortung fliehen?

Die drei Schwarznasenschafe blöken im Chor, als ich den Stall betrete. Ihr gemeinsames Lied erinnert mich an Berge, Frühlingswiesen und Wind. Mein Puls beruhigt sich ein wenig, als ich in ihre erwartungsvollen, tiefschwarzen Gesichter blicke.

Aus der Box nebenan entnehme ich Heu und lege es Pizza, Brezel und Lakritz neben ihren Wassertrog. Ihr gewelltes, helles Fell schlackert an ihren kleinen Körpern, als sie sich über die kleine Mahlzeit hermachen. Ich beuge mich über das flache Tor und streichle sie. Ein Gefühl, als greife man in einen Korb mit weicher Wolle.

Schon in meiner Jugend habe ich mich in der Scheune vor der Realität versteckt. Wenn meine Mutter mich für den Abwasch gesucht hat oder meine Schwester mir vorwerfen wollte, ich hätte ihren Jogurt gegessen.

Das leidenschaftliche Schmatzen der Schwarznasenschafe begleitet mich, als ich tiefer in den Stall hineingehe. Ich konzentriere mich auf jeden Schritt, versuche meine Gedanken beisammenzuhalten, nicht abzuschweifen zu dem, was ich gesehen habe; zu dem, was mir im Haus blüht.

Bei den Alpakas habe ich das Gefühl, langsam wieder in meinem Körper anzukommen. Zwischen Pummel und Madame Muffin sinke ich auf den strohbedeckten Boden und seufze. Madame Muffin schnuppert mit ihrer schwarzen Schnute an meiner Wollmütze. Ich streichele ihren Kopf und genieße die Wärme und die Zuneigung, die sie mir schenkt.

»Julius wollte immer Kinder«, sage ich vor mir her. Das Leben auf dem Hof hat mich gelehrt, dass Tiere die besseren Zuhörer sind. »Wir beide wollten das, weißt du? Eine große Familie. Mit Wochenendtrips nach Fehmarn zu den Groß- und Urgroßeltern, gemeinsamen Spieleabenden,

Schulabschlüssen. Der erste Herzschmerz, das erste Auto. Julius und ich, wir wären gute Eltern gewesen ... Aber das Leben hat uns dieses Glück nicht beschert.«

Madame Muffin legt den Kopf an meine Schulter, schmatzt mir ins Ohr.

Vor langer Zeit habe ich mich damit abgefunden, niemals eigene Kinder zu haben. Mein Leben zu genießen, auf die Weise, die ich für richtig halte. Trotzdem verengt sich meine Brust und schiebt mir Tränen in die Augen, wenn ich daran denke, dass Julius und Cheyenne vielleicht eine Familie gründen.

Ein wiederholtes Schaben dringt draußen vom Hof in den Stall. Ein *Wusch, Wusch.* Die Alpakas blicken zum Eingang und auch ich frage mich, wer sich bei diesem Wetter zu uns verirrt.

Mit aller Kraft lehne ich mich gegen die Scheunentür und blinzele wie nach einem Tagtraum. Von dem schlierigen Grau am Himmel ist nichts mehr zu sehen. Ein zartes Hellblau umgibt die Sonne und lässt das hüfthohe Weiß wie eine Glitzerkugel strahlen. Die Äste der Linden sind mit einer Schneedecke belegt, die die Spatzen, Amseln und Drosseln als Spielplatz nutzen. Wie bei einer Puderzuckerparty rieselt der Schnee aus den Bäumen.

»Bist du das, Marie?«

Ein Mann in einem orangefarbenen Schneeanzug schiebt sich auf Skiern am Hühnerstall vorbei. Hinter sich zieht er einen Schlitten, auf dem drei Säcke liegen. Von der Größe und seiner Statur her, müsste es mein Schwager sein. Ein paar Schritte gehe ich ihm entgegen, um sicher zu sein.

»Patte?«

»Moin!« Er hebt einen seiner beiden Stöcke zum Gruß und klinkt sich aus den Skiern.

»Bringst du uns die Sonne vorbei?«

»Klar!« Mein Schwager lächelt unter seiner grauen Skibrille. »Und die letzten drei Säcke Streusalz für Opa Moormann.«

»Das wird ihn freuen. Lina und die Kinder auch. Sie sind alle beim Frühstück.« Als ich meine Schwester erwähne, verzerrt sich Pattes Miene. Als würde er etwas suchen, sieht er sich auf dem Hof um.

»Es tut mir leid, was zwischen euch vorgefallen ist.«

Nickend schaut er auf seine schwarzen Schneestiefel. Ich weiß, dass ihm dieses Gespräch unangenehm ist, aber jemand muss ihm deutlich machen, was für ihn auf dem Spiel steht. Bei meinen Klienten komme ich gleich zum Punkt, deshalb mache ich auch bei Patrick Petersen keine Ausnahme.

»Kannst du Lina nicht verzeihen? Es war ein dummer Fehler, der ihr unterlaufen ist – nichts weiter. Sie liebt dich, seitdem sie dich das erste Mal gesehen hat. Das hat sie mir selbst gesagt. Sie wollte nie mit jemand anderem zusammen sein als mit dir.«

»Einen anderen zu küssen, nennst du einen *dummen Fehler*?« Patte lacht leise, wobei er die Stöcke an den Schlitten lehnt und seine Handschuhe in den Jackentaschen verstaut. »Das falsche Bier für den Übungsabend der Feuerwehr zu kaufen, das ist ein *dummer Fehler*. Oder wenn ich Pauls Eis vergesse und er sich dafür Leons nimmt, der dann wie ein Schlosshund heult, das ist ein *dummer Fehler*. Wenn meine Frau jedoch einen anderen küsst und dazu noch Meister Schredder, ist das ...« Stöhnend schüttelt er den Kopf und nimmt seine Skibrille ab. »Doch das alles geht dich nichts an, Marie.«

Als ich widersprechen will, packt er mich an den Schultern. Ich könnte schwören, dass er den Tränen nah ist.

Aber so, wie ich Patte kenne, würde er eher durch ein Meer aus Scherben waten, als vor mir seine Gefühle zu zeigen. »Du bist meine Schwägerin und ich liebe dich. Aber ich bin nicht dein Patient. Lina auch nicht. Vergiss das nicht.«

»Klient.«

»Was?« Irritiert lässt er mich los.

»Ich habe keine Patienten. Die Paare, die sich von mir beraten lassen, sind Klienten.«

Er zwinkert. Eine Geste, die mir wohl verdeutlichen soll, wie wenig ihn meine Arbeit interessiert. Und irgendwie kann ich ihn verstehen. Seine Ehe geht mich nichts an, obwohl er mit meiner Schwester verheiratet ist.

»Hättest du deinem Mann vergeben, wenn er seine Assistentin bloß geküsst hätte und nicht mit ihr in den Sonnenuntergang geritten wäre?«

»Sicher«, lüge ich. Es ist keine absichtliche Lüge, aber hierbei geht es nicht um mich und Julius. Es geht um die Ehe meiner Schwester.

Hochkonzentriert halte ich Pattes fragendem Blick stand. Ich würde alles sagen, damit er Lina noch eine Chance gibt.

Mein Schwager sieht mich an, als wüsste er, dass ich nicht die Wahrheit sage. Trotzdem umarmt er mich und ich erwidere seine Begrüßung.

»Was treibst du draußen, wenn alle drinnen frühstücken?«

»Ich brauchte eine Auszeit.« Patte hat sich kein bisschen verändert. Er fühlt sich noch immer wie der starke, große Krieger aus meiner Jugend an. Wie ein Leuchtturm, der einem in der Dunkelheit Licht spendet.

»Volles Haus, wie?« Liebevoll knufft er mir in die Schulter. »Lina hat geschrieben, was bei euch los ist. Echt verrückt.«

Wahre Worte. Aber ich möchte noch nicht zu dem Chaos zurückkehren, das im Haus auf mich wartet. Ich möchte die Ruhe genießen, den glitzernden Schnee in mich aufsaugen und die Vögel beobachten, die zwitschernd von Baumwipfel zu Baumwipfel springen. »Brauchst du Hilfe beim Abladen?«

»Sicher«, ahmt Patte mich nach. »Aber von jemandem, der mehr als ein paar Kristalle tragen kann.«

Die Haustür schwingt auf und die Zwillinge laufen in blauen Schneeanzügen auf uns zu. »Papa, Papa!«, rufen sie. »Wir haben dich durch das Fenster gesehen«, sagt Paul. Mein Schwager fängt seine Söhne auf, die ihm entgegenhüpfen. »Wir wollen alle einen Schneemann bauen, machst du mit? Bitte!«

»Bitte, bitte, bitte!«, fleht Leon. So, wie beide Jungs sich an ihren Vater drücken, muss ich schlucken. Diese Familie darf nicht zerbrechen. Wieso fällt es Patte derart schwer, über einen bloßen Kuss hinwegzusehen?

Lina steht in Winterjacke und Schneehose im Hauseingang. Mit den Händen hält sie Störtebeker am Halsband zurück, der ihren Mann hechelnd begrüßen möchte. Als die Stiefel der Kinder den Boden erreichen, stürmt der Bluthund mit den langen Schlappohren nach draußen. Aufgeregt bellt er, jault freudig und wälzt sich im Schnee, als Patte ihn durchkrault. Mit dem wackelnden Hinterteil und dem langen braunen Schwanz schubst Störtebeker Leon zu Boden. Ich ziehe meinen Neffen hoch und säubere ihm das erschrockene Gesicht. »Alles gut?«

Nickend läuft er zurück zu seiner Mutter.

»Los, Marie! Wir wollen Schneemänner bauen.« Lina winkt mir zu. »Opa verteilt Fleecejacken an alle.«

Traut sie sich nicht raus? Wann hat sie das letzte Mal mit Patte von Angesicht zu Angesicht gesprochen? In diesem Moment verfluche ich die Technik. Heutzutage ist es bequemer, sich kurze Nachrichten zu schreiben, als einmal vernünftig miteinander zu reden.

»Ich muss die Küche aufräumen.« Schließlich stellt sich das Geschirr nicht von allein in die Maschine. Außerdem würde ich eher mit Großvater Eisbaden gehen, als mit den anderen Schneekugeln rollen. »Und die Hühnersuppe schnibbelt sich auch nicht von allein.«

»Das übernimmt Oma alles für dich. Hat sie schon gesagt.«

Grinst Lina? Kann sie sich nicht denken, dass ich kein Interesse habe, in der Nähe von Julius und Cheyenne zu sein?

Aber dieses Spiel können zwei spielen.

»Wenn Patte mitkommt, bin ich auch dabei.«

Ich weiß nicht, wessen Miene verzweifelter aussieht – die meiner Schwester oder die meines Schwagers. Beide schauen mich an, als hätte ich sie zu einer Paartherapie in meinem Tempel gezwungen.

»Ja, Papa, bitte!« Mit wedelnden Armen hüpft Paul auf der Stelle, bis sein Vater schließlich zustimmt.

Der hüfthohe Pulverschnee auf dem Hinterhof ist bis auf wenige Tierspuren unversehrt. Der kräftige Wind hat an Stärke verloren. Mäßig weht er durch die Bäume und rüttelt zaghaft an den Ästen. Für einen Moment schließe ich die Lider, genieße die wärmenden Sonnenstrahlen in meinem Gesicht.

»Das verzeihe ich dir nie!« Meine Schwester stößt mir einen Ellenbogen an den Arm und reißt mich aus der Entspannung.

»Du hast mich dazu gezwungen«, flüstere ich zurück.

»Ich wollte nur, dass du Julius und seinem Püppchen zeigst, was du für eine tolle Frau bist. Ich wollte dich nicht damit ärgern.«

»Oh.«

»Ja, oh.« Lina verschränkt die Arme und sieht zu Patte, der nicht weit von uns entfernt mit Paul und Leon im Schnee spielt. »Jetzt muss ich mit dem Mann, der am liebsten eine ganze Insel zwischen uns wüsste, Zeit verbringen.«

Ich lege meinen Arm um Lina und flüstere ihr ins Ohr. »Dann nutze die Chance. Zeige ihm, was du für eine *tolle* Frau bist.«

Lina streckt mir ihren Mittelfinger entgegen, ehe sie sich von mir abwendet. Ein wenig tut es mir leid, dass ich beide dazu überredet habe, gemeinsam Schneemänner zu bauen. Aber nur ein wenig.

Cheyenne springt wie ein zartes Reh in goldenen Moonboots und goldfarbenem Daunenmantel um Julius herum, während er ihr mit einem äußerst angestrengten Gesichtsausdruck folgt. Vielleicht dreht er sich auch bloß von mir fort, damit ich sein blaues Auge nicht sehe.

Die Rademachers scheinen von der herrschenden Anspannung nichts mitzubekommen. Susanne, Jens und ihre drei Kinder bewerfen sich gegenseitig mit Schnee. Ich kann mir gut vorstellen, dass die Großstadt ihnen dieses Vergnügen vermutlich nicht oft bieten kann.

Tom steht zwischen den Rademachers und Patte. Die Hände im Mantel versunken, seine Beine stecken in einer gefütterten Arbeitshose meines Vaters. Seit er aus dem

Haus gekommen ist, habe ich es nicht gewagt, ihn anzusehen. Das unrasierte Gesicht unter der dicken Mütze verleiht seiner geschwollenen Unterlippe einen furchtlosen Touch. Wie ein Seemann, der nach einer Hafenschlägerei über die Insel taumelt.

Paul teilt die Teams ein. Er selbst baut mit Leon einen Schneemann, seine Mutter mit seinem Vater, Jens mit dem kleinen Matteo und dessen älteren Schwester Emma zusammen mit Susanne und Nils. Cheyenne ist an Julius' Seite und Tom bei mir.

Sechs Teams. Eine Stunde Zeit. Der Sieger bekommt die letzten Stücke von Großmutters Marmorkuchen.

Mit großen Augen sieht Paul uns an. Dann bläst er in die Trillerpfeife, die er von Großvater erhalten hat, und lässt das Spiel beginnen.

Um mich herum bricht hektisches Gemurmel und Geschnatter aus. Die Zwillinge teilen sich auf. Jeder beginnt, seine eigene Schneekugel zu rollen. Der Wille, die letzten Kuchenstücken für sich zu ergattern, ist bei Paul und Leon besonders groß. Julius zeigt Cheyenne, wie man eine Kugel formt, sowohl Susannes Team als auch das von Jens ist längst dabei. Selbst Lina und Patte bauen engagiert ihren Schneemann. Zwar schieben sie ihre Kugeln getrennt voneinander im Schnee, aber ich sehe, wie sie einander im Blick behalten. Das lässt mich hoffen.

»Marie!« Neben mir presst Tom seine erste Kugel und stöhnt, als würde er Felsbrocken schleppen. »Willst du helfen oder nur dastehen und umwerfend aussehen? Ich lasse nicht zu, dass Julius den Kuchen kriegt.«

Unsicher blicke ich zu ihm. »Ist es dir denn recht, dass ich helfe?«

»Wieso? Weil dein Mann mich angegriffen hat?«

»Ex-Mann.«

Schnaufend winkt er mir zu. Ein eindeutiges Zeichen, dass ich mich bewegen soll.

Meinen letzten Schneemann habe ich in meiner Kindheit gebaut, glücklicherweise ist es leichter, als ich es in Erinnerung hatte. Mit den Handschuhen presse ich den Schnee zu einer festen Kugel. Wie er zwischen den Fingern knirscht, bringt mich zum Lächeln und löst die Anspannung in mir. Dann wälze ich die Kugel über den Schnee, wodurch sie stetig größer wird. So schnell wie meine Beine es in der roten Schneehose meiner Mutter zulassen, eile ich neben Toms Bahn her.

Zwischendurch lächelt er mir zu und meine Befürchtung, dass das zwischen uns für ihn belanglos gewesen ist, verflüchtigt sich mit jedem weiteren Augenblick. Als wir unsere beiden Kugeln, die mittlerweile so groß wie zwei Basketbälle sind, übereinanderstellen, berühren sich unsere behandschuhten Finger und Tom verhakt seine in meinen.

Auf einmal wird mir bewusst, dass ich mehr für ihn empfinde, als ich bislang gedacht habe.

»Es tut mir furchtbar leid.« Ich halte seine Hand fest, die auf der oberen Schneekugel liegt. »Julius ist kein aggressiver Mensch. Er hätte dich nicht angreifen dürfen. Ich kann mir nicht erklären, was in ihn gefahren ist.«

»Ich schon.« Tom drückt meine Hand. »Ich kann ihn sogar verstehen. Er liebt dich. Die Frage ist bloß ... liebst du ihn auch?«

Für ein paar Herzschläge halten wir uns aneinander fest. Seine Frage stelle ich mir seit einem Jahr jeden Tag. Und die Antwort darauf ist immer dieselbe.

»Sicher liebe ich Julius.«

Mit hochgezogenen Brauen starrt Tom mich an.

»Ich meine das nicht so, wie sich es anhört ... Ein Teil von mir wird Julius wohl immer lieben. Wir haben über zwanzig Jahre zusammen verbracht. Das vergisst das Herz nicht. Aber ... er hat sich einer anderen zugewandt und damit unsere Ehe beendet. Ich kann ihm das nicht verzeihen. Ich habe mir darüber sehr lange Gedanken gemacht.« Ich drücke Toms Hände, dessen Miene sich merklich entspannt. »Ich möchte nicht mehr mit ihm verheiratet sein.«

»Brauchst du einen Scheidungsanwalt?«

Unwillkürlich lächle ich. »Das auch. Und jemanden, der mich drückt.«

Über die beiden gestapelten Schneekugeln zieht er mich zu sich heran und umarmt mich.

Erleichtert atme ich seinen herben Duft nach Tannennadeln ein. Mit geschlossenen Lidern genieße ich die Sonne in meinem Gesicht und die Gewissheit, dass Tom mich festhält.

Als ich die Augen kurz öffne, entdecke ich Julius, der uns in der schwarzen Schneehose meines Großvaters und einer weiß-grün-karierten Fleecejacke beobachtet. Ein dunkler Schatten huscht über sein angespanntes Gesicht. Seine Schneekugel liegt bewegungslos zu seinen Füßen. Cheyenne steht hinter ihm, ihr verstörter Blick huscht zwischen ihm und mir hin und her.

»Julius«, zischt sie und zieht ihn am Arm.

Aber er fixiert uns.

Ich wende mich ab und bin dankbar dafür, dass Tom mich nicht loslässt.

Aus dem Augenwinkel sehe ich Cheyenne, wie sie zum Haus zurückläuft. Julius zögert einen Augenblick, dann folgt er ihr.

Wären die beiden meine Klienten, würde ich ihnen raten, sich Zeit füreinander zu nehmen und sich auszusprechen. Das, was zwischen ihnen liegt, wächst mit jedem Tag zu einer bald unüberwindbaren Mauer heran. Jede Kleinigkeit wird dann zu einem explosiven Zündstoff werden, da die Wurzeln ihrer Probleme tief unter der Oberfläche vergraben liegen.

»Fertig!« Paul und Leon kreischen vor Freude hinter uns und Tom löst sich von mir.

Die Zwillinge tanzen um ihren Schneemann, dessen kahler Kopf ihnen bis zur Schulter reicht. Lina und Patte heben jeweils einen von ihren Söhnen hoch und jubeln, als hätten die beiden ein Einser-Zeugnis erhalten.

»Bist du traurig?« Ich greife nach Toms Hand und lege den Kopf an seine Schulter.

»Nicht im Geringsten.« Er küsst mich auf die kalte Stirn. »Ich brauche keinen Kuchen. Ich habe alles, was ich will.«

»Zum Aufwärmen.« Mein Großvater erwartet uns mit Pfeife im Mund und einem Tablett mit gefüllten Schnapsgläsern. Alle Erwachsenen greifen zu. Die Kinder versammeln sich um den Mittagstisch im Saal für ihre heiße Schokolade. Der süßliche Geschmack erinnert mich an gestern Abend und Toms Lippen, die mich liebkost haben.

»Wir haben noch viel vor. Der Hof muss besser gegen den Winter gesichert werden. Es wird später weiterschneien, das spüre ich.«

»Was du wieder spürst. Erstmal gibt es Mittagessen.« Mit dem Servierwagen drängelt sich meine Großmutter im Flur an uns vorbei und lockt uns mit einem Duft aus Suppengrün, Hühnerfleisch und Reis hinter sich her.

Meine Wangen glühen vom Alkohol und der eisigen Kälte. Jetzt einen heißen Teller Hühnersuppe zu essen, fühlt sich paradiesisch an.

»Die anderen essen oben«, flüstert meine Großmutter mir zu, als sie mir die Suppe auf den tiefen Teller füllt. Sie spricht von Cheyenne und Julius. Meine Erleichterung darüber kann ich kaum verbergen und genieße den ersten Löffel warmer Suppe, der mich von innen aufheizt.

Die Möhrenscheiben, die Zwiebelstücke, der Porree und die Sellerieknollenstückchen schmecken wie zu meiner Kindheit. Das zarte Huhn schmilzt zwischen meinen Zähnen. Ob es an den geheimen Gewürzen meiner Großmutter liegt oder daran, dass ich ohne meinen Ex-Mann in spe an diesem Tisch wieder frei atmen kann, weiß ich nicht. Diese Suppe ist jedenfalls die beste, die ich je in meinem Leben gegessen habe.

Die Stille am Tisch ähnelt einem Gebet beim Gottesdienst. Einzig die Löffel klimpern auf den Tellern, begleitet vom Schlürfen der Kinder, denen Patte zwischen Paul und meiner Großmutter in nichts nachsteht. Ich scheine nicht die Einzige zu sein, die diese einfache Suppe als wahren Segen ansieht.

Aus dem Küchenfenster beobachte ich, wie mein Großvater die Männer einteilt. Julius und Tom stehen mit Schneeschaufeln bereit, Patte und er verteilen das Streusalz und Jens ist für das Holz zuständig, das gehackt, gestapelt und in den Saal zum Kamin gebracht werden muss. Lina nimmt die Kinder mit in die Scheune, um die Alpakas, die Schwarznasenschafe und die Hühner zu versorgen. Meine Großmutter wischt im ersten Stock den Boden, ich befreie die Teller von den Resten und stelle sie in die Spülmaschine. Wir alle sind beschäftigt – fast alle.

Cheyenne fühlt sich nicht wohl. Das ist alles, was Julius erzählt hat, als er ohne sie herunterkam. Seitdem springt dieser Satz wie ein Pingpongball durch meinen Kopf. Beim Beladen der Spülmaschine muss ich aufpassen, dass ich kein Glas fallen lasse, weil meine Gedanken ständig zu ihr wandern.

Auf den Zehenspitzen beuge ich mich über das Becken und verfolge Julius, wie er gegen den Schnee kämpft, um beim Parkplatz die Autos von der weißen Last zu befreien.

Glücklich sieht er nicht aus, eher frustriert. Sollte er nicht strahlen, wenn Cheyenne von ihm ein Kind erwartet? Oder ist sie gar nicht schwanger?

Nein, ich irre mich nicht. Das sah nicht nach einer Grippe oder dem üblichen Unwohlsein aus. Sie besaß dieses Leuchten in den Augen; dasselbe wie bei meiner Schwester, als sie mit Paul und Leon schwanger war.

Schritte auf leisen Hausschuhsohlen nähern sich mir. Susanne stellt die Kakaobecher ihrer Kinder neben mich. »Ich gehe mit Matteo zu den Tieren. Lina hat uns beim Hühnerstall eingeteilt. Kommst du mit?«

»Ich kümmere mich um die Küche und danach putze ich die Badezimmer. Aber geht ruhig, Lina wartet bereits.«

Während ich die schmutzigen Kakaobecher zwischen die benutzten Schälchen räume, rührt Susanne sich nicht von der Stelle.

»Möchtest du noch etwas? Wir haben noch kleine Croissants von heute Morgen, die kann ich Matteo und dir einpacken.«

»Nein, danke.« Forschend sieht sie mich an. »Ich ... Es geht mich zwar nichts an, aber ich wollte dir sagen, dass ich dich verstehe.«

»Was meinst du?«

»Ich würde durchdrehen«, flüstert sie. »Also, wenn die Geliebte von Jens auf dem Hof meiner Eltern auftauchen würde.«

Ich habe nichts gegen Susanne, verspüre aber auch nicht das Bedürfnis, ihr von meinen Sorgen zu erzählen. Diese behalte ich wie immer für mich.

»Jens hat eine Affäre?« Es ist ein kläglicher Ablenkungsversuch, aber vielleicht funktioniert er. »Das wusste ich gar nicht. Geht ihr zu einer Therapie?«

»Nein, nein!« Susanne lacht überdreht, dabei klopft sie mir auf die Schulter. »Gott bewahre! Ich hätte ihn längst zerstückelt und an der Autobahn verteilt, wenn es so wäre. Wir streiten zwar wie die Kesselflicker, sind uns aber einig, dass wir unser Leben miteinander verbringen wollen. Ohne Affären.« Auf einmal wird ihre Stimme leiser. »Ich sprach von Cheyenne und Julius. Wie sie in deiner Gegenwart von deinem Mann schwärmt, muss schwer für dich sein. Ich habe zu Jens gesagt, dass ich es nicht gutheiße, wie Cheyenne sich verhält. Er ist ganz meiner Meinung. Wir beide finden, dass du das nicht verdient hast. Du schlägst dich echt tapfer.«

Wortlos nicke ich und hoffe, dass sie endlich geht.

»Du kannst jederzeit zu mir kommen, Marie.« Sie legt einen Arm um mich. »Ihr Paartherapeutinnen braucht auch jemandem zum Reden. Ich meine, falls du mit jemandem sprechen möchtest, der nicht zur Familie gehört. Ich weiß aus Erfahrung, dass eine Außenstehende manchmal ein verständnisvolleres Ohr hat als die Verwandten.«

Behutsam winde ich mich aus ihrer Umarmung und schließe die Spülmaschine. »Mach dir bitte keine Sorgen.« Mein künstliches Lächeln tut beinahe weh. Doch wenn ich eines nicht tun werde, dann mich jemandem anvertrauen, den ich einmal im Jahr treffe. »Mir geht es gut, Susanne. Alles ist bestens. Ich habe Tom. Er ist etwas ganz Besonderes.«

Warum ich von Tom schwärme, als führten wir eine langjährige Beziehung, kann ich mir nicht erklären. Aber in diesem Moment fühlt es sich richtig an, vor allem, da Susannes mitleidiger Blick verschwindet.

Sie umarmt mich ein letztes Mal, richtet ihre dunkelblaue Fleecejacke und lässt mich mit meinen Gedanken allein.

Hinter dem kleinen Fenster des Badezimmers im Erdgeschoss gleitet die Sonne immer tiefer. Der freundliche Himmel verschwindet und hinterlässt draußen ein graues Chaos. Mit dem Schwamm säubere ich inzwischen das Waschbecken und versuche, nicht an mein eigenes Chaos zu denken. Hin und wieder schaue ich dem Wind dabei zu, wie er die Schneeflocken über den Hof peitscht, die mittlerweile die Größe von Golfbällen besitzen.

In der Waschküche stelle ich die Putzutensilien, den Eimer und den Wischmopp zurück an ihren Platz. Lina sitzt mittlerweile mit den Rademachers, Patte und den Kindern im Saal am Kamin und singt Weihnachtslieder. Ihre schiefen Klänge verbreiten eine gemütliche Stimmung im Haus. Ich freue mich, mit meiner Familie bald Weihnachten zu feiern und einen Weihnachtsfilm nach dem anderen zu sehen.

Sobald meine Eltern aus ihrem Urlaub zurück sind, sind die Moormänner wieder vereint und die friedliche Zeit kann beginnen.

Störtebeker bellt hinter mir und reißt mich aus meinem Tagtraum. Ich trete aus der Waschküche und sehe, wie er zwischen meinen Großeltern durch den Flur hüpft. In ihrer edlen Tracht sehen die beiden aus, als wollten sie auf eine Hochzeit gehen.

»Bis später, Kind.« Meine Großmutter winkt mir in ihrem schlichten, aber eleganten dunkelblauen Trachtenkleid zu. Darunter trägt sie eine weiße Spitzenbluse. Gut gelaunt lässt sie sich von meinem Großvater in ihren roten Mantel helfen.

Sie legt ihm einen dicken Schal über den schwarzen Anzug und reicht ihm Hut und Pfeife, nachdem er seine Winterjacke angezogen hat.

Wollen die beiden bei dem Schietwetter ausgehen?

»Moment! Was wird das?«

Ich schiebe mich an ihnen vorbei und stelle mich vor die Haustür, um erstens zu verhindern, dass meine Großeltern und Störtebeker hinausgehen und zweitens, um den Schnee nicht hineinzulassen.

»Wo wollt ihr hin? Draußen tobt ein Schneesturm und es ist stockdunkel. Heute geht niemand irgendwo hin.«

Ich würde nicht einmal Cheyenne, geschweige denn Julius bei dem Unwetter rauswerfen.

Mein Großvater beobachtet uns, während sich die Augenbrauen meiner Großmutter verengen, als hätte ich ihre Suppe versalzen.

»Du hast es derzeit nicht leicht, Kind, ich weiß. Aber nichts und niemand hält mich davon ab, heute Abend im Dörfergemeinschaftshaus tanzen zu gehen. Opa Moormann und ich gehen jede Woche. Wir waren letzte Woche dort und auch die Woche davor. Und wir werden heute Abend hingehen – Schietwetter hin oder her. Das Leben ist zum Tanzen da. Auch meine liebe Enkelin wird mich nicht davon abhalten. Also ...« Großmutter kommt mit ausgebreiteten Armen auf mich zu und drückt meine Schultern. »Würdest du bitte zur Seite treten?«

Ich bewege mich nicht von der Stelle. Wenn ich meine Großeltern bei dem Sturm rausgehen lasse und sie sich verletzen, bringen meine Eltern mich um. »Lina?« Im Saal rührt sich nichts. Vermutlich geht mein flehentliches Wimmern im leidenschaftlichen Gesang von *Schneeflöckchen, Weißröckchen* unter.

»Kind, bitte. Wir sind schon spät dran, weil Opa Moormann zu lang für eine Krawatte gebraucht hat.«

»Das ist auch eine wichtige Entscheidung«, wirft Großvater ein. »Ich will nicht wieder dieselbe Krawatte wie Dietmar tragen.«

»Tu etwas, Opa.«

Er grinst und ich weiß, jedes meiner Worte ist sinnlos. Trotzdem kann ich nicht an mich halten. »Du weißt, wie schlimm das Wetter vor der Tür ist. Ihr könntet vom Gehweg abkommen und euch verletzen. Bis zum Dörfergemeinschaftshaus ist es eine halbe Stunde zu Fuß.«

»Zwanzig Minuten.« Meine Großmutter schnalzt mit der Zunge.

Tom taucht hinter ihr mit einem Teller Kekse auf. In Fleecejacke und Arbeitshose wirkt er mittlerweile, als würde er sich wohlfühlen. Sein Bartschatten wächst mehr und mehr zu einem attraktiven Dreitagebart heran.

»Möchtet ihr Kekse?«

»Du musst mir helfen, Tom.« Ich winke ihn zu mir. »Meine Großeltern wollen tanzen gehen. Jetzt, bei diesem schrecklichen Wetter. Verrückt, oder?«

Tom nickt. »Draußen weht der Teufel über den Hof.«

Wenigstens einer, der mitdenkt.

Ehe ich es verhindern kann, öffnet er hinter mir die Haustür und deutet meinen Großeltern den Weg an. »Viel Spaß!«

»Besten Dank, Herr Feddersen!« Meine Großmutter kneift ihm in die unrasierte Wange und zieht ihrem Mann hinter sich her. Arm in Arm schlendern sie mit Störtebeker im Schnee davon, bis ihre Umrisse vom grauweißen Durcheinander verschluckt werden. Wie der Sturm nach ihnen packt und sie von der Stelle pusten will, kann ich nicht mitansehen.

»Was sollte das?« Mit voller Wucht schlage ich die Tür zu. »Du solltest mir helfen, sie davon abzuhalten, sich umzubringen. Nicht nach draußen zeigen, damit sie es schnell hinter sich bringen können.«

Tom legt den Teller mit den Keksen auf die Kommode neben das abgebrannte Räucherstäbchen von heute Morgen. »Wenn ich eines gelernt habe in den letzten Tagen, dann, dass du Oma und Opa Moormann nicht aufhalten kannst. Niemand kann das. Du kannst lediglich ... Wo sind die ... Ah, da.« Bei der Garderobe sucht er nach meinem Mantel, übergibt ihn mir und nimmt seinen von der Wand. »Du kannst lediglich darauf achten, dass ihnen nichts geschieht. Und ich werde dich begleiten.«

Unnachgiebig schmettert der Wind uns den eiskalten Schnee um die Mützen. Unsere Stiefel knirschen im Schnee, während wir einen Schritt vor den anderen wagen, immer geradeaus die Allee des Lindenhofs entlang, bis wir die Straße erreichen, die zum Dörfergemeinschaftshaus führt.

Nur mit Mühe halte ich die Augen offen, damit wir nicht vom Weg abkommen. Tom und ich klammern uns aneinander fest. Mit den Oberkörpern schräg nach vorn gebeugt leisten wir den Windböen Widerstand. Mir brennen die Nasenlöcher vor Kälte. Ich wünschte, ich hätte einen dieser neumodischen, selbst gestrickten Nasenwärmer. Dann könnte ich mich vor den hinterhältigen Schneeflockenangriffen retten, die sich jede kleine Lücke suchen, um hineinzuschlüpfen.

Störtebeker trabt neben meinen Großeltern her, die ein paar Meter vor uns laufen. Aufrecht gehend halten sie sich an den Händen, als tobe kein Sturm um sie herum, sondern Schmetterlinge und Bienen, die den Frühling ankündigen. Sie bewegen sich mit einer Leichtigkeit voran, bei der ich mich frage, wer von uns über achtzig Jahre alt ist. Sie oder wir?

Mir kommt es wie eine Ewigkeit vor, die wir an der Straße in meterhohem Schnee wie Störche entlangstapfen. Meine Nasenspitze ist beinahe taub, als wir auf das Grundstück des Dörfergemeinschaftshauses einbiegen. Hinter den schneebedeckten Scheiben des turnhallenähnlichen Gebäudes scheint grelles Licht und ich könnte schwören, dass ich eine Melodie zwischen dem Tosen des Windes höre.

Walzertöne werden lauter, als wir durch die Tür in den warmen Vorraum gehen. Störtebeker schüttelt sich und legt sich auf eine gefütterte Decke, die meine Großmutter ihm mitgebracht hat. Sein Blick ist auf den Raum gerichtet, aus dem die Musik schallt. Meine Großeltern entledigen sich ihrer Mäntel, auch Tom zieht sich aus. Ich dagegen traue der Wärme nicht und reibe mir die Arme, bis ich wieder Leben in meinen Fingern spüre.

»Wollt ihr mitkommen, Kind? Bei uns ist jeder willkommen, der Musik im Blut hat.«

Kopfschüttelnd hoffe ich, dass meine Großmutter einen Scherz gemacht hat. So weit hatte ich gar nicht gedacht. Ich wollte, dass sie beide unversehrt ankommen. Ich hatte nicht vor, das Tanzbein mit ihnen zu schwingen.

Mein Zögern scheint niemanden zu interessieren. Tom folgt meinen Großeltern und winkt mir zu, ehe er durch einen Vorhang aus bodenlangen, hölzernen Perlensträngen verschwindet.

Ich weiß, wie es dahinter aussieht. Das letzte Mal, als ich meine Großeltern zum Tanz in den Mai begleitet habe, ist zwar Jahrzehnte her, aber ich erinnere mich gut. Tanzmusik aus dem Ghettoblaster, in der Luft liegt ein Mischmasch aus verschiedenen Parfüms und das schummrige Licht im Gemeinschaftsraum verleiht den tanzenden Pärchen und der Location den Charme einer verruchten Bikerbar.

»Soll ich hineingehen?«

Störtebeker guckt mich an, als erwarte er ein Leckerli. Ich greife in die Jackentasche meines Großvaters an der Garderobe und werfe ihm einen Hundekuchen zu, den er sofort knackt. Danach ziehe ich den Mantel aus und wage mich durch den Vorhang.

Das Dörfergemeinschaftshaus hat sich kein bisschen verändert. Wie eine Reise in die Vergangenheit kommt mir der kleine Festsaal vor. Ein Ghettoblaster auf einem Stuhl unter den Fenstern spielt Musik von einer CD. Lichterketten rahmen die Glasscheiben, dazwischen Tannenzweige mit glitzernden Kugeln, die jeden Tanzenden daran erinnern, dass bald Weihnachten ist.

Der Festsaal ist voller Menschen. Wie viele Pärchen tanzen, kann ich auf den ersten Blick nicht erkennen. Tom entdecke ich bei meinen Großeltern, die von Alfred Tietjen und seiner Frau belagert werden.

»... das macht er jedes Mal, wenn er sich auf unser Grundstück schleicht.« Ich vermute, dass Alfred sich wieder über Störtebeker beschwert.

Unser Nachbar hat seinen blauen Overall und die Gummistiefel gegen eine dunkle Nadelstreifenanzughose und das passende Sakko getauscht. Seine Frau Elsbeth trägt wie meine Großmutter ein feines Trachtenkleid mit weißer Rüschenbluse und eine edle Perlenkette. Mit hochgezogener Augenbraue beäugt sie mich.

»Ist das die lütte Moormann?« Elsbeth sticht ihrem Mann einen Ellbogen in die Hüfte, obwohl ich direkt neben ihr stehe. »Hat die sich nicht erst von ihrem Mann getrennt?«

»Hab ich dir doch erzählt, Betti.« Da Alfreds Frau zwei Köpfe kleiner ist, blickt er von oben auf sie hinab. »Die ist vor ein paar Tagen angekommen. Mit diesem kaputten Auto. Erinnerst du dich?«

»Nee, nee, nee.« Elsbeth schüttelt den Kopf. »Du hast Eier mitgebracht und mir gesagt, ich soll sie dir gefälligst braten. Ich erinnere mich genau. Mit schön viel Speck, hast du gesagt. Dass die Moormanns Besuch haben, davon hast du mir nichts erzählt. Immer vergisst du das Wichtigste.«

»Nee, nee, nee«, verteidigt sich Alfred. »Ich habe dir die Eier überreicht und gesagt ...« Er verstummt, denn Elsbeth fuchtelt mit einem Arm in der Luft. »Mach mir Eier und Speck, Frau! Das hast du gesagt. Du hast mir die Eier hingelegt und bist wieder raus zu deinen Schweinen. So, wie du es immer tust.«

Alfred blickt ins Leere. Ich nutze die Stille, wünsche »Einen schönen Abend« und husche an ihnen vorbei zu meinen Großeltern.

Tom, der neben ihnen steht, zieht alle Blicke auf sich. Eine Horde älterer Damen, nicht weit von uns entfernt, hat ihn im Visier. Sie zeigen mit Fingern auf ihn, als wäre er ein Pokal, den es zu gewinnen gilt. Er hat mein volles

Mitleid. Diesen Abend wird er mit vielen Frauen tanzen müssen.

Zu meinem Erstaunen sieht er nur mich an und lächelt so entspannt, dass ich selbst lächeln muss.

Mein Großvater schiebt sich zwischen unsere Blicke und hält mir eine Hand entgegen. »Tanz mit mir, mien Deern.«

Gleich darauf zieht er mich auf die Tanzfläche, auf der die übrigen Paare den rhythmischen Klängen des Walzers folgen. Einige schauen konzentriert auf ihre blitzblanken Schuhe, andere wiederum halten den Kopf hoch und strahlen, als würden sie von einer Jury bewertet werden. 10 Punkte für die Frau im roten Glitzerkleid. 9,5 für den Mann an ihrer Seite mit dem Filzhut und der schwarz-gelben Fliege.

Mein Großvater dreht mich schwungvoll über den Boden. Je weiter er mich führt, je länger die Musik in meinen Kopf summt, desto befreiter fühle ich mich.

Ich weiß nicht mehr, wann ich das letzte Mal getanzt habe. In einem Club? In einer Bar? In meinem Wohnzimmer? Diese Erkenntnis erschreckt mich mehr, als ich es zugeben möchte. Wohin ist die lebenslustige Frau verschwunden, die unter der Dusche schräge Opern trällert oder nackt durch die Wohnung getanzt ist?

Zwischen unseren Drehungen erhasche ich einen Blick auf Tom. Die älteren Damen umzingeln ihn, doch meine Großmutter führt ihn auf die Tanzfläche. Inmitten der anderen Paare verliere ich ihn, aber bei meiner Großmutter ist er in guten Händen.

»Bist du glücklich, mien Deern?«

Unschlüssig sehe ich Großvater an. »Natürlich, bin ich glücklich. Du bist ein guter Tänzer.«

»Ich spreche nicht vom Walzer, sondern deinem Leben in deiner *Wahlheimat.*« Er betont das Wort, als spräche er von einer ansteckenden Krankheit. »Als du auf dem Lindenhof angekommen bist, sahst du ganz und gar nicht glücklich aus.«

Seit der Trennung von Julius habe ich mir Floskeln parat gelegt, die ich in solchen Fällen abrufe. »Es ist viel passiert.«

Mein Großvater nickt. »Wir waren alle sehr betrübt, als wir davon gehört haben. Wir mögen Julius. Er ist ein feiner Kerl, und dass, obwohl er diese seltsamen Witze erzählt.«

Ich wünschte, er würde das Thema wechseln. Wenn er mir erzählen will, dass ich einen Fehler begehe, weil ich zwanzig Jahre Ehe wegen einer kleinen Affäre aufgebe, vergrabe ich mich eigenhändig im Schnee.

Seufzend verberge ich meine Anspannung und krame in meinem Floskelsortiment. »Ihr seid alle sehr traurig, dass wir nicht mehr zusammen sind. Das kann ich mir vorstellen. Es war für alle ein Schock. Für mich am meisten. Aber das zwischen Julius und mir ist vorbei.«

Mein Großvater zieht die Augenbrauen hoch. »Darauf will ich nicht hinaus, mien Deern.« Rhythmisch schwingt er mich zu den Takten des Walzers umher.

»Nicht?«

»Warum sollte ich wollen, dass du mit einem Mann zusammenbleibst, der dir das Herz gebrochen hat?«

Ich liebe meinen Großvater. Nicht nur, weil er mich wie Fred Astaire zwischen den Tanzpaaren hindurchführt, sondern, weil er das Herz am rechten Fleck hat. Gleichzeitig schäme ich mich, dass ich ihn nicht öfter auf Fehmarn besuche und meiner Familie auf dem Hof helfe.

»Vielleicht wird es Zeit für eine Veränderung? Hast du da mal darüber nachgedacht?«

Über seine Schulter entdecke ich Tom, der sich nicht weniger beeindruckend bewegt als mein Großvater. Meine Großmutter lacht, als Tom sie wie eine Ballerina dreht.

»Du meinst mit Tom? Du willst wissen, ob wir ein Paar sind?«

»Nein, mien Deern. Meine Frage galt dir. Willst du dich neu orientieren, was deinen Wohnort angeht? Hamburg ist eine große Stadt, aber ständig dem Ex-Mann zu begegnen, stelle ich mir unangenehm vor. Hier auf Fehmarn dagegen …« Mein Großvater schmunzelt und mir wird bewusst, worauf er hinauswill.

»Du möchtest, dass ich zurück auf die Insel ziehe?«

Er summt mit einer Unschuldsmiene die Melodie des Walzers. »Es wäre nicht das Schlechteste, was dir passieren könnte. Wieder bei deiner Familie zu sein, dort, wo deine Wurzeln sind. Deine Eltern könnten ein wenig Hilfe gut gebrauchen. Dein Vater ist ständig auf dem Feld und kann deiner Mutter nicht unter die Arme greifen.«

»Und du und Großmutter?«

»Unkraut vergeht nicht. Oma Moormann und ich sind wie der Wind auf Fehmarn. Wir stehen niemals still.«

Mein Großvater meint es gut mit mir, dessen bin ich mir bewusst. Aber zurück auf die Insel ziehen? Wäre das möglich? Wäre das nicht ein Schritt zurück, anstatt nach vorn?

Andererseits könnte ich mir ein neues Leben aufbauen, ohne die quälenden Erinnerungen an zwanzig Jahre Ehe, die mich in Hamburg an fast jeder Hausecke erwarten. Aber was ist mit Babsi und meinem Klientenstamm? Meinen Freunden? Dabei fällt mir ein … Wann habe ich sie das letzte Mal gesehen? Vor einem Jahr?

Ich bin zu einer Einsiedlerin geworden, ohne dass ich es gemerkt habe.

»Wollen wir tauschen?«

Dass der Walzer aufgehört hat, merke ich erst, als meine Großmutter und Tom neben uns stehen. Großmutter spielt ihrem Mann mit den Fingern im dunkelgrauen Bart.

»Es wäre mir eine Ehre«, säuselt er. Nach einer kurzen Verbeugung, die ich mit einem höflichen Knicks erwidere, schmiegt er sich an meine Großmutter. Sie umarmt ihn, als hätte sie ihn tagelang nicht gesehen.

Früher hatte ich angenommen, dass Julius und ich ebenfalls unsagbar glücklich sein werden. Jetzt bin ich mir nicht mal sicher, wann ich das letzte Mal glücklich gewesen bin oder ob ich es jemals wieder sein kann.

Tom zieht mich an sich und schnellt mit mir zu einem flotten Foxtrott über die Tanzfläche. Wie ein Profitänzer lässt er sein Becken im Takt kreisen. Zwar führt er mich mit weniger Nachdruck als mein Großvater, trotzdem fällt es mir leicht, seinen tänzelnden Schritten zu folgen.

»Woher kannst du dich so bewegen?«

»Drei Tanzkurse als Teenager.« Tom dreht mich zwei Mal und lenkt mich danach rückwärts zwischen den anderen Tanzpaaren hindurch. »Und erzähl es niemanden, aber ich habe es geliebt.«

Ich möchte ihm sagen, wie wunderbar ich es finde, einem Mann begegnet zu sein, der keine Scheu hat, sich auf der Tanzfläche zu bewegen. Aber mir verschlägt es die Sprache.

Gesine Witt pirscht sich von der Seite her an. Sie fixiert Tom wie ein paar wertvolle Designerschuhe, die ihr in ihrer Sammlung noch fehlen.

Der Foxtrott hat gerade erst begonnen. Sie kann nicht im Ernst denken, jetzt abklatschen zu wollen. Instinktiv drücke ich mich an Tom, was ihm zu gefallen scheint. Er zieht mich näher an sich, gemeinsam schwingen wir umher, sodass Gesine hinter den Tietjens verschwindet, die neben meinen Großeltern umherwirbeln.

Plötzlich endet die Musik und lässt fragende Gesichter im Saal zurück. Außer Gesine. Breit grinsend zwängt sie sich zwischen den Tanzpaaren hindurch, direkt auf mich zu.

Alle anderen beobachten Sven Witt, der in einem dunkelgrünen Samtanzug neben dem Ghettoblaster steht. Gesines Bruder winkt den Tanzpaaren zu und behauptet, er wolle die CD tauschen, denn ab jetzt ist Damenwahl. Aber ich weiß, warum er nicht einmal das Lied abwarten konnte, um die Wahl einzuläuten. Seine Schwester ist auf der Jagd.

Tom scheint davon nichts mitzubekommen. Wie sollte er auch? Er sieht mich mit diesem verspielten Blick an, den er mir heute Morgen im Keller zugeworfen hat, ehe er mich mit seinen Küssen ein weiteres Mal verführt hat.

Ich möchte seinen Blick erwidern, ihm zeigen, dass er seit langer Zeit der Einzige ist, der mir ein Gefühl von Geborgenheit schenkt. Aber Gesine bleibt hinter ihm stehen und lächelt.

»Marie!« Unverhohlen schiebt sie sich zwischen Tom und mich. »Wir haben uns aber lange nicht gesehen.« Wie Herkules drückt sie mich gegen ihre üppige Brust, die ihr dunkelgrünes Samtkleid kaum in Zaum hält.

»Und du, mein Hübscher, musst neu auf der Insel sein.« Gesine tigert um meinen Tanzpartner herum, prüft seine Armmuskeln mit zwei gekonnten Kniffen und nickt mir anerkennend zu.

»Kann ich dir helfen?«

»Wir haben Damenwahl, mein Hübscher. Und ich habe mich für dich entschieden.« Gesine packt Toms Hände und legt sie auf ihre ausladenden Hüften. »Oder hast du diesem Hengst schon deinen Stempel aufgedrückt, Marie?«

Tom sieht mich hilflos an, als im Hintergrund Swing gespielt wird. Ich erwidere seinen flehenden Blick mit einem unsicheren Lächeln. Seine Mundwinkel sinken nach unten.

Was hatte er erwartet? Wir sind nicht zusammen. Ich kann Gesine nicht verbieten, mit ihm zu tanzen. Gesine lässt sich nichts verbieten.

Trotzdem versuche ich es. »Eigentlich wollten wir gerade ...«

Ein forderndes Klopfen auf meiner Schulter unterbricht mich. Gesines Bruder hält mir eine Hand entgegen und ich frage mich, ob dies ein ausgeklügelter Plan ist, um Tom von mir zu trennen.

»Gestatten?« Aus der Nähe sieht Svens dunkelgrüner Samtanzug abgetragen und mindestens zwei Nummern zu eng um den wohlgenährten Bauch aus. »Oder tanzt du lieber mit deinem Julius?«

»D-doch. Ich meine, ähm, nein. Julius ist nicht hier.« Tut er nur so oder weiß er nicht, dass ich mit Tom hergekommen bin?

Sven zieht mich mit sich, an seiner Hand haftet ein klebriger Film.

»Vielen Dank für das Angebot ...«, sage ich und winde mich aus seiner Umarmung. »Aber eigentlich wollte ich ...«

Wo sind sie hin?

Gesine und Tom sind verschwunden. Hüftschwingend schiebt er sie ans gegenüberliegende Ende. Tom hält nach mir Ausschau, aber Gesine wedelt mit ihrem krausen

Haar vor seinem Gesicht und bringt ihn dabei zum Lachen.

Innerlich koche ich. Sven lenkt mich zu den Takten der Musik immer in die andere Richtung, sodass wir uns den beiden nie nähern.

Wieso lasse ich das zu? Ich hätte *Nein* sagen und Gesine und ihre manikürten Nägel in den Wind schießen sollen. Aber in mir nistet diese Unsicherheit. Wer versichert mir, dass das zwischen Tom und mir nicht nur etwas Kurzfristiges ist?

Nach fünf Tänzen, in denen Sven mich nicht einmal losgelassen hat, mir dafür aber zehnmal auf die Füße getrampelt ist, stehe ich zwischen Bärbel und Ilse aus Vitzdorf neben der Tanzfläche. Beide schwärmen mir von ihren ledigen Enkelsöhnen vor, damit ich nicht als *alte Fregatte* ende. Annette aus Katharinenhof kommt zu uns und bewundert mich dafür, dass ich noch aufrecht stehe. Denn hätte ihr Mann sich erdreistet, sie auszurangieren und in meinem Alter kinderlos zu verlassen, hätte sie ihn erst erschossen und sich dann selbst einen Strick genommen.

Hin und wieder taucht Tom am Rand der Tanzfläche auf, sieht sich um, aber Gesine schnappt ihn sich und zerrt ihn zurück ins Gemenge. Mir dagegen fehlt die Energie, zu den beiden zu marschieren und ihn ihr zu entreißen.

Alte Fregatte. Ich habe mich nie so gesehen, aber wahrscheinlich sollte ich mir der Realität langsam bewusst werden. Ich bin 45 Jahre alt und Single. Die beste Zeit, mir einen Mann zu angeln, liegt längst hinter mir. Und wie man sieht, bin ich nicht in der Lage, einen neuen zu halten.

Vielleicht ist es besser, wenn Tom sich mit Gesine amüsiert und nicht mit mir. Er braucht weitere Kerben im

Bettpfosten. Alles im Leben hat seinen Sinn. Tom und ich sind zu unterschiedlich, als dass aus uns mehr werden kann als ein bloßer Third-Night-Stand.

Eiskalt bläst der Wind, als ich mir den Weg zwischen Schneeflockenangriffen zurück zum Lindenhof erkämpfe. Die Straßen ähneln einer weißglühenden, hügeligen Wüste, worüber ich in der Dunkelheit dankbar bin.

Meine Hände sind tief in den Manteltaschen versunken. Das Gesicht verberge ich zur Hälfte im hohen Kragen, um keine Flocken zu schlucken. Aber vor den Worten meines Großvaters kann ich mich nicht verstecken.

Bist du glücklich, mien Deern? Vielleicht wird es Zeit für eine Veränderung.

Immerzu nicke ich, bei jeder Silbe, die sich wieder und wieder in meinem Kopf abspielt. Mein Großvater hat etwas in mir in Gang gesetzt, das längst gebrodelt hat, und nun immer mehr an die Oberfläche drängt. Drei innige Wünsche, die verstohlen darauf gewartet haben, ans Licht zu treten.

»Raus aus dem Teufelskreis, der mich seit einem Jahr blockiert. Raus aus meinem Kokon, in dem ich mich seit Jahren verstecke. Raus aus Hamburg.«

Diese Gedanken laut auszusprechen, ist wie eine Offenbarung. Meine Augen füllen sich mit Tränen, die mir der Wind sogleich aus dem Gesicht fegt. Schluchzend stapfe ich die eingeschneite Allee des Lindenhofs hinauf. Die Kälte kriecht mir mit jeder Sekunde tiefer unter meine Kleidung.

Die nächste Zeit werde ich nutzen, um mich meiner Zukunft zu stellen. Ich muss etwas ändern, denn so geht es nicht weiter.

Die Sehnsucht nach Wärme treibt mich ins Haus. Im Flur schwebt eine ungewohnte Stille. Trotz meiner dicken Stiefel fühlen sich meine Füße wie Eisblöcke an, als ich meine Schuhe in das Fach für das Lilienzimmer stelle. Meinen nassen Mantel, Mütze, Schal sowie Handschuhe hänge ich an die Garderobe und laufe, obwohl ich niemanden sehe, auf Zehenspitzen zur Kellertür und steige hinab.

Im Fitnessraum meines Vaters, den er auch den Gästen zur Verfügung stellt, drehe ich an den Knöpfen der Sauna und stelle die gewünschte Temperatur auf 90°C ein.

Der Gedanke, gleich in eine mollige Wärme einzutauchen, beflügelt meinen Gang. Jetzt fehlt mir nur noch etwas Gutes für die Seele. Ich eile die Treppe hinauf und stibitze mir in der Küche ein paar Weihnachtskekse aus der Dose. Das Butter-Mehl-Zucker-Gemisch schmilzt in meinem Mund und beruhigt allmählich meinen Geist, dabei stehe ich an der Heizung und wärme mir die Beine auf.

Aus dem Flur ertönt ein Klacken. Jemand öffnet eine Tür. Mit einem Keks im Mund und weiteren in den Händen husche ich durch die Küche und erwische Patte, wie er sich nebenan aus dem Zimmer meiner Schwester stiehlt.

»Oh.« Zügig fährt er sich über die dunkelblonden Haare und versucht, sie zu glätten. »Wir dachten, ihr seid beim Tanzen.«

»Sind das die Kinder?« In Linas Schlafzimmer rumpelt es. Das Patschen von nackten Füßen auf Laminatboden ertönt.

»Nur Marie«, flüstert Patte in den Raum hinein. »Die Jungs schlafen oben. Keine Sorge.«

Unsanft drückt Lina ihn in den Flur und schaut in ihrem grünen Nachthemd aus dem Zimmer.

»Ach, du bist es.« Die pechschwarzen Haare meiner Schwester ähneln einer Düne, die von einem Sturm heimgesucht wurde. Aber der Glanz in ihren Augen ist goldwert.

Sofort streckt Lina mir einen Zeigefinger entgegen. »Du hast niemanden gesehen, verstanden?«

Nickend schiebe ich mir einen weiteren Keks in den Mund. Beide sehen mich an, als warten sie darauf, dass ich mich fortbewege. Doch ich grinse und bleibe. Wenn meine Schwester und mein Schwager wieder zusammen sind, möchte ich das mit eigenen Augen sehen.

Lina zieht ihren Mann an sich, küsst ihn zum Abschied und schiebt ihn grummelnd und mit einem vielsagenden Seitenblick in meine Richtung über den Flur. Was sie an der Haustür besprechen, höre ich nicht, aber, als sie zurückkehrt, wirkt sie entspannt.

Ich will unbedingt wissen, was zwischen den beiden vorgefallen ist. Aber ich habe nicht vergessen, dass meine Schwester auf ihrer Privatsphäre beharrt. Und ich respektiere ihr Schweigen.

Oder auch nicht.

Schnell schlüpfe ich vor ihr ins Zimmer und verbarrikadiere mich im Türrahmen.

»Habt ihr beide euch endlich ausgesprochen?«

Auf dem Gesicht meiner Schwester bahnt sich ein Gewitter an und ich befürchte, gleich mit dem Kopf voran im Bettlaken zu landen. Doch sie stiehlt sich nur einen Keks aus meinen Händen. »Es ist ein Anfang, denke ich.«

»O Lina!« Ich umarme sie. »Ihr werdet es schaffen, ich bin mir sicher.« Dann zwinkere ich ihr zu. »Und ich kenne mich aus. Ich bin Profi.«

»Ein Profi, der geweint hat.«

»Wie?« Rasch wische ich mir die Wimperntusche unter den Augen fort. »Ach, das waren der Wind und der Schnee. Draußen ist die Eishölle ausgebrochen.«

Meine Schwester hebt skeptisch eine Augenbraue. »Ist das wegen Julius und seiner Lütten? Ich dachte echt, ihr beide wärt füreinander bestimmt. Nie im Leben hätte ich damit gerechnet, dass seine Barbie ihm hinterherfährt.«

»Vielleicht ist ihre Leine zu kurz.« Ich lache, obwohl mir nicht danach ist, und lasse zu, dass Lina mir den letzten Keks aus den Fingern stiehlt.

Kauend zieht sie an mir vorbei in ihr Zimmer. »Dann bleibt noch Mister Porsche für dich. Mir gefällt sein neuer ich-bin-aus-dem-Dschungel-Look. Der Bart und die Arbeiterkleidung stehen ihm.«

Sie betätigt den Lichtschalter neben der Tür und hüllt ihr Schlafzimmer in eine schummrige Dunkelheit. Das warme Flurlicht leuchtet ihr den Weg über den Laminatboden hin zu ihrem Bett, auf dem zwei zerwühlte Daunendecken liegen.

»Sprichst du von Tom?«

»Dich hat es voll erwischt, Schwesterchen.« Lina schüttelt beide Decken auf ihrem Bett aus, um sie anschließend glattzustreichen.

»Wieso?« Ich reibe mir die Wangen und spüre die Hitze unter meinen Fingerkuppen. »Mein Gesicht ist nur wegen der Kälte rot. Das kommt von draußen.«

»Du glühst, als hättest du Fieber.« Sie schlüpft unter beide Bettdecken und lehnt sich zurück an ihr Kissen. »Wäre es denn schlimm, wenn es wegen Tom wäre? Du hättest eine neue Liebe verdient.«

Vermutlich wäre es nicht schlimm, aber etwas in mir hemmt mich.

Als ich die Tür schließen will, ruft Lina mir nach.

»Behandelt er dich gut?«

Wenn ich eines mit Sicherheit sagen kann, dann das.

»Eine Lady genießt und schweigt.«

Mehr möchte ich ihr nicht erzählen. Zwischen Tom und mir ist alles neu. Nicht, dass meine Schwester eine Plaudertasche ist, aber Fehmarn hört alles. Ich will nicht, dass die ganze Insel denkt, ich hätte eine neue Beziehung, obwohl ich mit Tom selbst dieses Gespräch noch nicht geführt habe.

Lina deutet auf meine Strickjacke mit den ausgebeulten Taschen, die übersät von Kekskrümeln ist. »Sag mir Bescheid, wenn du eine Lady siehst.« Dann haucht sie mir einen Kuss zu. »Gute Nacht, Marie.«

»Schlaf gut.« Ich will die Tür schließen, halte jedoch inne. Mein Therapeutenherz drängt sich nach vorn. *Ich kann helfen.* Mit meinem Beruf helfe ich, Paaren wieder zusammenzufinden. Dort, wo Hoffnung besteht, bereite ich den Weg. »Und falls du und Patte an einer Paartherapie interessiert seid, ihr wisst, wo ihr mich findet.«

»Vergiss es!« Lina schleudert ihr Kissen nach mir. Es prallt an der Tür ab, die ich bereits geschlossen habe.

Ich habe es wenigstens versucht.

Zufrieden mit mir schlendere ich den Flur entlang. Patte wird zur Vernunft kommen, die beiden gehören zusammen.

Unweigerlich denke ich an Tom und bereue es, überstürzt aus dem Dörfergemeinschaftshaus geflüchtet zu sein. Wenn ich länger geblieben und mich zu ihm vorgedrängt hätte, würden wir vielleicht noch immer gemeinsam tanzen.

Wärme, Wärme, Wärme! Ein besseres Gefühl gibt es nicht. Von meiner Gänsehaut spüre ich nichts mehr. Wie im Karibikurlaub. Es fehlen lediglich die Palmen und das sanfte Rauschen des türkisfarbenen Meeres im Hintergrund. Dafür habe ich Schweißperlen auf der Stirn und bin nackt, da ich vergessen habe, heute früh die gewaschenen Handtücher in den Fitnessraum zu legen.

Aber außer mir ist niemand mehr wach. Deshalb lehne ich mich auf der Saunabank zurück, strecke die Beine aus und genieße die wenigen Quadratmeter aus hellem Pinienholz.

Pattes entspannte Miene und Linas Wuschelhaar schwirren mir im Kopf herum. Ebenso wie Julius. Was wäre geschehen, wenn ich ihm seine Affäre verziehen hätte?

Mein Herz weigert sich, diese Frage zu beantworten. So sehr ich es auch versuche, diese Tür ist verschlossen. Andere Frauen mögen großzügiger sein, verzeihen solche Ausrutscher vielleicht. Ich kann es nicht.

Julius und ich, wir beide sind nicht Lina und Patte. Wir sind auch nicht meine Eltern oder meine Großeltern. Wir haben unsere eigene Ehe geführt und sind gescheitert.

Anfangs habe ich ihm die alleinige Schuld gegeben, ihn für seine Unfähigkeit verflucht, da er die Finger nicht bei sich behalten konnte. Doch dass er nicht das Gespräch gesucht hat, sondern sich gleich einer anderen Frau zugewandt hat, hat mich am meisten getroffen.

Aber mittlerweile verstehe ich ihn. Ich weiß, warum wir uns nach und nach entfremdet haben. Intimität ist ein empfindliches Band zwischen zwei Menschen. Es löst sich auf, wenn keine Arbeit darin investiert wird. Wenn man vergisst, sich umeinander zu kümmern und alles als selbstverständlich betrachtet.

Mein Kopf sackt nach hinten gegen das Holz, ich gähne. Die mollige Wärme lässt meine Lider schwer werden. Nie im Leben hätte ich gedacht, dass mir das einmal passieren wird. Mir, die Paartherapeutin, die anderen Paaren Ratschläge gibt, ein engeres Band zu knüpfen, an sich zu arbeiten, um ... Gähnend döse ich vor mich hin.

Ein Knall schreckt mich auf. Kerzengerade sitze ich auf der Saunabank. Mein nackter Hintern verschmilzt beinahe mit dem Holz, so verschwitzt bin ich. Der Schmerz in meinem Nacken erinnert mich daran, dass ich in einer unvorteilhaften Position eingenickt bin.

Schritte ertönen. Jemand läuft die Treppe hinab. Ich schrecke hoch, will auf meine Armbanduhr sehen. Wie spät ist es? Doch meine Sachen liegen zusammen mit meiner Unterwäsche auf dem Rudergerät.

Ich verfluche meine dumme Idee, nachts in die Sauna zu gehen, während ich an dem länglichen Griff der Glastür fummele. Drücken? Ziehen? Schieben?

Die Tür zum Fitnessraum öffnet sich im selben Moment, in dem ich keuchend die Glastür hinter mir schließe. Mein rechter Arm schnellt zu meinen Brüsten, mein linker bedeckt halbwegs meinen Schambereich.

Tom steht in seinem hellgrauen Pyjama aus weichem Flanell mit rosa Herzen vor mir und verharrt in seinen flauschigen Pantoffeln auf der Stelle. Sein Gesicht ist ebenso gerötet wie meins, als ich durch den Schneesturm nach Hause gelaufen bin.

»O-Oma Moormann hat ... gesagt, im Keller gibt es eine ...«

Tom stockt. Sein Blick wandert an mir auf und ab.

»... Sauna«, beende ich seinen Satz.

»Genau.«

Ich fühle mich ausgeliefert. Meine nackten Füße wehren sich gegen den kühlen Fliesenboden und wollen zurück in die Sauna hüpfen. Ich schiele zu meiner Kleidung, die ein paar Meter von mir entfernt liegt.

Tom hält eines der weißen Handtücher aus dem Badezimmer in den Händen, auf deren Vorderseite meine Großmutter einen Leuchtturm gestickt hat.

»Hat sie dir auch gesagt, du sollst ein Handtuch mitbringen?« Meiner Großmutter entgeht nichts, was in diesem Haushalt geschieht.

Ungeniert grinst er. »Darf ich dir aushelfen?«

»Das wäre wunderbar.«

Ich könnte schwören, Tom bewegt sich absichtlich wie in Zeitlupe. »Du darfst dich gern beeilen.«

»Es gibt Momente im Leben, die muss *Mann* auskosten.«

Dicht bleibt er vor mir stehen. Er riecht nach Schnee und Kälte. Wie nach einem langen Spaziergang in der Natur.

»Möchtest du nicht mehr?«

»Wie?«

»Brauchst du mein Handtuch noch?«

Zögernd schaue ich an mir hinab, wie ich nackt mit aneinandergepressten X-Beinen vor ihm stehe. Egal, welche Hand ich nehmen würde, um mit dem Frotteestoff meine Haut zu verhüllen, er wird etwas sehen.

»Warte.« Tom schlingt das Handtuch schützend um mich. Dabei hält er den Blick auf meine Augen gerichtet.

Meiner jedoch wandert unwillkürlich zu seinen Lippen, die mir so nah sind, dass ich seinen Atem auf meinem Mund spüre. Perfekt geschwungene Lippen, die sanft über meinen Hals geglitten sind und mich zum Wimmern gebracht haben; umrandet von einem Zweitagebart, der betörend sexy wirkt, als Tom schmunzelt.

Er weiß, woran ich denke. Er weiß, wonach mir gerade ist.

Auf einmal ist mir meine Nacktheit gleichgültig. Ich habe nur noch einen Gedanken. Ich will seinen Körper an meinem spüren, seine Hände auf meiner Haut und seine Lippen auf meinem Mund.

Wage es!, fordert mich meine innere Stimme auf. *Gestalte dein Leben selbst. Nimm es in die Hand. Lebe! Du bist Single und frei!*

Und alles in mir schreit nach Toms Berührungen.

Ich lege die Arme um seinen Hals, ziehe ihn an mich, schmiege mich an seinen muskulösen Oberkörper und küsse ihn forsch, genieße seinen warmen Atem in meinem Gesicht.

Nach wenigen Sekunden halte ich inne. O Gott.

Tom erwidert meinen Kuss nicht.

Steif wie eine Litfaßsäule steht er vor mir, das Handtuch fest in den Händen. Mit tiefdunklen Augen mustert er mich auf eine sonderbare Art.

Bin ich zu weit gegangen? Habe ich sein Schmunzeln falsch interpretiert? Ist er mit Gesine zusammen?

Ich möchte sterben. Auf. Der. Stelle.

Ruckartig löse ich mich von ihm, aber Tom zieht mich zu sich heran, umschlingt mich, sieht mich an.

Meine Wangen brennen. Ich halte seinem Blick stand, traue mich jedoch nicht, zu sprechen.

Eine gefühlte Ewigkeit vergeht, wie wir aneinandergepresst vor der Glastür stehen. In mir tobt Verwirrung, Enttäuschung und Verlangen. Soll ich ihn fortstoßen? Ihn küssen? Vor seinen Augen weinen?

»Du bist gegangen«, flüstert er irgendwann, als wäre er heiser. »Du bist gegangen ... ohne dich von mir zu verabschieden. Warum warst du auf einmal weg?«

Worauf will er hinaus? Hätte ich auf Wiedersehen sagen sollen? Mir die Blöße vor Gesine geben sollen, dass sie mit dem Mann tanzt, mit dem ich gekommen bin?

Ich zucke mit den Schultern. »Du warst die ganze Zeit tanzen und sahst recht vergnügt aus. Ich wollte euch nicht stören.«

Schnaufend schüttelt Tom den Kopf.

»Bist du sauer?«

Da er nicht reagiert, schiebe ich ihn fort, doch er lässt mich nicht gehen. Ich drücke mich nach hinten, stoße mit dem Rücken gegen die Glastür und stehe nackt vor ihm, denn er hält das Handtuch noch immer in den Händen.

Macht er das mit Absicht?

»Ich bin nicht sauer, eher überrascht.« Er reicht mir sein Handtuch, aber jetzt kann er das behalten. Nackt wie Gott mich schuf, stolziere ich davon. Ich brauche seine ritterliche Fürsorge nicht. Ich kümmere mich um mich selbst.

»Marie ... Marie, warte! Bitte!«

Wie angewurzelt bleibe ich zwei Schritte vor dem Rudergerät, auf dem meine Sachen liegen, stehen. Wenige Momente später steht Tom hinter mir. Seine metallene Gürtelschnalle drückt sich kalt an meinen Rücken, die Arbeitshose an meinen Hintern. Mit verschränkten Armen warte ich auf das, was er mir so dringend sagen muss.

Schweigend lasse ich zu, dass er mir das Handtuch um meinen nackten Oberkörper wickelt, bis meine Arme unter dem weichen Frottee verschwinden.

»Dreh dich um«, sagt er sanft.

Ich rühre mich nicht. Ich bin nicht einmal sicher, warum. Vielleicht, weil er länger mit Gesine getanzt hat als mit mir. Vielleicht, weil er mit ihr gelacht und sie nicht stehengelassen hat. Vielleicht aber auch, weil er meinen Kuss eben nicht erwidert hat.

»Bitte, Marie.«

Ich stöhne. »Sag, was du zusagen hast und dann geh.« Als ich mich zu ihm umdrehe, hält Tom das Handtuch eng um mich geschlossen und den Blick geradeaus. »Ich möchte mich anziehen und ins Bett. Der Tag war lang.«

Tom schlüpft aus seinen Pantoffeln und schiebt sie mir mit einem seiner nackten Füße entgegen.

Erst zögere ich, ziehe dann jedoch die Füße rasch von den kalten Fliesen und schlüpfe hinein.

»Ich hatte angenommen, wir beide würden den Abend zusammen verbringen. Immerhin sind wir gemeinsam zum Tanzen gegangen.«

Je länger er vor mir steht, desto mehr sehne ich mich nach seinen Berührungen, obwohl ich es nicht zugeben möchte.

»Aber«, fährt er fort, »ich hatte auch gedacht, dass du mich anrufst, wenn ich dir meine Nummer gebe.« Theatralisch seufzt er. »So kann man sich irren.«

»Das habe ich dir alles schon erklärt.« Ich will die Arme heben, stoße dabei aber mit den Fingern unterhalb seines Gürtels an seine Hose. Rasch ziehe ich die Hände zurück und umschlinge meinen nackten Bauch.

Tom drückt mich fester an sich. »Und dann hast du die Nacht mit mir verbracht.«

»Und du hast mit Gesine getanzt. So.« Ich winde mich in seinem Handtuch-Gefängnis, komme jedoch nicht frei. »Und das Schlimme ist, du hast dich dabei amüsiert. Ich habe es genau gesehen. Der ganze Saal war Zeuge, wie sie sich an dich gedrückt hat. Morgen werdet ihr beide als neues Liebespaar das Titelblatt des *Fehmarnschen Tageblatts* zieren.«

»Du bist eifersüchtig.«

»N-nein!«, protestiere ich. Mir gefällt nicht, wie triumphierend er lächelt. »Dazu habe ich kein Recht. Ich wollte dir damit sagen, wie es auf der Insel zugeht. Auf Fehmarn bleibt nichts geheim. Und wenn Gesine es auf dich abgesehen hat, solltest du in Deckung gehen.« Je länger ich rede, je unsicherer ich unter dem Handtuch mit den Armen gestikuliere, desto trockener wird mein Rachen und ich verliere aus den Augen, was ich eigentlich sagen will. »Warum sollte ich eifersüchtig sein? Wir beide sind nicht zusammen. Ich trage deinen Ring nicht am Finger ... oder wie das heutzutage läuft. Du kannst treiben, was du willst. Und mit wem du es willst. Ich habe kein Recht eifersü-«

Auf einmal liegt Toms Zeigefinger auf meinen Lippen und mein Atem dringt heiß aus meinem Mund.

»Möchtest du das denn?« Seine ruhige Stimme macht mich halb wahnsinnig. Unsere Gesichter sind sich so nah und scheinen doch unendlich weit voneinander entfernt zu sein.

»Möchte ich, was?«

Sein Finger ist noch an meinem Mund. Ich weiß, was er mich fragen will. Und so, wie Tom mich ansieht, ist ihm ebenfalls bewusst, dass ich es weiß. Aber ich bin zu nervös, um diese Frage gerade zu beantworten.

»Marie ...« Er streicht mir eine meiner Strähnen hinter das Ohr, die mir aus dem lockeren Zopf gerutscht ist. »Möchtest du, dass ich es sage?«

Es mag kindisch sein, aber ich brauche das. Die Unsicherheit in meinem Kopf hat sich festgebissen und breitet sich wie eine Plage aus. Ich muss es aus seinem Mund hören. Ich muss wissen, woran ich bei Tom bin.

Ich nicke.

Er räuspert sich. »Frau Thorhoven«, sagt er, als hätte er diese Ansprache geplant. »Es wäre mir eine Ehre, wenn Sie die Frau an meiner Seite wären. Wäre das auch in Ihrem Interesse?«

Ich nicke. Kein Zögern. Kein Überlegen.

»Sag es.« Tom lächelt mich an, was meinen Herzschlag beflügelt. »Sag, dass du mit mir zusammen sein willst.«

Ich komme mir dumm vor, es laut auszusprechen. Aber ihm zuliebe tue ich es.

»Herr Feddersen«, beginne ich. »Ich wäre hocherfreut, wenn Sie ganz offiziell, nach allen Regeln der Beziehung und dem dazugehörigen Paragrafen, der für den Beginn ein-«

Tom senkt den Kopf und küsst mich innig, seine Hände streifen über meine Haut. In mir entfacht ein Feuer, das mich alle Sorgen, alle Vorbehalte vergessen lässt. Ich schlinge die Arme um seine starken Schultern und gebe mich seinem Druck hin, koste jeden Augenblick aus.

Ein sehnsüchtiger Laut entweicht ihm, als ich mich ihm entgegendränge. Seine Finger wandern meinen Rücken hinab zu meinem Hintern, streicheln jeden Zentimeter, bis ich lustvoll seufze. Mit der Zunge liebkost er meinen Hals und mein Schlüsselbein, was mich erschaudern lässt. Jede Sekunde lasse ich mich mehr fallen, genieße seinen Atem auf der Haut, seinen warmen Körper und die süße Vorfreude auf das, was folgen wird.

Entschieden schiebt er mich durch den Fitnessraum, bis wir die Yogamatte in der Ecke erreichen.

Vorsichtig lenkt er mich hinab, schleudert das Handtuch fort und schmiegt sich an mich. Mein Körper kennt seine Bewegungen, kribbelt unter seinen Fingern, die meinen Oberschenkel hinaufwandern.

Dann überkommt es mich. »Stopp!«, hauche ich. Gleichzeitig fasse ich es nicht, dass ich das tue.

Überrascht schaut er mich an und hebt sich ein Stück von mir hoch. »Habe ich dir wehgetan?«

Ich blicke an mir hinab, während Tom seine Gürtelschnalle von meinem Unterleib fernhält. »Nein, alles ist unglaublich schön. Aber ... könnten wir nach oben gehen?«

Tom wirft einen Blick durch den Raum. »Der Keller ist nicht so dein Ding?«

Ich schüttele den Kopf. Wenn ich daran denke, dass meine Familie und die Gäste hier schweißgebadet ihre Fettpölsterchen bekämpfen, kann ich mir schönere Orte vorstellen, um mit Tom allein zu sein.

»Verstehe ich gut. Lass uns gehen.« Er hilft mir hoch und reicht mir meine Sachen vom Rudergerät. Wie ein Gentleman wendet er sich ab. In der Zwischenzeit schlüpfe ich in meine Wäsche hinein und ziehe den Rest der Kleidung über.

Als ich fertig bin, schlinge ich von hinten die Arme um seinen Bauch. Er dreht sich zu mir um, küsst mich und zieht mich zu Tür.

»Zu dir oder zu mir?«

»Zu dir«, entscheide ich. Nicht, dass ich mich heimlich davonstehlen möchte, aber neben meinem Zimmer liegen Cheyenne und Julius, die ich auf keinen Fall hören möchte.

Tom hält mich, lenkt meine Aufmerksamkeit auf seinen Mund, übersät meinen Hals mit zärtlichen Küssen und ich weiß, dass diese Nacht etwas Besonderes für uns werden wird.

Das Leben ist wie eine Schachtel Pralinen

(Forrest Gump)

Mein Körper fühlt sich schwer und gleichzeitig leicht an, beschwingt. Toms betörender Geruch haftet an dem T-Shirt, das er mir zum Schlafen geliehen hat. Meine Lider wehren sich krampfhaft dagegen, sich zu heben. Wie schwere Steinplatten bedecken sie meine Augen.

Dafür sind meine Ohren hellwach. Draußen auf dem Flur knarzen ununterbrochen die Holzlatten. Türen werden zugeschlagen, Trampeln ist auf den Treppenstufen zu hören. Draußen vor dem Fenster schlägt die Moormannsche Trommel und es ertönt der scharfe Tenor meines Großvaters.

Seufzend ziehe ich mir die Decke übers Gesicht. Die Sonne schläft noch, aber der Lindenhof erwacht zum Leben.

»Ich verstehe nur Bahnhof«, sagt eine gequälte Stimme auf dem Flur. »Wohin gehen wir?«

Cheyennes Verwirrung lässt mich grinsen. Ich kann mir beim besten Willen nicht vorstellen, dass sie eine Frühaufsteherin ist.

»Carpe diem, Baby. Weißt du noch? Deine eigenen Worte.«

Julius benutzt seine Lehrerstimme, die er immer einsetzt, wenn sein Erklärmodus läuft. Sie gleicht seiner aufdringlichen Besserwisserstimme, wenn er sich jemandem überlegen fühlt, nur ist sie weniger nasal.

Ich weiß alles über diesen Mann; weiß, wie sein Atem nach dem Aufstehen riecht, wie er seine Spiegeleier am liebsten isst und in welcher Reihenfolge er seine Zahnpastatuben benutzt. Julius besitzt für jeden Tag der Woche eine andere. Mein Wissen, das ich mir jahrzehntelang über ihn angeeignet habe, würde ich gern in einem Tresor verschließen und in der Ostsee auf Nimmerwiedersehen versenken.

Baby, nennt er sie. Mich nannte er *Marie*.

Ich warte auf den Stich in meinem Herzen. Dieses unangenehme Ziepen in der Mitte meines Brustkorbs, weil mein zukünftiger Ex-Mann mit seiner Neuen über den Flur schleicht. Aber zu meinem Erstaunen bleibt der Schmerz aus. Stattdessen flattert mein Herz wie ein aufgeregter Schmetterling.

Denn neben mir liegt ein neuer Mann.

Mein Grinsen intensiviert sich. Die dunkle Wolke, die mich seit einem Jahr begleitet und mir den Kopf mit Trübsal verklebt hat, löst sich langsam in kleinste, kaum wahrnehmbare Flöckchen auf.

Mit einer Hand fahre ich unter die andere Bettdecke neben mir, freue mich darauf, Tom über seinen Bauch zu streicheln und mir einen Nachschlag von gestern Nacht zu holen. Zwar haben wir die meiste Zeit wach gelegen und geredet und uns entschieden es langsam anzugehen. Wenn ich jedoch an seine weichen Lippen denke, wie sie jeden Zentimeter meines Körpers erkunden, könnte ich eine weitere ...

Seine Bettseite ist leer.

Einen Spalt weit öffne ich die Lider. Tom ist nicht da. Seine Bettdecke und Kissen sehen aus, als hätte er seine Seite des Bettes heimlich gebügelt. Abrupt setze ich mich auf.

Bin ich in der Nacht in mein Zimmer gegangen? Hektisch schalte ich die kleine Nachttischlampe ein. Da sind Tulpen auf der Tapete, definitiv Toms Zimmer. Aber wohin ist er gegangen?

Mein Herz zieht sich zusammen, meine Hände verkrampfen sich im Kissen. Wo sind seine Sachen?

Mein Blick schnellt umher. Wo ist sein Koffer? Ist er nach Hause gefahren? Hat er mich verlassen? Eine panische Unsicherheit überschwemmt meine Gedanken und steuert sie in eine Richtung, die ich nicht mehr kontrollieren kann.

In Toms T-Shirt stürme ich aus dem Bett, um nachzusehen, ob sein Porsche noch unter dem Schnee vergraben ist. Dabei wanke ich in meinem Slip und auf nackten Füßen über den hellbraunen Teppich und pralle mit den Zehen gegen Toms silberfarbenen Hartschalenkoffer unter dem Tisch.

Der Schmerz lässt die quälenden Fragen in meinem Kopf augenblicklich verstummen. Mit verzweifelter Miene lasse ich mich auf einen der beiden Korbstühle fallen und halte meine pochenden Zehen.

Ich schwanke zwischen einem Lachanfall und einem Heulkrampf. Was war das? Warum reagiere ich wie eine Verrückte?

Nachdenklich schiebe ich mir die rötlichblonden Haare hinter die Ohren. Kommt das durch die Trennung von Julius? Weil er mich betrogen hat?

Ich befürchte das Schlimmste. Wird es nun immer so sein? Was, wenn ich nie wieder einen klaren Gedanken fassen kann, wenn ich über einen Mann nachde-

»Stopp!« Keuchend hebe ich einen Arm. Ich muss mich beruhigen.

Langsam atme ich ein und aus, was mir nur schwer gelingt. Immer wieder drängen sich mir ungebetene Fragen auf, die mich nicht loslassen wollen.

Ich versuche, meinen Puls zu drosseln und nicht darüber nachzudenken, was geschehen würde, wenn Tom mich auch verlässt. Meine wirren Gedanken verschwimmen zu einem Brei aus einzelnen Buchstaben, als sich irgendwann die Zimmertür öffnet. Der neue Mann an meiner Seite schleicht sich auf Zehenspitzen hinein. Unverschämt gut sieht er aus, obwohl er die Arbeitshose meines Vaters und eine dunkelblaue Fleecejacke trägt. Seine kurzen Locken liegen ihm lässig auf dem Kopf, ein wenig feucht vom Duschen.

Sein dunkler Bart wird täglich üppiger und lässt ihn in seiner Arbeitskleidung noch attraktiver aussehen, was mir gerade äußerst missfällt. Wie er da an der Tür steht und vorgibt, nur Augen für mich zu haben.

Ob Cheyenne auf Männer mit Bärten steht? Gegen seinen Porsche hätte sie bestimmt nichts einzuwenden.

Um Himmels willen!

Seufzend schlage ich die Hände vors Gesicht. Ich bin tatsächlich verrückt. Und eifersüchtig. Die Frau, die sich keine Gedanken um ihre Ehe gemacht hat, die sich all die Zeit sicher gefühlt hat, ist verschwunden. Zurückgeblieben ist jemand, den ich absolut nicht ausstehen kann.

Mit den Fingern fahre ich mir über die geröteten Wangen und wünschte, ich könnte die Furie einfach aus mir herausziehen und die friedliche, lebenslustige Frau zurückholen, die ihren Glauben an die Liebe nicht verloren hat.

In den Händen hält Tom seinen Kulturbeutel und seinen zusammengefalteten Pyjama. »Du bist schon wach?«

»Ist das nicht offensichtlich?«, krächze ich. »Wo bist du gewesen? Ich bin aufgewacht und du warst nicht da.« So sehr ich mich auch gegen meine innere Furie wehre und sie unterdrücken möchte, ich versage auf ganzer Linie.

»Bist du sauer, weil ich duschen war?«

An Toms Stelle würde ich schreiend aus dem Zimmer laufen. Er jedoch kommt auf mich zu, legt den Kulturbeutel samt Pyjama neben mir auf den Tisch, packt mich und zieht mich zu sich hoch.

Ein innerer Reflex will mich dazu bringen, ihn wegzustoßen, aber ein letztes bisschen Vernunft besitze ich noch. Ich lasse zu, dass er mich umarmt.

»Guten Morgen, kleiner Morgenmuffel.«

»Gar nicht«, verteidige ich mich. »Ich habe blo-«

Tom küsst mich. Sein frischer Pfefferminzgeschmack besänftigt meine innere Furie, während seine Hand zu meinem Nacken wandert und mich hält.

Er riecht unglaublich gut. Sein Duft erinnert mich an die Räucherstäbchen mit Sandelholz, die ich immer zur Beruhigung anzünde.

Wie von selbst gleiten meine Hände unter seine Fleecejacke und tasten sich zu seinem Ledergürtel vor. Tom hat definitiv zu viel Kleidung an. Meine Finger nesteln an seinem Verschluss.

»Kann ich dir helfen?«

Frustriert gebe ich auf und lasse mich auf den Stuhl zurückfallen. »Wieso bist du angezogen? Du hast Urlaub, du solltest ausschlafen. Wir sollten ausschlafen.«

Mein schlechtes Gewissen, das sich in genau diesem Augenblick meldet, weil ich auf dem Lindenhof bin, um meine Familie zu unterstützen, verdränge ich. Ich möchte nicht hinaus in die Kälte. Ich möchte weder Cheyenne noch Julius begegnen.

»Hattest du etwas anderes vor?« Tom streicht mir über die Wange, beugt sich zu mir hinab und küsst mich.

Ich lege seine Arme um meine Taille und kralle die Finger in seinen Rücken.

»Ich würde auch gern mit dir im Bett liegen«, sagt er. »Aber Opa Moormann ruft zum Dienst.« Behutsam greift er meine Arme und führt sie vor meinem Oberkörper zusammen, wobei sein Blick unruhig in Richtung Tür wandert. »Die anderen sind längst unten. Wir sind die Letzten.«

Schippt Tom etwa lieber Schnee, als mit mir zu kuscheln?

Ich schiebe ihn von mir. »Aber du bist zum Entspannen auf Fehmarn – nicht zum Arbeiten. Denk an deinen Burnout. Dein Arzt hatte dir Ruhe verordnet.«

Nicht, dass ich ihn im Bett ausruhen lassen wollen würde.

Lachend schlingt Tom die Arme um mich. »Ich war seit Jahren nicht so entspannt wie in diesen paar Tagen bei dir auf dem Lindenhof.« Innig küsst er mich. Eigentlich sollte es mich freuen, aber alles an seiner Geste schmeckt nach einem zuckersüßen Abschied.

Dann lässt er mich los und geht zur Tür. »Ich mache es heute Abend wieder gut, Marie. Versprochen. Aber ich darf bei deinem Großvater nicht in Ungnade fallen. Ich mag deine Familie. Ich will nicht, dass sie mich für einen arroganten Stadtmenschen halten, der sich vor dem Anpacken drückt.«

Tom ist der Beste. Und genau deswegen kann ich ihn gerade nicht leiden. Ich greife nach seinem Pyjama und werfe ihn in seine Richtung. Der hellgraue Flanellstoff mit rosa Herzen darauf schafft kaum die Hälfte des Weges.

Tom schenkt mir ein bedauernswertes Lächeln, das von einem Grinsen vertrieben wird. »Bis gleich.« Rasch wirft er mir einen Luftkuss zu, ehe er im Flur verschwindet.

Mich lässt er allein zurück. Gedankenverloren hebe ich den Pyjama auf und sauge seinen Geruch ein, der mich an unsere gestrige Nacht erinnert. Wie wird es mit uns weitergehen? Was ist mit meinen Plänen, die ich gestern noch geschmiedet habe?

Raus aus dem Teufelskreis, der mich seit einem Jahr blockiert. Raus aus meinem Kokon, in dem ich mich verstecke. Raus aus Hamburg.

Wie soll ich die mit ihm an meiner Seite verwirklichen? Was, wenn ich für ihn meine Pläne verwerfe und er mich dann verlässt?

Er wird problemlos eine Jüngere finden. Hamburg ist voll von schönen, jungen Frauen. Eine, die hübscher ist, klüger, dünner. Und mich alte Schachtel wird er wie eine verdorrte Pflaume zurücklassen. *Alte Fregatte.*

Ich schreie in Toms Pyjama. Nicht, weil ich wütend auf ihn bin oder weil er gegangen ist. Nein ... Ich schreie, weil meine absurden Gedanken mich in den Wahnsinn treiben.

Das Einzige, das mir jetzt hilft, ist eine Dusche. Ich muss einen klaren Kopf bekommen. Aber vorher zünde ich mir im Badezimmer ein Sandelholz-Räucherstäbchen an. Das wird meine Nerven beruhigen.

Die Wintersonne hat den Schneesturm des gestrigen Tages vertrieben. Mit einem zartblauen Himmel im Hintergrund lässt sie den schneebedeckten Lindenhof erstrahlen. Aus dem Küchenfenster beobachte ich Susanne mit ihren drei Kindern, wie sie in dicker Winterkleidung und Fleecejacken das Körner- und Grünfutter für die Hühner in den Stall tragen. Für die frisch gelegten Eier, die sie später mitbringen werden, stelle ich das Flechtkörbchen mit dem Spitzendeckchen auf dem Rollwagen bereit.

Tom entdecke ich nirgends. Vermutlich hat ihn mein Großvater dazu gebracht, auf dem Hinterhof Streusand zu verteilen, damit sie am Vormittag den Weihnachtsbaum holen können. Julius befreit die Autos auf dem Parkplatz von einer dicken Schneeschicht und stapelt den Schnee mit seiner Schaufel nahe dem Hühnerstall zu einem beeindruckenden Berg.

Als ich Cheyennes goldfarbenen Moonboots erkenne und wie sie mit verkniffener Miene auf Julius zueilt, steigt meine Neugierde. Leise öffne ich das Küchenfenster und lehne mich über das Spülbecken, um nichts zu verpassen.

»Wir müssen reden!«, keift Cheyenne. Sie stemmt die Hände in ihren goldfarbenen Daunenmantel, mit dem sie aus der Ferne wie ein wertvolles Fabergé-Ei aussieht. Ihr Outfit erinnert mich daran, baldmöglichst shoppen zu gehen, ehe Tom herausfindet, dass mein Kleiderschrank nur noch aus ausgeleierten Strickjacken, bequemen Leggings und dezenten Bauchwegunterhosen besteht.

»Jetzt nicht.« Julius spricht mit seiner Lehrerstimme. »Ich bin mit dem Parkplatz noch nicht fertig. Danach muss ich das Holz aus dem Stall holen, für den Kamin.« Er lehnt seine Schaufel an die Beifahrertür meines Fiat Pandas und streichelt Cheyenne über das gerötete Gesicht. »Hilfst du Lina nicht mit den Tieren? Ist dir die Arbeit zu schwer?«

»Lina ist Kaffee holen. Und um die Tiere geht es nicht. Nie hörst du mir zu.« Cheyenne wischt seine Hand fort und stampft mit ihren Stiefeln im Schnee. »Wir müssen total dringend reden. Ständig gehst du mir aus dem Weg. Gestern Abend hast du dich sogar schlafend gestellt. Das habe ich genau gemerkt.«

»W-was? W-wie kommst du denn darauf?«

Julius' Lehrerfassade bröckelt.

Ich ahne, wie Cheyenne sich fühlt. Ich kenne seine Opossum-Taktik. Wenn Julius ein Gespräch vermeiden will, weicht er einem den Tag über aus, gibt sich schwer beschäftigt, und abends im Bett stellt er sich tot.

»Wen beobachtest du?«

Ich zucke zusammen und setze ruckartig mit den Füßen auf dem Küchenboden auf. Lina steht hinter mir und hält mir ihren leeren Kaffeebecher entgegen. Auf dem weißen Porzellan prangt das süße Gesicht von Madame Muffin.

»G-guten Morgen. Hast du mich erschreckt.«

»Erwischt habe ich dich.« Linas braune Augen funkeln.

»Ich weiß nicht, wovon du redest. Ich kümmere mich um das Frühstück.« Mit dem Ärmel meiner Strickjacke gebe ich vor, die Wassertropfen vom Spülbecken zu entfernen. »Sind schon alle im Saal versammelt?«

»Tu nicht so. Du spionierst die beiden aus. Das habe ich genau gesehen.« Sie übergibt mir ihren Becher.

»Du irrst dich, Schwesterchen. Ich habe lediglich die Armaturen poliert. Was draußen geschieht, interessiert mich nicht.«

»Hörst du, was sie sagen?« Lina stellt sich auf die Zehenspitzen und reckt den Oberkörper über das Becken. Kopfschüttelnd zieht sie sich zurück. »Bei Cheyenne und Julius ist irgendetwas im Busch. Ich habe die Kleine heute früh im Erdgeschoss gehört, wie sie sich im Badezimmer übergeben hat. Die hat wohl Bulimie.«

»O ... je.«

Wenn Lina es gehört hat, wird es nicht mehr lange dauern, bis alle anderen es ebenfalls erfahren. Dann wird es nur noch ein einziges Thema geben.

»Oje?« Stirnrunzelnd sieht meine Schwester mich an. »Oder hat sie eine fiese Grippe? Wenn sie mir die Kinder ansteckt, kann sie was erleben!«

Seufzend halte ich ihren Becher unter die Edelstahl-Thermoskanne, in die ich den frischen Kaffee für das Frühstück gefüllt habe. Ich würde Lina gern einweihen, aber da ich nicht sicher bin, ob Cheyenne schwanger ist, drücke ich schweigend den Knopf, um den Kaffee zum Fließen zu bringen.

Ihr Blick wandert zu Julius, der wieder allein zwischen den Autos steht. Plötzlich packt Lina meine Schultern. »Oooje.«

Ich nicke, während sich frischer Kaffeeduft ausbreitet.

»Shit.« Meine Schwester greift nach ihrem Becher und füllt sich Milch aus dem Kännchen vom Rollwagen ein.

»Kannst du laut sagen.«

Ich wünschte, ich hätte mir längst meinen Tee aufgesetzt, dann könnte ich mich auch an einem Becher festhalten.

»Weiß er es schon?« Lina schielt aus dem Fenster. »Das wird seine heile Welt aus den Angeln heben. Er geht auf die Fünfzig zu.« Abfällig lacht sie. »Aber das hat er davon, wenn er sich mit jungem Gemüse einlässt und sich nicht zu schützen weiß ... Oh ... So meinte ich das nicht.«

»Schon gut.« Ich fülle den Wasserkocher mit heißem Wasser, um gleich meinen grünen Tee zu trinken.

»Ich bin mir nicht sicher, ob Cheyenne tatsächlich ...« Mir läuft das Wasser über die Hand, als ich Tom draußen bei Julius an den Autos entdecke. »Mist.« Wedelnd schüttele ich die Tropfen von der Hand und schalte den Wasserkocher an.

»... schwanger ist?«, beendet Lina meinen Satz.

»Ja.« Mit einem Küchentuch trockne ich mir die Hände, wobei ich abermals aus dem Fenster schaue, doch Tom ist fort.

»Ich wusste gleich, als Patte ins Schwarze getroffen hatte. Wenn ich eins kenne, dann meinen Körper und wie er reagiert, wenn sich etwas verändert.« Lina riecht an ihrem Becher. »Aber das empfindet jede Frau anders.«

Sie küsst mich auf die Wange und geht. Nachdenklich sehe ich ihr hinterher. Bei der guten Laune meiner Schwester wäre jetzt der richtige Zeitpunkt, sie um einen Rat zu bitten.

»Lina?«

Ich muss wissen, ob ich langsam durchdrehe oder ob es normal ist, wie durcheinander meine Gefühle sind.

»Ja?«

»Sag mal ...« Ich fühle mich wie in der Pubertät, als ich meine Schwester gefragt habe, wie es ist, einen Jungen zu küssen. »Kennst du dich mit Eifersucht aus?«

Sie verzieht das Gesicht zu einer Grimasse. »Weshalb fragst du? Ist es wegen der Kleinen? Ich habe das mit dem Altersunterschied echt nicht so gemeint.« Schwesterlich klopft Lina mir auf die Schulter.

»Nein, das ist es nicht. Oder ... vielleicht doch. Ach, ich weiß nicht.« Seufzend lehne ich mich seitlich gegen die Kochinsel. Diese neue Nervosität raubt mir noch den letzten Nerv. »Es geht um Tom und mich, weißt du? Wir sind zu-«

»Es gibt also ein *Wir*. Ich wusste es, du willst seinen Porsche fahren.«

Ich hätte den Gedanken lieber für mich behalten sollen. Lina und ich stehen uns nicht mehr so nah wie früher und es wäre besser, wenn ich meine abgedrehten Gefühle für mich behalte.

Ich wende mich von ihr ab, um einen Beutel grünen Tee mit Zitrone aus dem Holzkästchen neben dem Wasserkocher zu nehmen. »Nicht so wichtig. Vergiss es, war eine blöde Idee.«

Mit dem Becher in den Händen starre ich auf den Wasserkocher und warte darauf, dass er jede Sekunde aufhört, zu brodeln. Danach gieße ich das Wasser über den Beutel.

Auf einmal steht Lina hinter mir. Ich sehe ihr Gesicht nicht, aber sie rollt bestimmt mit den Augen.

»Was bedrückt dich, Marie?« Ungeduldig tippt sie mir auf die Schulter.

»Es ...«, murmele ich in den heißen Dampf meines Tees. Warum fällt es mir so schwer, darüber zu sprechen? »Ich bin eifersüchtig ... glaube ich – aber vielleicht auch nicht. Es ist bloß ... Was mache ich, wenn Tom mich auch verlässt? Oder er betrügt mich und ich finde ihn in einer sehr kompromittierenden Position mit seiner Assistentin? Das verkrafte ich kein zweites Mal.«

Wenn ich bedenke, wie ich mich das letzte Jahr vernachlässigt und eingeigelt habe, wird mir schlecht. Das darf mir nicht wieder passieren.

»Da mach dir mal keine Sorgen. In Toms Kanzlei arbeiten nur Männer.« Lina schmunzelt hinter ihrem Kaffeebecher.

Wozu braucht man Feinde, wenn man Familie hat?

»Das hilft mir nicht weiter.« Ich angele den Teebeutel aus dem Becher und werfe ihn ins Spülbecken. Die Spur aus Tropfen, die er hinterlässt, erinnert mich daran, dass ich die Küche noch putzen muss, ehe das Frühstück beginnt.

»Ich mach nur Spaß, Marie. Sei nicht böse.« Meine Schwester umarmt mich. »Du und Tom seid eben erst zusammengekommen. Da ist alles ganz frisch und aufregend. Warum sollte er dich gleich wieder verlassen?«

Ich habe das Gefühl, Lina sagt irgendwelche Kalendersprüche auf. Tröstende Worte brauche ich nicht. Ich brauche eine Versicherung. Einen Vertrag. Die Gewissheit, dass Tom mich nie wieder verlässt.

»Wer garantiert mir, dass er das nicht tut?«

»Niemand – leider. Ich hätte auch nicht gedacht, dass Patte mich jemals verlassen würde. Aber dann war es so weit und es war die Hölle. Ich wünsche niemandem dieses Gefühl, wenn du nicht weißt, ob dein Partner dich verlässt oder vielleicht doch bei dir bleibt. Das Warten hat mich fast umgebracht. Ohne meine Jungs hätte ich das nicht überlebt.«

In Linas Augen glitzern Tränen. Ob es Freudentränen sind, kann ich nicht sagen, aber ich kann mir vorstellen, wie sie sich gefühlt hat. Dieses Mal bin ich es, die ihr über das Gesicht streicht. »Jetzt seid ihr beide wieder glücklich.«

Lina räuspert sich und drückt den Rücken in der grünen Fleecejacke durch. »Wir arbeiten daran.«

»Wenn ich euch helfen kann, sagt einfach Bescheid.«

Lina starrt schweigend aus dem Fenster. Vielleicht hätte ich mir den letzten Satz sparen sollen. Ich bin die Letzte, von der sie sich professionelle Ratschläge holen würde.

»Ehrlich gesagt«, beginnt sie nach einer Weile. »Ich bin immer eifersüchtig auf dich gewesen.«

»Huch?« Ich beuge mich zum Becher meiner Schwester und rieche daran. Nur Kaffee, kein Alkohol.

Fragend sieht sie mich an.

»Ich wollte nur sichergehen, dass da nicht Opas Schnaps drin ist.«

»Blöde Kuh.« Meine Schwester grinst, als Antwort strecke ich ihr die Zunge heraus. »Willst du das nun hören, oder nicht?«

»Doch, bitte. Ich wollte dich nicht unterbrechen. Worauf bist du eifersüchtig?«

Mit der Zunge befeuchtet meine Schwester sich die Lippen. »Auf dich und deinen Mut.«

»Meinen ... Mut?«

»Ich habe es dir nie gesagt, aber ich habe dich dafür bewundert, dass du von Fehmarn weggezogen bist. Du bist nach Hamburg gegangen, hast dem Lindenhof und der Familie den Rücken gekehrt und dir eine eigene Existenz, dein eigenes Leben aufgebaut.«

»Deshalb bist du eifersüchtig?« Mir entweicht ein Grunzen.

»Lach nicht über mich!«

»Das tue ich nicht.« Das meine ich ernst. »Mich amüsiert eher die Tatsache, aus welchen unterschiedlichen Gründen die Menschen eifersüchtig sind. In meinem Leben gibt es nichts – ich wiederhole – rein gar nichts, auf dass du eifersüchtig sein musst.«

»Das meinst du nicht ernst.« Unzufrieden stellt meine Schwester den Becher ab.

»Nein, ehrlich.« Ich gehe ein paar Schritte in Richtung Kochinsel und drehe mich im Kreis. »Sieh mich an. Sieh genau hin. Was siehst du?«

Lina kneift die Lider zu schmalen Schlitzen. »Hm ... Also, wenn ich ehrlich sein soll ...«

»Ich bitte darum.«

»Gut. Ich sehe ... Hm ... Ich sehe eine attraktive Frau in den Vierzigern. Sie führt eine erfolgreiche Praxis für Paartherapie in der Großstadt ... Und sie ist so eingespannt in ihrem wunderbaren Leben, dass sie keine Zeit hat, ihre Schwester anzurufen, geschweige denn sie zu besuchen.«

Ich verziehe den Mund zu einem beschämten Lächeln.

»War das falsch?«

»N-nein, dabei gibt es kein Falsch. Ich wollte dir zeigen, dass es nichts gibt, weshalb du eifersüchtig sein musst. Ich bin damals Julius gefolgt und habe mich nicht bewusst für Hamburg entschieden. Ich wollte lediglich bei ihm sein. Mein Leben ist reiner Zufall. Ich habe es nicht selbst gelenkt, sondern bin mitgeschwommen.«

»Aber du hast dich für deine Praxis entschieden. Etwas Eigenes aufgebaut.«

»Stimmt. Ich wollte Paaren helfen. Doch das hätte ich auch auf Fehmarn gekonnt.«

»Aber das hast du nicht, Marie. Du bist gegangen und hast dir den Unmut der Familie und der Fehmaraner aufgeladen. Ich hätte mich das niemals getraut. Mir würde all das hier ...«, Lina vollführt mit ausgebreiteten Armen eine halbe Drehung, »... viel zu sehr fehlen.«

»Deshalb brauchst du auch nicht eifersüchtig sein. Du bist diejenige, die einen Ehemann hat und zwei wunderbare Kinder. Und du bist diejenige, die aus einem einzigen Alpaka eine ganze Herde gezaubert hat. Wenn das nicht Mut kostet, dann weiß ich auch nicht.« Entschlossen gehe ich auf Lina zu. »Früher gab es auf dem Hof nur Landwirtschaft und Hühner. Heute kommen die Feriengäste, um mit deinen Alpakas zu schmusen. Du stellst sogar deine eigene Seife her und verkaufst sie über den Onlineshop.«

Lina strahlt über das Gesicht. »Und ich habe Pizza, Brezel und Lakritz hergeholt.«

»Genau. Und die Feriengäste werden ganz verrückt nach den zuckersüßen Schwarznasenschafen sein.«

»Die Drei sind die besten.«

»Das sind sie.«

Schweigend schauen wir uns an, bis ich die Stille breche.

»Siehst du? Du bist nicht weniger mutig als ich. Ich bin damals nur jung gewesen und wusste es nicht besser. Deshalb bin ich Julius gefolgt, nicht, weil ich den großen Lebensplan besaß. Ich bin nicht meinen *eigenen* Weg gegangen. Ich habe mich lediglich der erstbesten Welle gebeugt.«

Meine Worte hinterlassen einen überraschend schalen Geschmack in meinem Mund. Bislang war mir nicht bewusst, dass ich so über mein Leben in Hamburg gedacht habe.

Meine Schwester drückt mir einen Kuss auf die Wange. »Vielleicht wird es dann jetzt Zeit dafür?«

»Wofür?«

Lina geht an der Kücheninsel vorbei. Vor der offenen Tür dreht sie sich noch einmal um. »Dass du deinen eigenen Weg gehst.«

»Du klingst wie Opa.«

»Das nehme ich als Kompliment.« Sie lächelt und ich bin froh, dass Lina nicht mehr diese permanenten Sorgenfalten auf der Stirn trägt. »Willst du nach dem Frühstück mit Miss Muffin eine Runde spazieren gehen? Das wird dich entspannen.«

»Holen wir da nicht den Weihnachtsbaum?«

Lina nickt. »Aber du willst gewiss nicht dabei sein, wenn Cheyenne mit Julius Händchen hält, oder?«

Allein bei der Vorstellung dreht sich mir der Magen um. »Du hast recht.«

»Ich habe immer recht.«

Patte betritt die Küche und schleicht sich von hinten an Lina heran. Bevor er sie erreicht, dreht meine Schwester sich um und schrickt auf. Beide lachen, während er sie hochnimmt und mit einem Kuss begrüßt.

»Moin«, säuselt Lina, als er sie wieder hinunterlässt.

»Moin«, wispert er. Mir nickt Patte freundlich zu, nur um sich gleich wieder seiner Frau zu widmen.

Um die beiden Turteltauben zu necken, frage ich: »Habt ihr euch das mit der Therapie überlegt? Ich hätte später einen Termin frei. Ich habe ein paar einfache Methoden, die ihr zusammen üben könnt, um das Band zwischen euch zu erneuern. Das ist wichtig, damit ihr euch wieder annähert.«

Entgeistert starren mich beide an. Gleichzeitig taucht hinter Pattes' Rücken ein goldenes Fabergé-Ei auf.

Cheyenne wackelt fröhlich mit dem weißblonden Schopf. »Du therapierst deine eigene Familie?«

Sie drängelt sich an Lina und Patte vorbei in die Küche. Der freudige Glanz in ihren grünen Augen missfällt mir.

»Nein, tut sie nicht!«, herrscht Lina sie an. »Mein Ehemann und ich brauchen keine Therapie!«

»Wir sehen uns später«, sagt sie an Patte gerichtet und kneift ihn in den Hintern, als er fortgeht.

»Und wir zwei ...« Lina schiebt Cheyenne zurück in den Flur. »Wir müssen uns um die Tiere kümmern.«

»Aber der Kaffee?«

»Kaffee gibt's beim Frühstück.«

Mit offenem Mund winkt Cheyenne mir zu, als wären wir Busenfreundinnen, und lässt sich von meiner Schwester durch den Flur ziehen.

»Danke!«, flüstere ich in die leere Küche hinein und denke dabei an Lina. Ein Gespräch mit Cheyenne über Liebespaare hätte mir heute den letzten Nerv geraubt. Und an jedem anderen Tag auch.

Ich trinke den ersten Schluck grünen Tee an diesem Morgen. Der leicht bittere, aber zitronige Geschmack läuft mir warm die Kehle hinab. Ein gutes Gefühl. Wenigstens eine Konstante in meinem Leben, von der ich weiß, dass sie sich niemals ändern wird.

Nach dem Frühstück räume ich das Geschirr in die Spülmaschine und sehe von der Küche dabei zu, wie sich alle im Flur die warme Winterkleidung überstreifen. Zum Glück müssen sie nicht weit für den Weihnachtsbaum durch den meterhohen Schnee wandern.

Jedes Jahr sägt mein Großvater eine der Nordmanntannen, die den Hof zu den anliegenden Feldern meines Vaters abgrenzen. Für Paul und Leon ist es das zehnte Weihnachtsfest und ich bin froh, dass es aufgehört hat, zu stürmen. So steht der Familientradition nichts im Weg.

Patte wird seine Söhne mit dem Schlitten ziehen, für die Kinder der Rademachers hat mein Großvater drei andere Schlitten einsatzbereit gemacht.

Als ich die Spülmaschine schließe, höre ich Tom hinter mir.

»Alles in Ordnung bei dir?« Mit beiden Händen umgreift er mich. Er gräbt seinen kratzigen Bart in meinen Nacken, was mich zum Lachen bringt. »Du warst beim Frühstück sehr still. Oder lag das an Cheyennes Gerede über ihre Silvesterpläne?«

Er küsst meinen Hals und knabbert an meinem Ohrläppchen. Seinen Atem so dicht an meinem Ohr zu spüren, erinnert mich an letzte Nacht, wie er dicht an mich gedrückt eingeschlafen ist. »Ich weiß jedenfalls, mit wem wir beide nicht den Jahreswechsel verbringen.«

Ich wende mich ihm zu. »Werden wir zwei denn Silvester zusammen feiern?«

Tom sieht aus, als wollte er etwas sagen, doch er schweigt. Stattdessen presst er mich gegen die Spülmaschine und küsst mich so leidenschaftlich, dass ich unter seinen warmen Lippen dahinschmelze.

Als er sich von mir löst, schaut er mich triumphierend an.

»Hast du noch einen anderen Freund, von dem ich nichts weiß?«

Ich schüttele den Kopf. Am liebsten würde ich ihn bitten, bei mir zu bleiben und den Tag im Bett zu verbringen. »Ich wusste nur nicht, ob du mit mir oder mit deinen Freunden feiern willst.«

»Du denkst zu viel, Marie.« Seine Finger verschränken sich mit meinen. »Du bist meine Freundin. Hochoffiziell. Weißt du noch? Du bist die Einzige, mit der ich Silvester erleben möchte.«

Meine Wangen glühen. Tom will mit mir zusammen sein. Mit niemand anderem. Nur mit mir.

»Die anderen warten auf uns.« Er will mich aus der Küche ziehen, aber ich halte ihn zurück.

»Kommst du nicht mit?«

»Ehrlich gesagt, bin ich froh, wenn ich das Haus mal für mich habe. Ein wenig Ruhe wird mir guttun. Vielleicht gehe ich mit Miss Muffin spazieren.«

Tom mustert mich mit besorgter Miene.

»Mir geht es gut. Mach dir keine Sorgen.« Flüchtig küsse ich ihn auf den Mund. »Außerdem muss ich das Mittagessen vorbereiten, bis ihr wiederkommt. Es gibt Kartoffelsalat und Würstchen. Das dauert, bis ich all die Kartoffeln geschält und das Gemüse vorbereitet habe.«

»Schade.« Spielerisch lässt er die Mundwinkel nach unten sinken, nur um mir danach mit dem Zeigefinger auf die Nasenspitze zu stupsen. »Ich dachte, du könntest mich dabei anfeuern, wenn ich die Nordmanntanne fälle.«

»Opa erlaubt dir, den Weihnachtsbaum zu sägen?«

Seit ich denken kann, fällt mein Großvater den Baum. Weder mein Vater noch Patte durften ihm jemals diese Arbeit abnehmen. Als Julius ihm vor ein paar Jahren die Säge aus der Hand genommen hatte, hing der Haussegen schief.

»Tom?«

Mein Großvater ruft nach ihm, dabei bellt Störtebeker ungeduldig.

»Bin gleich da!« Tom küsst mich. Anschließend verharrt er kurz auf meinen Lippen und seufzt, wobei mir sein langgezogener Laut ein Kribbeln im Bauch beschert. »Siehst du«, fügt er mit einem leichten Lächeln hinzu. »Opa Moormann hat mich gern.«

Mit meinem Großvater, Störtebeker und den anderen verlässt Tom das Haus.

Eine ungewohnte Stille erfüllt das Erdgeschoss und lässt mich mit meinen Gedanken zurück, die ich unbedingt ordnen muss.

Zwei Dinge sind sicher: Tom möchte mit mir zusammen sein und ich mit ihm.

Was aus uns wird und wie lange wir eine Beziehung führen werden, ist ungewiss. Niemand kann voraussehen, was die Zukunft bringt, ob wir zusammenziehen werden, ob wir heiraten werden, ob wir auf ewig ein Paar sind. Niemand kann mir versichern, dass es halten wird. Ich werde ins kalte Wasser springen müssen.

Mein Magen verkrampft sich bei den Gedanken.

Ich muss an die frische Luft.

Dick eingehüllt in Fleecejacke, Daunenmantel, Mütze, Schal und Handschuhen schlüpfe ich aus dem Haus. Die Linden neben dem Haus versperren mir die Sicht, aber Team Weihnachtsbaum müsste mittlerweile die Hälfte der Strecke in Richtung der Felder gegangen sein.

Ich nehme nicht den offiziellen Weg, der mit Streusalz freigelegt worden ist, sondern hüpfe ein paar Meter parallel davon durch den Schnee.

Die kalte Luft legt sich ähnlich einer Eismaske auf mein Gesicht. Ich fühle mich wie in einer dieser Schneekugeln mit einer atemberaubenden Schneelandschaft. Das Zwitschern der Vögel auf den Baumwipfeln begleitet mich, während meine Stiefel bei jedem Schritt im Schnee knirschen. Ein Geräusch, das mich sofort an Glühwein, Lebkuchen und Spekulatius erinnert.

Für einen Augenblick bleibe ich stehen und genieße die Ruhe um mich herum, atme tief ein. Der Wind rauscht leicht durch die Äste der Linden und weht den Schnee von den Dächern. In der Ferne kreischen leise die Möwen. Und obwohl mein Großvater beim Frühstück erzählt hat, dass die Straßen fast wieder befahrbar sind, höre ich keinen Verkehr.

Könnte das meine Zukunft sein? Morgens vor den ersten Sonnenstrahlen aufstehen, auf dem Hof arbeiten und danach das Inselleben genießen?

Ich horche in mich hinein, spüre keine aufsteigende Aversion, aber mein Herz hüpft auch nicht vor Freude. Ich liebe meine Familie und den Lindenhof. Ich habe auf Fehmarn eine wunderbare Kindheit zwischen Gemüseernten, Tierpflege und Gästebetreuung verbracht. Aber die anfallenden Arbeiten auf dem Hof würden mich nicht annähernd so erfüllen wie eine einzige Stunde mit meinen Klienten. Beziehungen zu retten, ist wie das Erklimmen eines Treppchens bei der Siegerehrung. Nichts ersetzt das berauschende Gefühl, wenn durch meine Methoden die Liebe zwischen zwei Menschen wieder erblüht.

Ich erinnere mich noch an mein erstes Paar. Die Löfflers hatten sich durch ihre jahrelange Fernbeziehung voneinander entfernt. In mehreren Sitzungen schafften beide es, aufeinander zuzugehen und bauten das gegenseitige Vertrauen wieder auf. Noch heute hängt ein Bild von ihnen in meinem Tempel, auf dem sie beide glücklich sind.

Das möchte ich mein Leben lang tun. Paaren helfen.

Vor dem roten Scheunentor bleibe ich stehen. Ich weiß, dass ich nicht wie bisher weitermachen darf. Ich muss lernen, an mich zu denken. Meine Klienten bedeuten mir viel, aber bin ich selbst nicht wichtiger? Sollte ich mich nicht zuerst um mich kümmern, auf jeder Ebene Kraft sammeln, damit ich anschließend anderen helfen kann?

Wenn ich daran denke, in Hamburg Cheyenne und Julius zu begegnen, wie sie mit einem Kinderwagen an der Alster spazieren gehen, stellen sich mir die Nackenhaare auf. Aber hier auf Fehmarn, frische Ostseeluft, lange Spaziergänge am Strand, mit dem Rad über den Deich fahren, nahe bei meiner Familie sein ... Das fühlt sich auf einmal richtig an.

Mit beiden Händen öffne ich das Tor und atme den Geruch nach Stroh ein. Mein Weg zu den Alpakas führt mich nach links, doch von rechts höre ich zwischen dem Blöken der Schwarznasenschafe ein leises Wimmern aus dem Stall.

Dass Pizza, Brezel und Lakritz sich wie Menschen anhören können, wäre mir neu.

Je länger ich auf der Stelle verharre, desto lauter wird das Wimmern. Ein Schluchzen mischt sich darunter und langsam habe ich das Gefühl, dass dort hinten jemand weint.

Ich greife mir die Schneeschaufel neben der Tür, denn sicher ist sicher, und begebe mich vorsichtig zu der Box, in der sich die Schwarznasenschafe befinden.

Zwischen den Holzlatten entdecke ich eine Gestalt im Stroh, die mit den Schafen kuschelt.

»Du?«

Cheyenne schnieft energisch und wischt sich die gerötete Nase mit einem benutzten Taschentuch ab. Entrüstet schaut sie mich aus schwarzumrandeten Augen an. »Willst du mich erschlagen?«

»Wie? Nein! Natürlich nicht!« Ich stelle die Schaufel an das Gatter und lehne mich auf die oberste Holzlatte. »Was machst du hier? Wo ist Julius? Wolltet ihr nicht den Weihnachtsbaum holen?«

»Du stellst aber viele Fragen.« Cheyenne schnäuzt in ihr aufgeweichtes Taschentuch und kuschelt sich an die Schwarznasenschafe. »Du bist doch auch nicht mitgegangen.«

»Stimmt.« Ich überlege, sie zu fragen, warum sie weint, verwerfe den Gedanken aber. Die Antwort will ich nicht wissen. »Ich ... ähm ... lass dich allein. Du willst sicher ... mit dem weitermachen, was du da tust.«

Ich hebe die Hand zum Abschied und drehe mich um.

»Hast du ihn sehr geliebt?« Cheyenne schnieft ein weiteres Mal.

Wie erstarrt bleibe ich stehen. Will sie tatsächlich dieses Gespräch führen?

»Wen meinst du?« Seufzend wende ich mich ihr wieder zu.

»Du weißt schon.« Sie richtet sich auf, wobei sie Pizza über die schwarze Nase streichelt.

»Nein, ich weiß nicht, worauf du hinauswillst, Cheyenne. Ich habe keine Ahnung, von wem du sprichst, und ich denke auch nicht, dass wir beide dieses Gespräch führen sollten.« Diesen Gedanken laut auszusprechen, fühlt sich richtig an. Augenblicklich hebt sich mein Brustkorb, als hätte ich eine Last von ihm genommen.

»Sorry, ich ...« Cheyenne fängt an, laut zu schluchzen. Ihre perfekten Konturen, ihre tiefschwarze Wimperntusche, der breite, blaue Lidstrich und das schimmernde Rouge verschwimmen in einem Meer aus Tränen. »Es ist nur«, jammert sie, »wenn ich dich und Julius zusammen sehe, frage ich mich, ob er mich liebt oder nicht eher wieder mit dir zusammen sein will.« Der Schnodder läuft ihr aus der Stupsnase, mit dem Handrücken fährt sie sich über das gerötete Gesicht.

Ich werfe ihr das Päckchen Taschentücher zu, dass ich immer für Notfälle dabeihabe. Dankbar fängt sie es auf und schnäuzt sich.

»Ich möchte dieses Gespräch nicht mit dir führen, Cheyenne. Dafür bin ich nicht die Richtige.«

»Aber du bist Therapeutin. Du hilfst Menschen. Ich bin ein Mensch und ich brauche deine Hilfe.«

Sie kann nicht im Ernst von mir verlangen, dass ich mich mit ihr über Julius unterhalte?

»Du missverstehst meine Arbeit. Ich bin Paartherapeutin. Ich therapiere Paare. Ich rette Beziehungen.« *Und deine Beziehung will ich nicht retten*, füge ich in Gedanken hinzu. »Du solltest mit Julius reden, nicht mit mir.«

»Das versuche ich ja die ganze Zeit!« Wie eine Bombe wirft sie ihr Taschentuch im hohen Bogen über Brezel ins Stroh. Doch die Detonation bleibt aus. »Ich bin ihm extra nachgefahren und will ihm die ganze Zeit sagen, dass ich schwanger bin. Aber er weicht mir ständig aus.«

Da ist sie – die Explosion.

Mein Magen verkrampft sich und ich kralle die Hände in das marode Holz des Gatters. In meinem Herzen knackst es.

»Julius lässt mich ganz allein mit dem Scheiß. Ich bin viel zu jung für ein Kind. Ich hab mein ganzes Leben noch vor mir. Ich will Party machen, shoppen, nach Thailand reisen. Ich will keine ekligen Windeln wechseln und nachts nicht schlafen.« Sie schiebt Lakritz von sich, die sich auf ihre Beine setzen wollte. »Julius will keine Kinder, das ist offensichtlich. Aber was mache ich jetzt? Soll ich das Kind wegmachen lassen?«

Wäre ich bloß nicht in die Scheune gegangen. Ich hätte auch ohne Miss Muffin an den Strand gehen können. Dann würde ich kalte Seeluft an der Steilküste atmen und die Gedanken in meinem Kopf ordnen, überlegen, wie meine Zukunft aussehen wird. Stattdessen ertappe ich mich dabei, wie ich darüber nachdenke, mich auf diesen absurden Dialog mit der neuen Freundin meines zukünftigen Ex-Mannes einzulassen.

Schwer seufze ich. Eine hilfsbereite Ader kann ein wahrer Fluch sein. »Warum denkst du, dass Julius keine Kinder will?« Es kostet mich alle Überwindung, ihr zu antworten. »Hat er dir das gesagt?«

Cheyenne zuckt mit den Schultern. »Er ist fünfzig.« Dann schnäuzt sie sich. »Wenn er bis jetzt keine Kinder hat, will er auch keine haben. Ganz einfach.«

»Julius ist 45.«

»Sag ich doch.«

Ich bereue dieses Gespräch.

»Julius wollte immer Kinder haben. Du solltest einen Weg finden, wie du mit ihm kommunizieren kannst. Von Angesicht zu Angesicht. Er wird dir zuhören, glaub mir. Julius ist manchmal nur etwas ... stur. Und er wird sich freuen, dass du von ihm ein Kind erwartest.«

Cheyennes Gesicht erstrahlt. »Denkst du?«

»Natürlich.« Mein Lächeln gefriert, bis mir die Wangen wehtun. Und wieder einmal frage ich mich, wie ich in eine solche Situation geraten konnte.

Denk an dich!, ermahne ich mich selbst. *Denk daran, was dir guttut.* Dieses Gespräch ist es jedenfalls nicht. Angestrengt versuche ich, den Gedanken beiseitezuschieben, dass Julius mit ihr eine Familie gründen wird. *Mir geht es gut*, sage ich mir, um nicht die Fassung zu verlieren. *Mein Leben ist wunderbar. Wun-der-bar*!

»Ich muss los, das Mittagessen vorbereiten.«

»Marie?« Ehe ich weglaufen kann, springt Cheyenne hoch und schreckt dabei Pizza, Brezel und Lakritz auf, die hintereinander durch den Stall laufen.

»Ja?« Ich frage mich, was ich noch für sie tun kann. Soll ich die Patentante ihres Babys werden?

Cheyenne greift mit ihren zarten, perfekt manikürten Händen nach meinen Fingern und sieht mich wie Störtebeker an, der nach einem Leckerli bettelt.

»Danke ... Für alles.«

Hörbar atme ich auf. »Schon gut.« Ich sollte ihr für diese Beratung eine satte Rechnung stellen. »Ich muss gehen.«

»Sorry«, sagt sie, während ich meine Hände befreie. »Also, dass ich dich damit belästigt habe und so.«

»Ist okay.«

Nein, ist es nicht. Und ich hätte gehen sollen. Ihr Leben geht mich nichts an. Mein eigenes Leben muss endlich an erster Stelle stehen.

»Trotzdem, danke. Ich bin echt keine Bitch, die der Ex Geschichten von ihrem Boy vorschwärmt, wirklich nicht. Aber ich hab hier niemandem zum Quatschen und du bist die Einzige, die Julius so genial gut kennt wie ich.«

Besser als *genial gut*. Zwanzig Jahre waren wir verheiratet. Zwanzig! Was weiß Cheyenne schon über Beziehungen?

»Es war dumm, dir das alles zu erzählen. Ich weiß ja, dass dir das alles echt schwerfällt und so.«

Wieso spricht sie plötzlich mit mir, als wäre ich die Bedauernswerte von uns beiden?

»Was soll mir schwerfallen?«

»Na, die Trennung von meinem Julius. Er hat mir alles erzählt.«

Unwillkürlich mahlen meine Zähne aufeinander. Wieso spricht Julius mit ihr über mich?

»Wovon redest du bitte?«

»Na, von deiner Einsamkeit.« Sie schenkt mir einen mitleidigen Blick. »Weil du Julius angefleht hast, nach Fehmarn zu kommen, damit er dich tröstet. Er hat sich solche Sorgen um dich gemacht, dass du dir etwas antun könntest. Deshalb ist er fluchtartig aus Hamburg abgehauen, ohne mir Bescheid zu sagen.«

»Einsam? Ich?« Laut und schrill lache ich. »Julius hat keine Ahnung von meinem aufregenden Leben.« Wenn ich ihn später sehe, werde ich ihm Schnee in die Stiefel kippen! Oder ihn gleich lebendig im Hinterhof vergraben.

Cheyenne verzieht die glänzenden Lippen zu einem Schmollmund. »Dann bist du nicht einsam, verzweifelt und leidest Qualen, weil ich ihn dir weggenommen habe?«

»Ich ...« Für einen Moment wollen alle Wörter gleichzeitig aus meinem Mund. Was fällt Julius ein, solche Lügen über mich zu verbreiten? Woher will er wissen, wie es mir geht, was ich fühle, und von welchen Qualen redet er? Die einzige Qual in meinem Leben ist er und die Tatsache, dass ich mich auf ihn eingelassen habe.

»Ach, Liebes. Du bist noch so jung. Du musst noch viel über die Männer lernen.« Mütterlich streiche ich Cheyenne über die feuchte Wange. Über die perfekte, zarte Wange. »Ich habe doch Tom. Ich bin alles andere als einsam. Wir beide führen ein sehr aufregendes Leben. Ohne Kinder. Hast du den Porsche da draußen gesehen?«

Cheyenne nickt und verfolgt gebannt jedes meiner Worte.

»Der echt teure Wagen gehört *meinem* Tom. Er ist ein sehr erfolgreicher Scheidungsanwalt. Richtig reich. Wir wollen bald zusammenziehen. Wir sind schon auf der Suche nach einer geeigneten Eigentumswohnung mit Blick auf die Alster. Und heiraten wollen wir auch, weißt du? In meinem Leben gibt es keine Einsamkeit. Davon bin ich mei-len-weit entfernt. Mir könnte es gar nicht besser gehen.« Ich nehme ein paar hektische Atemzüge, ehe ich meine Rede beende. »Bei mir läuft alles super. Alles!«

Mit großen schwarzunterlaufenen Augen sieht Cheyenne mich an. »Ihr beide seid verlobt? Das ist ja krass. Zeig mir den Ring!«

»Ähm ...« Ich rufe mir in Erinnerung, was ich gerade alles von mir gegeben habe – sinnvoll scheint es nicht gewesen zu sein. Rasch verberge ich die Finger in meinem Mantel. »Der Ring ist beim Juwelier – Tiffany. Sagt dir das was? Sehr teuer! Etwas ganz Besonderes.« Wo kommen nur all diese Lügen her? Wenn ich nicht gleich damit aufhöre, komme ich aus diesem verstrickten Netz nicht mehr heraus. »Aber du darfst niemandem davon erzählen, versprich es mir! Es ist ein kleines Geheimnis zwischen dir und mir, verstanden?«

Cheyenne lächelt. »Wollt ihr es an Weihnachten verkünden? Morgen wäre der perfekte Anlass, um eine Verlobung bekannt zu geben. Hach, das klingt furchtbar romantisch.«

Ich erwidere ihre Frage mit einem Nicken, um mir keine weiteren verbalen Stolpersteine in den Weg zu legen.

»Wenn ich Julius von meiner Schwangerschaft erzähle, macht er mir bestimmt an Silvester einen Antrag. Denkst du, er geht auf die Knie? Wie hat er dir einen Antrag gemacht?«

Lauf!, höre ich mein Innerstes rufen. *Lauf!*, oder ich biete ihr gleich noch an, ihre Trauzeugin zu werden. *Lauf, verdammt!*

Ich verschwinde aus der Scheune. Bei meinem überdrehten Energiepegel öffnet sich die schwere Schiebetür wie durch Zauberhand. Meine Stiefel tragen mich wie von selbst über den Schnee. Mit ausgebreiteten Armen versuche ich, nicht die Kontrolle über meinen schnellen Gang zu verlieren. Ich tänzele wie auf einem Hochseil. Mein Schädel brummt, der grelle Schnee nimmt mir die Sicht. Ehe ich begreife, wohin ich laufe, stolpere ich über die eigenen Füße und lande mit dem Gesicht voran im Schnee.

Julius wird Vater. Stöhnend drehe ich mich um, säubere mein Gesicht. Er wird Cheyenne heiraten und eine perfekte Familie gründen, die jeden Tag eine neue Zahnpasta verwendet und nie Karies bekommt; die sonntags gemeinsam am Frühstückstisch über seine Witze lacht, abends

Gesellschaftsspiele spielt oder zusammen auf dem Sofa beim Fernsehen einschläft.

Und was mache ich? Ich werde für immer hier im Schnee liegen.

Wiener Würstchen und Kartoffelsalat mit Eiern, Essiggurken und Mayonnaise. Ein Traditionsgericht am Vorweihnachtstag bei Familie Moormann. Die Kinder schmatzen an ihren Wurststückchen und trinken dazu warmen Kakao, den ich ihnen mit kleinen Marshmallows serviert habe.

Susanne und Jens kauen schweigsam, weshalb ich vermute, dass sie sich entweder versöhnt haben oder aufgegeben haben, miteinander zu streiten. Letzteres wäre kein gutes Zeichen. Aber ich könnte ihnen helfen. Soweit ich das beurteilen kann, müssten beide sich nur einmal … *Nein, Marie. Stopp!*, ermahne ich mich. Ihre Beziehung geht mich nichts an. Wenn sie nicht aktiv nach Hilfe fragen, behalte ich meine Ratschläge für mich – jedenfalls ist das mein neuer Vorsatz.

Mein Blick wandert zu meiner Großmutter. Sie telefoniert neben der Nordmanntanne im Flur mit meiner Mutter. Das Unwetter hat ihre Rückfahrt aus dem Harz verzögert. Ob sie und mein Vater es zu Weihnachten nach Hause schaffen, ist unsicher.

Mein Großvater sitzt auf seinem Stuhl und genießt seine Pfeife. Nach zwei Bissen sind ihm die Lider zugefallen. Meine Schwester und Tom unterhalten sich links von mir über die wertvolle Wolle der Alpakas und ihre Absatzmöglichkeiten. Sie bekommen nicht mit, dass Cheyenne Julius unentwegt mit einem Ellenbogen anstößt.

Ich möchte die beiden nicht beobachten, aber ich registriere reflexartig alles, was zwischen ihnen gegenüber am Tisch vor sich geht.

»Frag sie!« Obwohl Cheyenne flüstert und im Hintergrund Weihnachtsmusik läuft, höre ich jedes einzelne Wort.

»Nein, scht. Jetzt nicht.« Stumpf schiebt Julius sich eine Gabel mit Kartoffelsalat in den Mund.

»Frag sie! Bitte, Julius!«

»Nicht, jetzt! Das kannst du nicht von mir verlangen.«

Ob sie ihm schon von dem großen Ereignis erzählt hat? Seine Miene sieht genauso zerknittert und angespannt aus wie bei seiner Ankunft. Oder hat sie ihm die Lüge über meine Verlobung verraten? Will sie etwa meine Brautjungfer werden?

Julius' und mein Blick treffen sich. Bei ihrer Unterhaltung geht es definitiv um mich. Da liegt eine lauernde Nervosität in seinen Augen.

»Aber warum nicht? Jetzt wäre es ideal. Schließlich macht sie das beruflich.«

Ich verschlucke mich an einem Stück Essiggurke. Der saure Saft schießt mir den Rachen hinab und hinterlässt einen unangenehmen Reiz. Ich huste.

Meine Ohren müssen sich geirrt haben. Cheyenne wird doch nicht …

So mitleiderregend wie Julius das Gesicht verzieht, rutscht mir das Herz in die Leggings. Kopfschüttelnd fixiere ich ihn. Dieser Anblick wird hoffentlich genügen, um ihn davon abzuhalten, mich auch nur nach der Ketchup-Flasche zu fragen.

Als Cheyenne bemerkt, wie Julius und ich uns anstarren, stößt sie ihren Ellenbogen erneut in seine Seite. »Frag sie! Sie schaut uns gerade an. Die perfekte Gelegenheit. Carpe diem.« Dabei schneidet sie eines ihrer beiden Wiener Würstchen entzwei und schiebt sich die kürzere Hälfte in den Mund.

»*Nicht jetzt*!« Julius stochert zwischen Ei und Kartoffeln herum. »Das machen wir später. In Ruhe.«

Denkt er, ich bin bescheuert?

»Aber wir kön-«

»Was? Was wollt ihr von mir?« Schwungvoll schmeiße ich meine Gabel auf meinen fast leeren Teller. Das Klirren lässt die Gespräche am Tisch verstummen. Meine Großmutter schaut mit dem Telefonhörer am Ohr in den Saal. »Was wollt ihr mich fragen, zum Teufel noch eins? Tut nicht so, als könnte ich euch nicht hören. Jeder kann das. Also sagt es oder hört auf, über mich zu sprechen.«

Tom legt seine Hand unter dem Tisch auf mein Bein, aber ich wische sie fort. Meine Aufmerksamkeit gilt Cheyenne und Julius.

»Was ist? Gibt's Nachtisch?« Mit der Pfeife in der Hand schaut mein Großvater mich überrascht an. Als ich den Kopf schüttele, fragt er mich: »Was soll dann der Lärm?«

»Julius und Cheyenne reden über mich.«

Mein Großvater zieht an seiner Pfeife, sein Blick wandert zu den beiden. »Und warum tut ihr das?«

Auf einmal schweigt Cheyenne. Julius dagegen wischt sich mit seiner weinroten Serviette den Mund und räuspert sich. »So ist das gar nicht gewesen, Opa Moormann.« Seine ruhige Art treibt meine Ungeduld in Richtung Schnappatmung. »Wir ... Na ja, eigentlich ... Cheyenne ... Sie wollte Marie etwas fragen. Nichts weiter. Aber ich finde, jetzt ist nicht der passende Zeitpunkt dafür.«

»Stattdessen tuschelt ihr über mich?« Meine Stimme wird automatisch lauter. Paul und Leon verfolgen das Gespräch mit großen Augen.

»Aber das tun wir gar nicht.« Cheyenne schiebt die Unterlippe vor. Mit verschränkten Armen lässt sie sich gegen ihre Stuhllehne zurückfallen. »Mein Liebster sollte dich bloß fragen, ob du uns therapierst. Das machst du schließlich beruflich. Du hilfst Paaren dabei, miteinander zu reden.«

Meine Schwester lacht aus vollem Herzen.

Als alle sie anschauen, verstummt sie. Ich verstehe gut, warum Lina so reagiert. Das alles kann bloß ein Scherz sein.

»Aber wir brauchen keine Therapie.« Julius legt einen Arm um Cheyenne, die ihm einen empörten Blick zuwirft. »Du musst das nicht machen, Marie. Das ist nicht nötig.«

Nicht nötig. Selbst wenn es *nötig* wäre – und nach meiner professionellen Meinung haben diese beiden definitiv eine Therapie nötig –, würde ich nicht einmal ihre Therapeutin werden, wenn sie mir eine Million Euro pro Sitzung zahlen würden.

»Doch!« Cheyenne befreit sich aus Julius' Umarmung. »Wir brauchen total eine Therapie. Wenn ich mit dir ein echt wichtiges Gespräch führen will, weichst du mir ständig aus.«

Susanne, die neben Jens sitzt, nickt, als kenne sie dieses Phänomen.

»Und wenn Marie schon einmal hier ist, warum können wir sie dann nicht nutzen? Einfacher kriegen wir es nicht, Julius. Das ist so wichtig!«

Ich fühle mich wie ein Alpaka, auf dessen Rücken Cheyenne reiten will, um ihre Beziehung zu retten.

»Paartherapien sind sinnlos. Absolut überbewertet.«

Tom untermalt seine Worte mit einem tiefen Brummen.

Ich will ihm gerade in den Arm boxen, da fällt mir sein Blick auf. Darin liegt etwas Schelmisches, das mich innehalten lässt.

»Keine Therapie kann eine Beziehung retten. Wenn ein Paar nicht zusammengehört, kann kein Gespräch der Welt sie wieder zusammenbringen. Das ist Fakt.«

»Soll das heißen, Cheyenne und ich gehören nicht zusammen?« So, wie Julius seine Gabel umgreift und die Hand zu einer Faust ballt, hoffe ich, dass Tom diese Diskussion in eine friedlichere Richtung lenken kann.

»Das habe ich nicht gesagt. Aber wenn ihr selbst keinen Weg findet, euch anzunähern und demnach kein Interesse daran habt, miteinander zu reden, wer soll es euch dann beibringen? Für mich ist eine Paartherapie reine Geldverschwendung.« Er trinkt einen Schluck aus seinem Weißweinglas. »Wir brauchen uns bloß die neuesten Statistiken zu den aktuellen Scheidungsquoten anzusehen. Ihr beide seid zwar nicht verheiratet, aber für Beziehungen sieht es in diesen hektischen Zeiten nicht gut aus. Früher oder später sind sie alle zum Scheitern verurteilt. Nicht umsonst rennen uns die Klienten in unserer Kanzlei die Türen ein. Niemand braucht eine Therapie, wenn er sich sowieso trennen wird. Reine Geldverschwendung. Beziehungen sind zum Scheitern verurteilt.« Zufrieden beißt er von seinem Wiener Würstchen ab und schmatzt.

Die Weihnachtsmusik im Hintergrund singt von Rudolph und den anderen Rentieren, während die Stille um unseren Tisch beinahe greifbar ist. Meine Großmutter hält den Telefonhörer in den Raum, damit meine Mutter versteht, was im Saal vor sich geht.

Zwar bin ich völlig anderer Meinung als Tom, aber darum geht es in diesem Augenblick nicht. Sein gespieltes

Gerede über das Scheitern von Beziehungen wird Cheyenne und Julius hoffentlich davon abhalten, von mir therapiert werden zu wollen. Erleichtert trinke ich einen Schluck aus meinem Wasserglas.

Cheyenne kratzt sich ungläubig am Kopf und schaut zwischen uns hin und her. »Aber … wieso heiratet ihr dann, wenn Beziehungen sowieso nicht klappen?«

Mit vollem Mund lacht Tom leise, wobei er mit Mühe und Not das Würstchen zwischen den Zähnen hält. »Wer ist denn so naiv und heiratet heutzutage noch?«

Lauf!, ruft meine innere Stimme. *Lauf so schnell du kannst*!

Aber die Panik tackert mich buchstäblich an meinen Stuhl fest. Ich verharre auf dem Sitz und beobachte mit aufsteigender Hitze, wie Cheyenne mit einem Finger auf mich zeigt.

»Na, du und Marie. Ihr zwei seid verlobt. Hast du das etwa vergessen? Marie hat es mir selbst erzählt.«

»Was seid ihr?« Julius springt von seinem Platz auf und will gerade um den Tisch auf Tom zustürmen, da stellt sich mein Großvater ihm in den Weg. Julius erstarrt in der frischen Rauchwolke, die er ihm entgegenpafft.

»Wir beruhigen uns jetzt alle und klären dieses Missverständnis auf.« Mit Nachdruck schiebt er Julius auf seinen Platz und wartet, bis er sich wieder hingesetzt hat. »Es handelt sich selbstverständlich um ein Missverständnis, oder mien Deern?«

»Ich … ähm.«

Als würde Tom ein Notsignal absenden, kneift er mir eine Art SOS-Morsecode in meinen linken Oberschenkel unter dem Tisch. Ich ahne, worauf er hinauswill. Er will, dass ich diesen Irrtum aufkläre. Aber ich kann nicht.

Cheyenne ist schwanger. Julius wird Vater werden. Sie werden eine *Happy Family* mit allen Extras werden. Ich dagegen habe nichts vorzuweisen. Gar nichts. Wie haben sie mich genannt? *Ausrangiert. Alte Fregatte.*

Ich kann mir nicht die Blöße geben und als Verliererin dastehen. Das bin ich nicht. Ich führe ein aufregendes Leben mit einem heißen Hamburger Anwalt. Früher oder später hätte Tom mich sowieso gefragt, ob ich ihn heiraten will. Das weiß ich genau, denn wir beide gehören zusammen. Weshalb also nicht den Ball früher ins Rollen bringen?

Ich hauche ein zartes »Nein« und ergänze »Kein Irrtum«.

Tom entgleiten die Gesichtszüge. Der gutaussehende Anwalt weicht einem verwirrten, arg verärgerten, bärtigen Mann, dem die Enttäuschung über mein Verhalten fast aus den Ohren dampft.

»Du bist verlobt?« Meine Schwester sieht mich hinter Toms Rücken an. »Warum hast du nichts gesagt?«

»Ich ... ich meine ... Wir ... Also, Tom und ich ... Wir wollten bis morgen warten. Als Überraschung zu Weihnachten.«

Ich glaube nicht, welche Lügen mir aus dem Mund purzeln. Gleichzeitig erschreckt es mich, dass ein Teil von mir überzeugt ist, das Richtige zu tun.

»Herzlichen Glückwunsch!«, gratulieren Susanne und Jens, die Kinder jubeln und klatschen.

Lina umarmt erst mich, dann Tom, der angespannter und unzufriedener nicht aussehen könnte. Im Gewusel um den Tisch werfe ich ihm einen Blick zu, der ihm sagen soll, dass ich gleich alles erklären werde. Aber seine eiskalte Miene kurbelt meine Panik an.

»Wir sollten anstoßen«, schlägt meine Schwester vor. »Haben wir noch genügend Sekt im Haus, Opa?«

»Das ist nicht nötig.«

Ich versuche, an meiner Schwester vorbeizukommen, die jedoch meinen Arm festhält. Ich muss Tom sprechen, der sich gerade aus Cheyennes Umarmung löst.

»Wir brauchen keinen Sekt. Wir trinken Schnaps!«, schlägt mein Großvater vor. »Für solche Gelegenheiten habe ich einen ganz besonderen Pflaumenschnaps gebrannt.«

»Ich ... ich hole die Gläser.« Tom flieht in den Flur.

Meine Großmutter sieht erst ihm hinterher, dann schaut sie mich an. Ihre aufgerissenen Augen sprechen Bände. Und ich weiß, dass sie unendlich viele Fragen hat.

Aber sie muss warten. Ebenso Julius, der mich vorwurfsvoll von seinem Sitz aus begutachtet. Es dauert ein paar Sekunden, bis ich mich aus Linas Griff lösen kann und dem Trubel am Esstisch entkomme.

»Wo willst du hin?«, ruft meine Schwester mir nach. »Wir wollen auf die zukünftige Braut anstoßen.«

Ein Schauder läuft mir den Rücken hinab. Ich bin noch nicht einmal geschieden und belüge meine Familie darüber, dass ich demnächst heiraten werde.

»Bin gleich zurück. Ich freu mich schon.«

Was rede ich denn da? Am liebsten würde ich von der Insel flüchten. Die Straßen sind einigermaßen befahrbar, so, wie ich das verstanden habe. Ich müsste nur links zur Tür abbiegen, mir meinen Mantel schnappen und über den Schnee davonrasen. Niemand würde mich mehr wiedersehen. Vielleicht wandere ich nach Mallorca aus?

Aber ich traue mich nicht. Stattdessen quetsche ich mich an meiner Großmutter vorbei, die mich im Türrahmen mit ihrem kritischen Blick durchbohrt, und laufe Tom hinterher.

Es klirrt und scheppert, als ich die Küche betrete. Wie von Sinnen öffnet er jede Schranktür und schließt sie wieder. Die Schnapsgläser hat er bereits vor sich auf die Küchenzeile gestellt.

»Ich ...«

Tom verharrt wie vom Blitz getroffen auf der Stelle, als er meine Stimme hört.

Da er nichts sagt, atme ich ein und versuche, zu retten, was zu retten ist. »Tom, verstehe mich bitte, ich hatte niemals vor, dass es so weit kommt.«

»Oh, ich verstehe dich gut.« Mit zusammengepresstem Kiefer quetscht er die Worte hervor. »Oder hältst du mich für bescheuert?«

»Natürlich nicht. Warum sagst du das?« Ich will nach seiner Hand greifen, ihn zu mir ziehen, mich entschuldigen, aber er wendet sich von mir ab und geht ein paar Schritte hin zum Spülbecken. Unendlich weit weg erscheint er mir.

»Tom, ich würde dich nie-«

»Verlobt?« Er greift nach einem der Küchenhandtücher und quetscht den Baumwollstoff mit den Händen. »Was erzählst du noch alles hinter meinem Rücken? Erwarten wir demnächst ein Kind? Oder haben wir längst eins? Studiert es schon oder macht es erst seinen Abschluss?« Mit Schwung schleudert er das Küchentuch hinter sich ans Fenster. »Was fällt dir ein, über uns eine Lüge zu verbreiten? Ich dachte, wir sind uns einig. Erst gestern Nacht haben wir darüber gesprochen, es langsam anzugehen. Oder habe ich das geträumt?«

Meine gelähmte Zunge liegt mir wie ein sperriger Amboss zwischen den Zähnen. Im hintersten Stübchen meines leeren Kopfes suche ich nach einer Erklärung. Ohne Erfolg.

Mir wird jedoch bewusst, dass es bei meiner Lüge nicht bloß um mich ging. Über Toms Kopf hinweg habe ich ein Gerücht verbreitet, dass sein ganzes Leben auf den Kopf stellen könnte.

»Ich dachte ... Ich wollte nur ...«

»Du wolltest deinen Ex eifersüchtig machen. Ist es nicht so?« In schnellen Schritten ist Tom bei mir. Groß wie ein Baum steht er vor mir und schaut angespannt auf mich herab. »Ist es das, worum es dir geht? Wolltest du, dass Julius ein weiteres Mal auf mich losgeht, damit du ihn später verarzten kannst?«

»Was? Nein!« Das läuft alles aus dem Ruder. Mich um Julius zu kümmern, ist das Letzte, das ich will. »Bitte, Tom. Hör mir zu, das ist alles ganz anders.«

»Ach, ja?« Sein herausfordernder Blick dringt mir direkt in die Seele.

»Nun, nicht ganz. Aber der Teil mit Julius, der ist nicht wahr.«

Abwartend verschränkt er die Arme vor der dunkelblauen Fleecejacke.

»Gut. Also ... Ehrlich gesagt ...«

»Marie ...« Seine Stimme ist kalt. Der letzte Funken Wärme daraus ist verflogen und ich fürchte, dass er niemals wieder zurückkehren wird.

Mit aller Macht unterdrücke ich den Schwall an Tränen, der in mir aufsteigt, und konzentriere mich auf die Begegnung mit Cheyenne in der Scheune.

»Vorhin im Stall ... Also, bei den Schafen, da habe ich Cheyenne getroffen.«

»Und?«

Ich lasse den Kopf hängen und seufze. »Sie ist schwanger. Sie wird Julius ein Kind schenken.«

Toms Miene entspannt sich, die tiefen Falten auf seiner Stirn verschwinden. »Schwanger?« Er blickt zum Flur, als stünde Cheyenne im Türrahmen.

Ich nicke. »Sie hat es Julius noch nicht erzählt, weil er ein sturer Bock ist und ihr nicht zuhört. Sie hat mich um Rat gefragt und mich danach bedauert, weil ich offenbar ...« Ich schluchze und halte mir eine Hand vor den Mund. Ein paar Mal atme ich tief durch, ehe ich ihm erkläre: »Weil ich offenbar eine alte Frau bin, deren beste Zeit hinter ihr liegt.«

»Hat sie das zu dir gesagt?«

»Nein, aber sie hat es gedacht. Das weiß ich. Ich habe es in ihren Augen gesehen. Dieses Mitleid, mit dem sie mich begutachtet hat. Sie weiß, dass sie ihr ganzes Leben noch vor sich hat und meins fast abgelaufen ist. Und was habe ich erreicht? Eine bevorstehende Scheidung ... und, dass meine Strickjacke an den wichtigen Stellen ausgebeult ist.«

Ein schwaches Lächeln umspielt Toms Lippen.

»Das ist nicht lustig.«

»Irgendwie schon.«

Ich wische mir die Tränen aus den Augen.

»Jedenfalls bin ich in Panik geraten, weil ich nicht vor ihr wie eine vertrocknete Fregatte aussehen wollte. Da habe ich ein klein wenig geschwindelt. Quasi ein freudiges Ereignis in meinem traurigen Leben erfunden.« Ich drehe mich zu Tom, der mittlerweile nicht mehr wie das Böse in Person aussieht. »Ich weiß, dass das kindisch und dumm gewesen ist, und du hast jedes Recht, auf mich sauer zu sein. Es tut mir auch sehr, sehr leid.«

Tom legt einen Arm um mich. »Ich verstehe.«

»Du ... du bist mir also nicht böse?« Ich wage es kaum, darauf zu hoffen, dass dieser Tag nicht gänzlich in einem großen Desaster enden wird.

»Das habe ich nicht gesagt.« Er schaut auf seine schwarzen Strümpfe, während ich seinen Blick suche. »Ich habe gesagt, dass ich dich verstehe, nicht, dass ich nicht mehr sauer bin. Das ist ein Unterschied.«

»Und das bedeutet?« Ich bin mir nicht sicher, ob ich seine Antwort hören möchte.

Tom räuspert sich und drückt sich fester an mich. »Du musst die Lage klären, Marie. Ganz einfach.«

»Bitte verlang das nicht von mir. Nicht jetzt, nicht hier.«

»Ich kann das nicht, Marie. Ich belüge die Menschen nicht, die mir wichtig sind. So bin ich nicht erzogen worden. Ich habe deine Familie ins Herz geschlossen und will sie nicht verletzen. Außerdem möchte ich unsere Beziehung nicht auf einer Lüge aufbauen. Das wäre nicht richtig.« Er wendet sich mir zu. »Zwar habe ich vorhin am Tisch mit meiner kleinen Rede übertrieben, aber es kann nicht gesund für uns sein, wenn wir beide etwas vorgeben zu sein, was wir nicht sind.«

Ich verstehe, was er sagt. An jedem anderen Tag würde ich ihm zustimmen, aber heute ist kein guter Tag für die Wahrheit.

»Aber es ist nicht für immer. Wir müssten nur durchhalten, bis Cheyenne und Julius gefahren sind. Dann sage ich es meiner Familie und kläre alles auf. Verstehst du nicht, wie wichtig das für mich ist und wie furchtbar ich mich fühle?«

Tom senkt den Kopf. Ich würde alles dafür geben, zu wissen, was er denkt. Wenn Julius neben mir stünde, könnte ich anhand seiner Mimik und Gestik jeden einzelnen Gedanken erraten. Aber Tom kenne ich seit gefühlten fünf Minuten. Alles an ihm ist fremd, neu, aufregend.

»Ich verstehe dich«, sagt er irgendwann in die Stille hinein. Am liebsten würde ich vor Freude schreien.

»Wirklich?«

Er nickt. »Ich kann mir vorstellen, wie schlimm es für dich sein muss, dass die beiden hier sind, und es ist mir nicht entgangen, wie dich ihre Anwesenheit belastet.« Sanft streicht er mir über die Wange und ich atme durch. Alles wird gut werden. »Wenn du es unbedingt willst, spiele ich deinen Verlobten. Allerdings nur, bis dein Ex verschwunden ist. Danach klärst du deine Familie bitte sofort auf. Ich fühle mich alles andere als wohl bei dem Gedanken, sie anzulügen.«

Heilfroh falle ich ihm um den Hals. Ihn zu küssen, traue ich mich nicht. Ich möchte ihn nur festhalten, an mich drücken, seinen beruhigenden Duft einatmen, sodass unsere kleine Welt kurz stillsteht. Ich möchte nicht zurück ins Wohnzimmer und weiter eine Scharade aufrechterhalten, die sein Herz quält.

»Wo bleibt ihr denn?« Meine Großmutter kommt in die Küche. »Opa Moormann wartet mit dem Schnaps.« Als sie uns sieht, bleibt sie vor der Kochinsel stehen. »Was ist los?«

Ich wische mir über das Gesicht und suche nach Toms Blick. Ein letztes Mal möchte ich mich versichern, dass wir uns einig sind, dass wir beide diese klitzekleine Lüge aufrechterhalten, bis Cheyenne und Julius die Insel verlassen. Doch er greift nach dem Stapel Schnapsgläser und geht.

Als er meine Großmutter passiert, hält sie ihn auf und umarmt ihn herzlich. »Willkommen in der Familie, Herr

Feddersen.« Die aufgesetzte Freundlichkeit, die in ihrer Stimme mitschwingt, gefällt mir nicht.

»Ja, ähm ... danke.« Mit gesenktem Kopf verlässt Tom die Küche.

Einen Moment lang sieht meine Großmutter ihm nach und begibt sich dann zu mir, genau an die Stelle, an der Tom bis eben gestanden hat. Irgendetwas hat sie vor. Ihre neutrale Miene gibt keine Gefühle preis. Sie umarmt mich nicht, gratuliert mir nicht zu meiner erfundenen Verlobung – nichts.

Je länger wir schweigend nebeneinanderstehen, desto schlechter fühle ich mich. Ich habe das innige Bedürfnis, mich zu setzen und den Kopf zwischen die Beine zu legen.

»Du wirst also heiraten«, sagt sie und steckt die Hände in die Taschen ihrer Spitzenschürze. Vier kleine Worte, die mein Unwohlsein nur noch verschlimmern.

Mein Kopf beginnt, zu glühen, und mehr als ein Nicken bringe ich nicht zustande. Genau das hat Tom wohl gemeint. Es ist eine Sache, wenn ich Cheyenne belüge oder Julius. Aber meiner Großmutter vorzumachen, ich hätte den Mann meines Lebens gefunden und würde bald vor den Traualtar treten, ist unverzeihlich.

»Dein Großvater ruft gerade jeden Nachbarn in Katharinenhof an und alle seine Freunde, um die Neuigkeit zu verkünden. Es wird ein großes Fest geben.«

Mein Magen verkrampft sich und ich bereue meine Tat zutiefst. Ich hatte vergessen, was das Leben auf Fehmarn mit sich bringt.

»Er wird allen davon berichten. Sie werden Glückwunschkarten schicken, wahrscheinlich sogar Blumen. Du wirst dich bei allen bedanken müssen und ein paar von ihnen zu Kaffee und Kuchen einladen.«

Meine Beine geben nach. Ich sacke neben meiner Großmutter auf die weißen Fliesen und schluchze.

»Ich habe mehr von dir erwartet, Kind.« Sie seufzt schwer. »Versteh mich nicht falsch, ich bewundere dich dafür, dass du nicht gleich durchgedreht bist, als Julius auf den Hof gefahren ist. Ich selbst wäre nicht so nachsichtig mit ihm gewesen. Immerhin hat er sich einer anderen zugewandt. Aber die Familie mit einer solchen Lüge vor den Kopf zu stoßen, ist der falsche Weg, um deine Gefühle zu verarbeiten. Und, dass du den armen Herrn Feddersen da mit reinziehst ...« Abermals seufzt sie. »Deine Eltern haben dich besser erzogen.«

Ich möchte davonlaufen. Weit weg. Ich möchte nicht hören, wie meine Großmutter mir meine Fehltritte vorhält. Das Schlimmste daran ist, dass sie recht hat.

»Ich ... weiß«, krächze ich mit bebenden Lippen. »Aber ... ich bin verzweifelt gewesen. Cheyenne ist schwanger. Und ich ... ich bin durchgedreht bei dem Gedanken, dass sie Julius ein Kind schenkt. Wir haben es damals eine Ewigkeit lang versucht. Aber da meine Eileiter verschlossen sind, hat nichts funktioniert.« Bei den Tränen, die mir über die Wangen laufen, verschwimmen die Fliesen und die Schrankwand dahinter vor meinen Augen zu einer Einheit.

»Ach, mein liebes Kind.« Meine Großmutter streichelt mir den Kopf. »Wir alle haben uns so etwas bereits gedacht. Lina hat jedoch darauf bestanden, dass wir dir Zeit geben, bis du uns selbst davon erzählst.«

Meine Schwester, die Vermittlerin. In Gedanken schicke ich ihr eine feste Umarmung.

»Aber im Grunde geht es gar nicht um meine Eileiter. Ich habe mich damit abgefunden, keine Kinder zu bekommen. Es ist alles viel, viel schlimmer. Mein ganzes Leben scheint ein einziger Reinfall zu sein. Deshalb habe ich gelogen. Warst du noch nie so verzweifelt, dass du aus der Not heraus eine Dummheit getan hast, die du hinterher bereut hast?«

Meine Großmutter kichert. »Weißt du, wenn man so alt wird, wie ich es bin, sammelt sich eine lange Liste dummer Fehltritte an. Du musst nur lernen, sie besser zu kaschieren.«

Ich lache kurz und sehe zu ihr auf. »Wovon sprichst du?«

»Es gab damals eine Zeit«, flüstert sie mir zu, »da musste ich deinem Großvater vormachen, ich wäre schwanger, obwohl ich es nicht war.«

»Was?« Ich rappele mich auf, richte meine Strickjacke und versuche zu begreifen, was sie mir beichtet. »Du hast Opa angelogen?«

»Scht! Nicht so laut!« Meine Großmutter schaut zum Flur. Als niemand kommt, fährt sie fort. »Das habe ich nicht absichtlich gemacht, das war eine spontane Entscheidung. Aber mir blieb keine Wahl. Wir waren frisch verheiratet und diese andere Frau hat ihm schöne Augen gemacht.«

»War es Marianne? Die Wagner lacht immer ganz überdreht, wenn Opa in der Nähe ist.«

Meine Großmutter schenkt mir einen strengen Blick. »Ist das wichtig?«

»Nein, entschuldige. Erzähl bitte weiter.«

Einen Augenblick überlegt sie. »Ich bin nicht stolz auf meine Entscheidung, das versichere ich dir, Kind. Aber die andere war eindeutig die bessere Partie. Sie kam aus gutem Hause, war dünn wie eine Bohnenstange und sie hatte dieses lange seidige Haar. Alle haben ihr nachgesehen, wenn sie in Burg spazieren ging.«

Das klingt alles nach Marianne. Meine Großmutter erzählt selten Geschichten aus der Jugend und langsam ahne ich, warum.

»Ich musste etwas tun, damit ich Hans-Jürgen nicht verliere. Er ist das Beste, was mir in meinem Leben passiert ist. Und manchmal muss Frau eben tun, was Frau tun muss. Von nichts kommt nichts, Kind. Ich verstehe dich also besser, als du denkst. Aber die Familie anzulügen, hat große Konsequenzen, glaub mir. Ich spreche aus Erfahrung.«

Draußen auf dem Hof ertönt ein Geräusch, ein heulendes Dröhnen wie von einem Motor, der angelassen wird. Wer fährt bei diesem Wetter vom Hof?

Meine Großmutter und ich gucken gleichzeitig aus dem Fenster, aber ich erkenne aus der Ferne nur die Spitzengardine und den Schnee dahinter.

»Kannst du sehen, wer das ist, Oma?«

Hoffentlich sind es Cheyenne und Julius.

»Das ist Herr Feddersen.«

»Tom?« Ich laufe zum Fenster und drücke meine Nase an die Scheibe. Warum sollte er fahren? Kauft er mir einen Ring, damit unsere Verlobung glaubwürdiger ist?

Mein Großvater betritt die Küche und kommt in schnellen Schritten auf mich zu. »Da bist du ja, mien Deern«, sagt er außer Atem. »Ich such dich schon.«

»Wieso? Was ist los?«

»Hier.« Mein Großvater überreicht mir einen zusammengefalteten Zettel. »Den hat Herr Feddersen mir gegeben, bevor er mit seinem Koffer durch die Tür ist.«

»Was?«

Als Antwort hält mein Großvater mir den Zettel entgegen. Es ist ein weißes Briefpapier mit einer Dünenlandschaft aus Aquarell und einem rot-weiß gestreiften

Leuchtturm unten am Rand. Das Papier, das jeder Gast in seinem Zimmer findet, falls er einen Brief schreiben will.

»Willst du ihn nicht lesen? Ich habe ihn nicht geöffnet.«

»Doch ... schon.« Zögerlich nehme ich den Zettel entgegen und entfalte ihn mit zitternden Händen. Wieso sollte Tom wegfahren, ohne sich zu verabschieden? Wir hatten alles besprochen.

Marie,
ich bin kein Mann für Spielchen.
Ich kann das nicht.
Verzeih mir, bitte.
Tom

Alles habe ich falsch gemacht. Nicht nur, dass ich meine Familie in die Irre geführt habe. Ich habe Tom vor den Kopf gestoßen und ihn gezwungen, für mich zu lügen, obwohl er mich darum gebeten hat, es nicht zu tun. Wir wollten es doch langsam angehen.

Wie erstarrt lese ich seine Zeilen wieder und wieder.

»Was schreibt er?«

Ich halte meiner Großmutter den Brief hin.

»Oh«, sagt sie wenige Sekunden später.

»Was ist? Wo fährt dein Verlobter hin?«

»Es gibt keine Verlobung, Opa. Ich ... Ich habe gelogen. Es tut mir sehr leid. Es war alles ... einfach alles falsch.«

Ich warte darauf, dass mein Großvater verärgert reagiert, aber anstatt aufgebracht zu sein und berechtigterweise zu toben, lächelt er.

»Liebst du Herrn Feddersen denn, mien Deern?«

»Lieben?« Bei Großvaters Worten wird mir schwindelig. »So weit waren Tom und ich noch nicht. Wir haben uns erst kennengelernt und ...« Mir fehlen die richtigen Worte, um zu beschreiben, in welchem Beziehungsstadium wir uns befanden.

»Und dann lässt du ihn ziehen?«

Als hätte ich eine Wahl. Tom flieht vor mir. »Was soll ich deiner Meinung nach tun, Opa? Ihm nachfahren und ihn anflehen, zu bleiben?«

»Genau! Manchmal muss Frau tun, was sie tun muss. Nicht wahr, Oma Moormann?«

Hat er unser Gespräch etwa belauscht?

Meine Großmutter küsst ihren Mann auf die bärtige Wange, als kümmere sie nicht, was er gerade gesagt hat.

Wenige Minuten später stehen mein Großvater und ich uns gegenüber auf dem Parkplatz. Ich versuche, mein Auto mit wedelnden Armen von einer dicken Schneedecke zu befreien. Störtebeker spornt mich mit lautem Kläffen an und läuft zwischen uns hin und her. Mein Großvater tippt Nachrichten in sein Smartphone und pafft dabei an seiner Pfeife.

Die Ärmel meines Daunenmantels sind beinahe durchnässt, aber das Dach meines Fiat Pandas ist noch immer nicht freigelegt. Und selbst wenn ich es gleich erreiche, kann ich mir nicht vorstellen, dass mein Wagen nach dem Kälteschock der letzten Tage anspringen wird.

Mein Großvater schaut von seinem Telefon hoch. »Das dauert zu lang, mien Deern. Wenn wir so weitermachen, sind wir heute Abend noch nicht fertig. Wir müssen Hackengas geben, wenn wir Herrn Feddersen aufhalten wollen.«

»Ich habe gleich gesagt, dass es eine dumme Idee ist. Wahrscheinlich will Tom mich eh nicht wiedersehen. Wir sollten ins Haus gehen, bevor wir hier anfrieren.«

»Nun steck mal nicht den Kopp in den Sand. Ich habe bemerkt, wie er dich ansieht. So einen Blick schenkt man keiner Frau, mit der man nicht zusammen sein will.«

»Ehrlich?«

»So sicher, wie ich davon überzeugt bin, dass deine Großmutter mich liebt und alles dafür tun würde, mich zu halten.«

Ich schnappe nach Luft. Er weiß davon.

»H-hast du uns belauscht?«

Mein Großvater lehnt sich mit einer Hand gegen das Autodach. »Das brauchte ich gar nicht. Ich wusste, dass sie mich wegen ihrer Schwangerschaft angeschwindelt hat. 15 Monate war sie angeblich mit deinem Vater schwanger ... Trotzdem wollte ich mit ihr zusammen sein und nicht mit Marianne. Wir alle machen Fehler. Außerdem ... hast du dir deine Großmutter mal angesehen? Niemand auf der Insel ist schöner als Frida. Auch heute noch. Und niemand packt besser mit an als sie. Für Oma Moormann würde ich mich jedem Schneesturm stellen, wenn ich ihr damit eine Freude machen könnte.«

Störtebeker bellt zwei Mal hintereinander, läuft zu einem Baum hinter dem Hühnerstall und wieder zum Auto zurück. Seine Schlappohren schlackern ihm um die lange braune Schnauze.

Anerkennend streichelt mein Großvater ihm über den Kopf. »Braver Junge. Du hast immer die besten Ideen.« Dann sieht er mich an. »Los, mien Deern. Wir nehmen die Abkürzung.«

»Was hast du vor?«

Unsicher folge ich ihm. Zusammen mit Störtebeker klettert er durch ein Loch im Maschendrahtzaun, der den Lindenhof vom Grundstück der Tietjens trennt.

»He! Was macht ihr da?« Hektisch sehe ich mich um, ob ich Frau oder Herrn Tietjen entdecke. Doch ich sehe nur die grüne Schweinescheune, die mir die Sicht auf das Reetdachhaus dahinter versperrt und einen glänzenden blauen Mercedes unter einer Reihe von schneebedeckten Tannen.

»Willst du dir Herrn Feddersen nun schnappen oder nicht?«

»Schon ...« Ich gehe in die Hocke. Das Loch ist groß genug, dass ich unversehrt hindurchsteigen könnte. »Nur will ich deshalb keine Straftat begehen.«

»Ach, wer redet denn von einer Straftat. Wir borgen uns Alfreds Schickimicki-Karre nur aus. Das wird der Muffelkopp ertragen. Vorhin habe ich gesehen, wie er mit dem Schneepflug seine Auffahrt vom Schnee befreit hat. Wir sind schneller an Herrn Feddersens Fersen, als du *Oma Moormanns Mango-Marmelade* sagen kannst.«

»Wir stehlen sein Auto?« Fassungslos steige ich durch das Loch und richte mich neben meinem Großvater wieder auf.

»*Borgen*, mien Deern. Wir *borgen* uns sein Auto. Das ist ein Unterschied. Alfred bekommt es wieder, sobald wir zurück sind.«

Hinter meinem Großvater schleiche ich her, der in gebückter Haltung neben Störtebeker läuft, bis wir den Mercedes erreichen. Das Auto sieht aus, als wäre es eben erst aus der Produktion gefahren. Ich rüttele an der Beifahrertür, aber sie ist verschlossen. Hätte mich auch gewundert, wenn Herr Tietjen den teuren Wagen für jedermann zugänglich parkt.

»Uns fehlt der Schlüssel, Opa. Oder kannst du plötzlich Autos knacken?«

»Nee, leider nicht.« Wie ein Spion schaut er auf das Reetdachhaus im Hintergrund. »Warte und geh in Deckung, damit Alfred dich nicht bemerkt. Wäre doch gelacht, wenn Störtebeker und ich das nicht lösen.«

Ich verharre an der Autotür, leicht in der Hocke, und beobachte, wie Großvater geduckt an der grünen Scheune entlangschleicht. Als er hinter einer Kirschlorbeerhecke abtaucht, die das Haus umzäunt, verliere ich ihn aus den Augen.

Tom ist gewiss schon in Burg. Er mag bei dem Wetter nicht schnell vorankommen, weil die Straßen noch nicht alle geräumt sind, aber der Porsche ist keine lahme Ente wie mein Fiat Panda. Wir werden ihn nie einholen und vielleicht ist es auch das Beste. Ich wollte ihn zu etwas drängen, das gegen seine Werte spricht. Ich habe es nicht anders verdient.

Ein Schrei hallt über den Hof und ich schrecke hoch.

»Du verdammter Taugenichts!« Der hochrote Kopf von Alfred Tietjen taucht hinter der Lorbeerhecke auf.

Störtebeker hält den Schweinezüchter mit lautem Gebell in Schach. Mein Großvater läuft an ihnen vorbei, in der einen Hand hält er seine Pfeife, in der anderen wedelt er mit einem Schlüsselbund herum.

Ich kann nicht glauben, was ich da sehe. Mein Großvater wirkt wie Mitte zwanzig, mit Leichtigkeit flitzt er über den freigeschaufelten Sandweg.

»Ich hab ihn. Ich hab ihn«, ruft er mir außer Atem zu. »Mach dich bereit, mien Deern.«

Dieser Tag ist der seltsamste Tag meines Lebens. Erneut.

Mein Großvater steckt den Autoschlüssel in die Fahrertür und wir beide huschen in den Mercedes. Der Neuwagengeruch sticht mir in die Nase, als mein Großvater den

Wagen startet. Kurz darauf schlittern wir die Auffahrt hinab.

»Ich hole die Polizei, Hans-Jürgen! Das wirst du mir büßen!«

»Das war keine gute Idee.« Bei dem rasanten Fahrstil meines Großvaters halte ich mich an meinem Gurt fest.

»Ach, der beruhigt sich wieder«, nuschelt er mir unter seiner Pfeife zu. »Ich bringe Alfred später Eier und Schnaps vorbei. Das besänftigt ihn jedes Mal.«

Aus dem Heckfenster beobachte ich Herrn Tietjen, wie er wütend zurück ins Haus stapft. Für mich sieht sein frustrierter Gesichtsausdruck nicht aus, als würde er meinem Großvater auch nur das kleinste Vergehen verzeihen.

Ich sehe schon, wie wir von Jasper Janssen auf das Polizeirevier in Burg abgeführt werden und Weihnachten in einer Zelle verbringen, weil Herr Tietjen uns wegen Diebstahl seines schicken Wagens angezeigt hat.

»Und was ist mit Störtebeker?« Der arme Hund jagt uns mit heraushängender Zunge hinterher, seitdem wir losgefahren sind.

»Ach, ja!«

Großvater tritt auf die Bremse. Mein Gurt schneidet in meinen Daunenmantel, als mein Oberkörper ruckartig nach vorn kippt. Er öffnet die Tür und sein Bluthund springt über die Fahrerseite ins Auto. Störtebeker benutzt meinen Großvater als Trampolin und hüpft mit schmutzigen Pfoten über den lederbezogenen Schalthebel auf die Rückbank.

»Braver Junge!«

Danach steuert mein Großvater das Auto in Schlangenlinien die Auffahrt hinab auf die schneebedeckte Straße nach Burg.

Schweigend sehe ich dabei zu, wie schneeweiße Felder, eiszapfenbehangene Bäume und ein wolkenfreier, stahlblauer Himmel an uns vorbeiziehen. Das Smartphone meines Großvaters, das er in der Mittelkonsole bereitgelegt hat, piepst beharrlich im Rhythmus meines rasenden Herzens. Störtebeker untermalt den eintönigen Klang mit aufgeregtem Bellen, während er mit der Schnauze schmierige Abdrücke am Fenster hinterlässt.

Einen Porsche sehe ich nirgends, nicht einmal ein silberfarbenes Auto. Auf den Straßen von Katharinenhof nach Burg herrscht kaum Verkehr. Zwar haften die Reifen des Wagens einigermaßen im plattgedrückten Schnee und wir folgen den tiefen Spuren, die ein anderes Auto vor uns hinterlassen hat, aber wohl fühle ich mich nicht. Bei jeder falschen Bewegung könnte unsere kleine Verfolgungsjagd in einer unheilvollen Schlitterpartie enden. Zur Sicherheit hole ich den roten Jaspis aus meiner Strickjacke und umschließe ihn mit den Fingern.

»Wie willst du Toms Porsche finden, Opa? Er könnte jede Straße zur Fehmarnsundbrücke genommen haben.«

Mein Großvater grinst unter seiner Pfeife. »Er ist ein Touri, mien Deern. Die kennen nur den einen Weg. Am Stadtpark vorbei, den *Landkirchener Weg* mitten durch das Gewerbezentrum von Burg, direkt zur Bundesstraße 207.« Er nimmt sein Telefon in die Hand und liest eine Nachricht vom Display ab. »Uwe schreibt, dass gerade ein Porsche an seinem Haus vorbeifährt. Weit gekommen ist Herr Feddersen nicht.«

»Woher weißt du das?«

»Ein gutes Netzwerk ist das Wichtigste auf Fehmarn. Hast du das vergessen? Sonst bist du auf der Insel verloren.«

Mein Puls rast, als er die Geschwindigkeit erhöht und das Auto auf die *Niendorfer Straße* lenkt und nach mehrmaligem Schauen, dass niemand kommt, zwei rote Ampeln überfährt.

Ich schwanke zwischen Aufregung und purer Panik. Gleich werde ich Tom gegenüberstehen. Was soll ich ihm sagen? Wird er überhaupt anhalten, wenn er uns bemerkt? Immerhin ist er gegangen, ohne sich von mir zu verabschieden.

Plötzlich wird mir übel. Das fühlt sich alles nach einem riesengroßen Fehler an. Was habe ich mir nur dabei gedacht?

»Wir ... wir sollten umkehren, Opa. Es ist keine gute Idee, wenn wir Tom aufhalten.«

»Ach, papperlapapp. Für die Liebe muss man auch Mal etwas riskieren. Woher weißt du sonst, dass du je gelebt hast?«

Nach meinem flauen Magen zu urteilen, wäre es besser, wenn ich mich in mein Bett verkrieche und mir das aufregende Leben anderer aus sicherer Entfernung im Fernsehen anschaue.

Das alles ist falsch. Tom ist gefahren. Er will nicht mehr mit mir zusammen sein. Das ist offensichtlich. Ich bin zu verrückt für ihn.

Und für jeden anderen Mann auch.

»Wirklich, Opa.« Ich muss meinen Großvater dazu bringen, den Mercedes anzuhalten. »Würdest du bitte anhalten? Wir finden Tom eh nicht mehr.«

»Hab ein bisschen mehr Vertrauen.« Mit seiner Pfeife im Mund nickt er geradeaus. Ein paar Meter vor uns fährt ein silberfarbener Porsche auf dem *Landkirchener Weg* an der Tankstelle vorbei, direkt auf den Kreisel zu.

Mein Großvater tritt auf das Gaspedal und ich fange an, zu beten, denn er lenkt den Mercedes über die Mittelspur, auf der der Schnee zu einer Barriere getürmt ist. Das Auto von Herrn Tietjen kämpft mit dem Schnee zwischen den Reifen, während Störtebeker auf der Rückbank von einem Fenster zum anderen läuft. Schlagartig schwenkt das Heck aus, rutscht zur Seite, aber mein Großvater hält dagegen und schert mit sicherer Hand auf die freie Gegenfahrbahn ein.

Ich wage weder zu kreischen noch zu flehen. Ich hoffe nur, dass wir die Fahrt ohne einen Kratzer überleben.

Auf der Gegenfahrbahn erhöht mein Großvater die Geschwindigkeit. Er steuert uns an den Schneehügeln des benachbarten Radwegs vorbei. Je näher wir Toms Porsche kommen, desto mehr kämpfe ich gegen das Gefühl an, mir die Mütze tiefer ins Gesicht zu ziehen, damit er mich nicht erkennt.

»Siehst du, mien Deern? Er hat uns bemerkt. Zeig ihm, dass er einlenken soll.«

Ich kann nicht. Ich traue mich nicht einmal, Toms Porsche von der Seite her anzuschauen. Ich will seinen verwirrten Blick nicht sehen, der mich eindeutig als Irre brandmarkt.

Mein Großvater löst eine Hand vom Steuer und winkt Tom zu. »Moin, Herr Feddersen.« Mit der freien Hand deutet er an die Frontscheibe in Richtung Edeka. »Ja, genau. Auf den Parkplatz.« Mein Großvater zeigt den Daumen nach oben. »Folgen Sie uns einfach.«

Mit Schwung überholt er den Porsche, rattert über den Schnee auf der Mittellinie und schert nur knapp vor Toms Wagen wieder ein.

Im Seitenspiegel beobachte ich Tom, wie er uns kopfschüttelnd und fluchend hinterherfährt. Wenn ich sein

Mienenspiel richtig interpretiere, wird er mir gleich nicht einmal zuhören.

Mein Großvater bekommt davon nichts mit oder er ignoriert es. Zufrieden setzt er den Blinker und fährt nach dem kleinen Kreisel in die *Gertrudenthaler Straße* ein, um auf dem großen Parkplatz vor Edeka anzuhalten. Ob wir uns auf einem der vorgegebenen Plätze für Kunden befinden, ist nicht zu erkennen. Der Schnee hat sämtliche Kennzeichnungen mit einer dicken Flockenschicht bedeckt.

Es dauert eine gefühlte Ewigkeit, bis Tom seinen Porsche vorsichtig auf den Parkplatz zu uns lenkt. Mit einigen Metern Abstand hält er uns gegenüber an, stellt den Motor ab, steigt jedoch nicht aus.

Er fixiert mich und lässt mein stürmisches Herzklopfen nicht zur Ruhe kommen.

»Geh zu ihm, mien Deern.« Mein Großvater nimmt meine Hand und sieht mich mit gütigen Augen an. »Störtebeker und ich können dir dabei nicht helfen.«

»Und dann?«

»Dann tust du, was dein Herz dir sagt. Das ist das einzig Richtige.« Kurz drückt er meine Hand.

Unweigerlich lächle ich. Dass mein Großvater jemals so etwas Romantisches sagen würde, hätte ich nie für möglich gehalten.

Aber seine Worte ergeben Sinn. Manchmal muss eine Frau tun, was sie tun muss. Auch wenn sie sich bis auf die Knochen blamiert.

Mein Herz ruft nach Tom. Ich will mich bei ihm entschuldigen, ihn um Verzeihung bitten und wieder in seinen Armen liegen.

Tief atme ich durch, löse den Gurt, stecke den roten Jaspis zurück in meine Tasche und steige aus dem Mercedes aus. Störtebeker sitzt bereits auf dem Beifahrersitz, als ich die Tür hinter mir schließe.

Der Weg zum Porsche kommt mir kilometerlang vor. Meinen Blick halte ich gesenkt, damit ich nicht sofort wieder umdrehe und nach Hause laufe.

Wie ich Tom dazu überreden soll, mit uns zurück zum Lindenhof zu kommen, weiß ich nicht. Hoffentlich fallen mir die richtigen Worte ein, sobald ich neben ihm sitze.

Ich öffne die Tür in der Erwartung, dass mir Beschwerden entgegenfallen, aber Tom stellt nur die Weihnachtsmusik leise, die aus dem Radio erklingt.

»Wohin des Weges?« Krampfhaft lächle ich.

»Dein Ernst?« Tom presst die Hände um das schwarze Lenkrad. »Seid ihr eigentlich lebensmüde? Ihr hättet einen Unfall bauen können!«

Ich nicke verständnisvoll; versuche, nicht zu weinen. Diese ganze Situation ist zu verkorkst, genau wie mein Leben. Warum habe ich Cheyenne belogen? Warum habe ich Tom damit hineingezogen? Warum schäme ich mich für mein kleines Leben?

»Komm rein oder schließ die Tür hinter dir. Ich will nicht wegen euch erfrieren.«

»Oh ... ähm, okay.« Ich sehe zu meinem Großvater, der mir hinter der Frontscheibe beide Daumen entgegenhält.

Seine Zuversicht möchte ich haben.

Da ich den Porsche nicht beschmutzen möchte, klopfe ich mir den Schneematsch von den Schuhen, ehe ich mich setze.

Tom trägt seinen edlen schwarzen Wollmantel mit dem silbergrauen Schal, mit dem er angereist ist. Das Einzige, das daran erinnert, dass er die letzten Tage auf dem Land gearbeitet hat, ist sein üppiger Bart.

»Marie ...« Ich bin dankbar, dass er das Wort ergreift. Vielleicht bereut er es mittlerweile von selbst, dass er mich verlassen hat.

»Ich ... ich kann das nicht. Ich bin für solche perfiden Spielchen wie zwischen Cheyenne, Julius und dir nicht geschaffen. Ich sehe dieses Theater ständig bei meinen Klienten, die sich gegenseitig Beleidigungen an den Kopf werfen und sich übertrumpfen wollen.« Während er spricht, fokussiert er sein Lenkrad. Ich jedoch kann den Blick nicht von ihm nehmen.

»Aber so ist das gar nicht.« Etwas in mir schreit danach, ihn nicht zu verlieren. »Bitte, Tom, sieh mich an. Ich kann dir alles erklären. Ich verstehe, dass du gefahren bist.«

Langsam bewegt er den Kopf in meine Richtung. In seinen Augen entdecke ich Enttäuschung, aber auch Entschlossenheit. Mir wird auf schmerzliche Weise bewusst, dass Tom nicht mit mir kommen wird. Egal, was ich ihm sagen werde.

Das, was zwischen uns gewesen ist, habe ich mit einem Schlag vernichtet.

Diese Erkenntnis trifft mich tief, aber seltsamerweise habe ich keine Angst. Meine Beine zittern nicht, auch mein Puls ist ruhig.

Ich muss Tom gehen lassen. Alles andere macht keinen Sinn. Ich bin noch nicht bereit für eine neue Beziehung. Bevor ich mich erneut auf einen Mann einlassen kann, muss ich erst wieder zu mir selbst finden.

»Du willst mir sagen, dass ich überreagiere und mit dir mitkommen soll, oder? Aber ich kann das nicht, Marie. So sehr ich auch möchte. Ich will mit dir zusammen sein, aber nicht so, nicht auf diese Art. Das fühlt sich nicht echt an. Ich bin nicht der richtige Partner für dich, wenn das deine Vorstellung von einer Beziehung ist.«

»Ich weiß«, entgegne ich leise, denn ich habe mich entschieden. Ich werde ihn gehen lassen. »Ich will dir nur danken.«

Tom wendet sich mir zu. »Danken? Wofür?«

»Für die letzten Tage. Sie waren wunderschön.« Ein dicker Kloß wächst in meiner Kehle, wenn ich an unsere gemeinsame Zeit denke. »Du hast mir gezeigt, worauf ich mich freuen kann, wenn ich mein Leben wieder geordnet habe. Wenn ich Cheyenne und Julius und all meine Dramen hinter mir gelassen habe.«

»Oh«, flüstert er und ich meine, einen Anflug von Verwirrung in seinem Gesicht zu sehen. »Dann ... äh ... gern geschehen, denke ich.«

Ich bin wie festgefroren. Es ist die richtige Entscheidung, Tom nicht zurückzuhalten, trotzdem will ich nicht gehen.

Schweigend sitzen wir nebeneinander. Ich warte darauf, dass er mich bittet, auszusteigen, damit er die Insel verlassen kann. Aber Tom rührt sich nicht. Still sitzt er neben mir, bis er auf einmal meine Hand ergreift. Er umschließt meine Finger mit seinen und hält sie fest. Ganz so, als wollte er mir sagen, dass er mich versteht, dass er weiß, wie ich mich fühle und dass er mir verzeiht.

Ich muss an die frische Luft, ehe ich in Tränen ausbreche.

Zum Abschied lehne ich mich zu Tom, stütze mich an seinem Steuerknüppel ab und will ihn auf die Wange küssen, aber er wendet sich mir zu. Ich versinke unter dem sanften Druck seiner Lippen, während seine Arme mich halten und ich seine Geborgenheit ein letztes Mal spüre.

Stundenlang könnte ich seine Zärtlichkeiten genießen, aber ich löse mich von ihm.

»Nein«, flüstert er. »Geh noch nicht. Bleib noch ein bisschen.«

»Ich muss. Es ist besser für dich. Und für mich.«

Zögerlich nickt er, seine tiefdunklen Augen werden feucht.

»Mach's gut«, sage ich mit zittriger Stimme und steige aus.

»Marie?«

»Ja?« Ich stütze mich am Dach des Porsches ab. Tom wischt sich die Lider. »Sehen wir uns in Hamburg?«

Ich lächle und spüre die Wärme, die mein Herz daran hindert, zu zerbrechen. »Vielleicht.« Zaghaft winke ich ihm zu und schließe die Tür.

Der seichte Wind hat zugenommen und fegt den losen Schnee über den Parkplatz. Hinterrücks fährt die eiskalte Luft mir den Nacken entlang. Mit gesenktem Kopf gehe ich zurück zum Mercedes. Tom startet hinter mir den Porsche und fährt im langsamen Tempo vom Parkplatz.

Ich friere. Aber nicht wegen der Kälte, sondern weil mich die Einsamkeit plötzlich erfasst.

Tom wegfahren zu sehen, tut höllisch weh. Doch es war das Beste. Für uns beide. Für diesen Moment. Ich muss mich zunächst um mich kümmern. Niemand auf der Welt kann mich so sehr lieben wie ich mich selbst, wenn ich es endlich zulasse.

Ein Jahr später.

Die einzige Konstante im Leben ist die Veränderung

(Heraklit)

Ich lehne mich gegen die Haustür und stoße sie mit dem Ellenbogen auf, damit ich meinen grünen Smoothie in meiner gläsernen Trinkflasche nicht verschütte. Meine Handtasche rutscht mir von der Schulter, als ich die Treppe hinaufhetze. Meinen Arm klemme ich gerade noch rechtzeitig an meine Daunenjacke und halte sie davon ab, die Stufen hinabzufallen. Vor meiner Bürotür hänge ich mir die Tasche wieder um und trinke einen Schluck süßen Saft mit einer bitteren Note Rucola.

Einen Augenblick verharre ich vor der Tür und betrachte zufrieden das weiße Schild, auf dem mit schwarzer Schrift *Marie Moormann – Paartherapeutin* geschrieben steht.

Als mein Blick auf die Fußmatte mit dem Leuchtturm fällt, bemerke ich eine einzelne rote Rose, die zwischen meinen Winterstiefeln liegt. Beinahe wäre ich auf sie getreten. Das tiefe Rot der Blätter erinnert mich an einen guten Rotwein, den Lina und ich letztens in der *Doppeleiche* getrunken haben.

Bislang habe ich vermieden, auf die Avancen des Osteopathen aus dem Erdgeschoss einzugehen. Aber da er sich so viel Mühe mit den Rosen gibt, hat er einen gemeinsamen Kaffee verdient. Mehr jedoch wird zwischen uns nicht geschehen. Ich bin mit meinem Leben zufrieden, so, wie es ist.

In meinem Büro fahre ich den Rechner am Schreibtisch hoch und stelle die Rose zu den anderen in die gläserne Vase, die neben meinem Tablett mit den Kristallen steht. Seit Ende November liegen täglich Rosen vor meinem Tempel. Bald muss ich eine zweite Vase kaufen, damit ich all die Blumen aufbewahren kann.

Ein Skype-Anruf klingelt unerbittlich durch die orangefarbenen Wände meines Büros, seit ich online gegangen bin. Ich setze mein kabelloses Headset auf und prüfe die Kamera. Das untere Bild zeigt Babsi, wie sie mir freundlich zuwinkt. Ihre schwarze Lockenmähne nimmt fast den ganzen Bildschirm ein.

»Moin.« Ich streife mir den Daunenmantel von den Schultern und hänge ihn an den Kleiderständer neben der Tür.

»Du bist zu spät.« Mit erhobenem Finger zeigt Babsi in die Kamera, als ich mich ihr wieder gegenüber an den Schreibtisch setze.

»Alte Gewohnheiten sind schwer abzulegen.«

»Du wolltest dir die Rechnungen aus dem Vormonat noch ansehen, bevor die Grambergs eintreffen. Jetzt musst du das aufschieben, denn um eins ist dein nächster Termin.«

Ich werfe einen Blick auf die Uhr am Monitor, noch fünf Minuten. »Alles unter Kontrolle, liebste Babsi. Du passt wie immer gut auf meine Termine auf.«

»Aber die Tür zu deinem Tempel musst du selbst öffnen. Ich kann schlecht nach Fehmarn fahren und deine Klienten reinlassen. In Hamburg gießt es wie aus Eimern.«

»Du könntest schon.« Ich zwinkere ihr zu. »Aber das musst du nicht. Obwohl der Winter plötzlich auf der Insel ausgebrochen ist, bin ich pünktlich vor Ort und habe alles vorbereitet. Weshalb haben die Grambergs den Termin denn vereinbart?«

»Das haben sie bei der Onlinebuchung nicht angegeben. Aber Frau Gramberg hat im anschließenden Telefonat durchblicken lassen, dass sie und ihre Frau beide die Paartherapie befürworten.«

»Verstehe.« Ich schaue an das Aquarellbild hinten an der Wand, das eine strahlende Sonne in Gold-, Rot- und Orangetönen darstellt. Am besten platziere ich die beiden direkt darunter auf den bunten Meditationskissen. Das könnte ihnen die entspannte Atmosphäre bieten, die sie brauchen, um sich in meiner Gegenwart zu öffnen. »Was liegt sonst noch für den heutigen Tag an?«

»Deinen Terminkalender habe ich vorhin aktualisiert. Du müsstest das Update bereits sehen können. Nach den Grambergs kommen noch drei weitere Paare. Danach bist du mit deiner Schwester auf dem Weihnachtsmarkt verabredet. Du wolltest mit Lina auf ihre neue Alpaka-Stute anstoßen.«

»Ja, richtig. Zimtschnecke.« Vor meinen Augen erscheint ein flauschiges rostbraunes Gesicht mit einer süßen Stupsnase. »Hast du das Foto gesehen, das ich dir geschickt habe?«

»Meiner Jüngsten sind fast die Augen herausgefallen, als sie das Alpaka gesehen hat. Wir haben uns für nächste Woche auf dem Lindenhof angemeldet. Dann können wir bei einem Alpaka-Spaziergang am Strand mit ihr kuscheln.«

»Und wir sehen uns im echten Leben.«

»Ich erwarte die volle gastfreundschaftliche Bewirtung, die du jedem anderen Besucher zukommen lässt.«

»Frischer Kaffee und der selbst gebackene Marmorkuchen meiner Großmutter. Selbstverständlich.«

Babsi summt einen genüsslichen Brummton ins Mikrofon, als es zaghaft an meiner Tür klopft.

»Ich muss auflegen, die Grambergs sind da.«

»Und vergiss nicht, später auf den Weihnachtsmarkt zu gehen.«

»Mach ich nicht, danke! Wir hören uns morgen. Tschüss, Babsi.«

Meine Assistentin winkt mir zu und beendet unser Gespräch mit einem Klick.

Ich trinke noch einen ausgiebigen Schluck aus meiner Flasche, richte meine neue grüne Seidenbluse über meiner neuen Jeans und öffne die Tür, um die Grambergs zu begrüßen.

Der Nachmittag verläuft erfolgreich, aber intensiv. Obwohl ich meine Praxis nach dem Umzug auf Fehmarn nur noch halbtags führe, um den Vormittag auf dem Lindenhof auszuhelfen, ist es nicht weniger ergreifend für mich, wenn Paare mir einen intimen Einblick in ihr Leben gewähren. Und ich stelle immer wieder fest, dass der Schein trügt. Man weiß nichts über ein Paar, wenn man nicht selbst ein Teil davon ist.

Nachdem ich meinen Tempel abgeschlossen habe, treibt mich der Wind samt den Schneeflocken voran in Richtung Marktplatz in Burg. Seit meiner ersten Sitzung heute schneit es ununterbrochen und mein Großvater spricht von einer erneuten Winterkatastrophe, die Fehmarn heimsuchen wird. Meine Großmutter jedoch hält es für die Nachwirkungen von zu viel heimlich selbst gebranntem Schnaps, den er mit den Nachbarn getrunken hat.

Ich für meinen Teil genieße die kalte Luft und die innere Ruhe, mit der mich das Wetter kurz vor Weihnachten erfüllt. Und ich freue mich darauf, endlich auf den Weihnachtsmarkt zu gehen, was ich dieses Jahr noch nicht einmal geschafft habe.

Ich laufe am Kaufhaus *Olderog* vorbei und sehe bereits die erleuchteten Holzhäuser mit ihren roten Dächern. Der süßliche Geruch nach Weihnachtspunsch wabert durch die Luft. Je näher ich dem Weihnachtsmarkt am Rathaus komme, desto stärker wird der Geräuschpegel. Aus den Boxen ertönt *Jingle Bells* und ich merke, wie sehr ich mich auf den morgigen Tag mit meiner Familie freue. Das Flugzeug meiner Eltern landet gegen zehn Uhr morgens, Patte hat versprochen beide abzuholen, sodass Lina, meine Großmutter und ich alles für das Weihnachtsfest mit den Feriengästen und der Familie vorbereiten können.

Meine Schwester steht in Gummistiefeln und dicker Fleecejacke in der Schlange des vorderen Glühweinstands. Ich nähere mich ihr von hinten und bringe sie zum Kreischen, als ich sie umarme.

»Ach, du bist es, Marie«, sagt sie erleichtert. »Ich hatte schon befürchtet, Lars baggert mich wieder an.«

»Nein, keine Panik. Meister Schredder habe ich nicht gesehen.« Ein wenig bereue ich es, ihr einen Schrecken eingejagt zu haben, aber Lina scheint den Vorfall schnell zu verdauen. Ihr Blick haftet auf meinen Fingern, die aus meinen gefütterten Handschuhen herausschauen.

»Schicker Nagellack.« Neugierig betrachtet sie den dunklen Rotton, der zu meinem Lippenstift passt. »Ist der neu?«

Ich freue mich darüber, dass er ihr aufgefallen ist.

»Leihst du mir den morgen aus?«

Zögerlich nicke ich, denn ich vermute, dass ich ihn danach niemals wiedersehen werde.

»Wo sind die Jungs?«

»Bei Patte.« Lina zeigt hinter sich. »Am Stand mit den Würstchen. Ich sollte Glühwein holen und dann treffen wir uns in der Mitte. Du kannst mir gleich beim Tragen helfen.«

Voll bepackt mit Kinderpunsch und Glühwein mit Schuss folge ich Lina über den holprigen Marktplatz und sauge die fröhliche, verschneite Atmosphäre in mich ein. Aus einem der Häuschen riecht es nach frischen Mutzen. Ich darf später nicht vergessen, Großmutter eine Tüte mit nach Hause zu bringen.

Paul und Leon laufen auf uns zu. Ich überreiche ihnen jeweils einen Kinderpunsch, während Patte zu uns kommt und sich von Lina seinen Glühwein mit Schuss nimmt. Gemeinsam stoßen wir auf einen schönen Abend an.

Nach und nach hüllt der Schnee den Weihnachtsmarkt unter einer weißen Schicht ein. Wir versinken in heiteren Gesprächen über Fehmarn und den Lindenhof, stoßen auf Linas süße Alpakadame Zimtschnecke an und feiern abermals, dass meine Scheidung seit ein paar Wochen vollzogen ist.

Dass ich in meinem Leben einmal froh über die Existenz von Scheidungsanwälten sein werde, hätte ich nie gedacht. In manchen Situationen scheint es für ein Paar doch vorteilhafter zu sein, getrennte Wege zu gehen, als auf ewig zusammenzubleiben und gemeinsam unglücklich zu sein.

Meine Gedanken gleiten zu Tom und das Lächeln, das sich auf meine glühweingetränkten Lippen schleicht, kann ich nur schwer verhindern. Sollte ich seine Nummer, die ich nach wie vor in einem Teebecher aufbewahre, hervorholen und ihn anrufen?

»Sieh nur, Leon«, brüllt Paul. Aufgeregt zerrt er am Jackenärmel seines Bruders. »Der Weihnachtsmann ist da. Los, der verteilt wieder Kekse.«

Die Zwillinge stellen ihre Becher auf den Boden und laufen einem Mann mit einem Beutel entgegen, der uns gegenüber von Kindern belagert wird. Unter seinem Arm klemmt eine dunkelrote Rose.

»Weihnachten ist erst morgen.« Ich kann meinen Blick nicht von der Blume abwenden, die der Weihnachtsmann in die Höhe hält, damit die Kinder sie nicht zerdrücken.

»Der ist schon seit der Eröffnung Ende November zwischen den Ständen unterwegs.« Patte leert seinen Glühwein. »Er ist der einzige Grund, warum die Zwillinge uns fast jeden Tag auf den Marktplatz zerren. Paul sagt, er hat die besten Kekse dabei, die er je gegessen hat.«

Das trifft mich. Erst gestern habe ich mit den Jungs und den Kindern der Feriengäste Mürbeteigkekse und Zimtsterne gebacken. »Die besten Kekse, sagt er?«

Lina schaut mich schräg von der Seite an. »Ist da jemand eifersüchtig?« Sie lacht süffisant und ich weiß, dass dieser Glühwein nicht ihr erster ist.

Es ist nicht unbedingt das Kompliment, das mich an diesem Mann stört, sondern die Blume.

»Ist es nicht merkwürdig, dass er auch Rosen verteilt? Gehört er zu diesen Typen, die in den Kneipen Blumen an Betrunkene verkaufen?«

»Quatsch«, sagt Patte. »Auf unserem Weihnachtsmarkt arbeiten keine komischen Leute.«

Auch wieder wahr. »Und was hat es mit der Rose auf sich?«

»Keine Ahnung«, erwidert Lina. »Die trägt er jeden Abend mit sich herum, seit wir das erste Mal hergekommen sind. Vielleicht sucht er nach seiner Frau Weihnachtsmann und die Rose ist ihr Erkennungszeichen?« Meine Schwester stößt mir einen Ellenbogen in die Seite. »Das könnte deine Chance sein. Immerhin ist er der berühmteste Mann der Welt.«

Ich schnalze mit der Zunge. Lina weiß, dass ich derzeit nicht auf der Suche nach einem Mann bin, trotzdem kann sie es nicht lassen, sich über mich lustig zu machen. »Aber nur, bis er das Kostüm ablegt. Dann ist er einer von vielen, die sich zwischen Glühwein und Süßkram für eine Nacht amüsieren wollen.«

»Willst du nicht mal wieder auf ein Date gehen? Das mit Tom ist ein Jahr her.«

»Irgendwann bestimmt«, gebe ich zu. »Aber jetzt möchte ich mit euch einen netten Abend verbringen.«

»Auf die Familie!« Lina hebt ihren fast leeren Becher und stößt mit mir an.

»Auf die Familie!« Ich trinke den letzten Schluck Glühwein aus, um danach meinen Becher auf den Stehtisch zu stellen.

Paul und Leon präsentieren uns ihre süße Beute. Ich begutachte gerade Leons Auswahl – schokoladige Butterkekse mit Mandelsplittern –, die er höflich an seine Eltern und mich verschenkt, als Paul mich zur Seite nimmt.

Mit einem verschmitzten Lächeln überreicht er mir eine dunkelrote Rose.

»Für mich?« Verwundert nehme ich die Blume entgegen, die ebenso makellos schön wirkt, wie die Rosen, die seit ein paar Wochen täglich vor meinem Tempel liegen. Und diese weinrote Farbe ...

»Sie ist von ihm.« Paul zeigt auf den Weihnachtsmann, der uns unter seiner dicken roten Mütze und dem weißen Rauschebart nicht aus den Augen lässt.

»Hat er sie dir geschenkt?« Ich rieche an den zarten Blütenblättern und bin mir sicher, dass sie denselben Duft verströmt wie die, die auf meinem Bürotisch stehen.

»Für ein paar Extrakekse. Ich sollte sie dir geben.«

»Mir? Einfach so?« Ich betrachte den kostümierten Mann, erkenne wegen der Verkleidung aber nicht, ob er mir bekannt vorkommt. Waren die Rosen gar nicht vom Osteopathen aus dem Erdgeschoss?

»Er will mit dir einen Glühwein trinken, hat er gesagt. Wenn du möchtest.«

Mir missfällt, dass ein Fremder meinen Neffen und eine doppelte Ladung Kekse dafür benutzt, um mich kennenzulernen.

Und doch muss ich schmunzeln. Eine Rose für einen Glühwein mit dem Weihnachtsmann. In meiner Brust beginnt es, leicht zu flattern. Eine Regung, die ich sehr lange nicht mehr gefühlt habe. Aber bin ich bereit für einen unverfänglichen Glühwein mit einem Unbekannten?

»Weißt du, wer das ist?«

»Wer wer ist?« Fröhlich knabbert Paul an einem Keks und schmiert sich den Mund mit Schokolade zu.

»Ich meine den Weihnachtsmann. Kennst du ihn?«

»Klar.«

Gespannt betrachte ich meinen Neffen. Aber Paul schnappt sich einen weiteren Keks und saugt ihn schneller ein, als ein Staubsauger Schmutz aufnehmen kann.

Langsam platze ich vor Ungeduld und rufe mir mein neues Mantra in den Sinn. *Alles zu seiner Zeit. Schritt für Schritt.* Tief atme ich durch und sehe ihn eindringlich an. »Und wer ist der Mann unter dem Bart?«

»Das sollst du selber herausfinden, hat er gesagt.«

»Hat er das, ja?«

Abermals sehe ich zum Weihnachtsmann, der jetzt, da sich unsere Blicke treffen, die Hand zum Gruß erhebt. Diese Geste kommt mir auf eine unangenehme Weise bekannt vor. Und wie ich den Unbekannten mit seinem ausgestopften Mantel und den hohen braunen Stiefeln aus der Ferne betrachte, überkommt mich eine grausige Vorahnung.

Vor ein paar Tagen, als Julius und ich unseren 21. Hochzeitstag gehabt hätten, hat er mich angerufen. Wie er an meine neue Nummer gekommen ist, weiß ich bis heute nicht. Ich war jedoch entschlossen genug und habe das Klingeln ignoriert. Das, was Julius und ich hatten, was uns verbunden hat, gibt es nicht mehr. Ich mag mein neues Leben auf Fehmarn. Das Lilienzimmer habe ich mir im Herrenhaus gemütlich eingerichtet und meiner Familie helfe ich nebenbei auf dem Lindenhof. Mein Leben ist ruhig und entspannt, mit jeder Menge Ostseefeeling. Alles im Kreise meiner Liebsten, den Alpakas und Schwarznasenschafen.

Was mache ich also, wenn das da hinten Julius ist, der sein Leben als frischgebackener Vater satthat? Hat er sich vielleicht von Cheyenne getrennt? Mir wird ganz schlecht bei dem Gedanken, dass das Drama vom letzten Jahr wieder von vorn losgeht. Kommt Cheyenne gleich in einem Engelskostüm auf den Weihnachtsmarkt gestürmt und fleht mich um eine Paartherapie an? Seit sie eine Postkarte mit dem süßen Gesichtchen ihrer neugeborenen Tochter an den Lindenhof geschickt hat, habe ich nichts mehr von ihr gehört.

Und das ist gut so.

Ich lasse mich von fremden Dramen nicht mehr aus meiner Bahn werfen. Ich bin mit meinem Leben zufrieden, wie es ist.

Alles zu seiner Zeit. Schritt für Schritt.

»Ich bin gleich wieder da.«

»Bringst du mir Kekse mit?«

Abwesend nicke ich. Ich bin zu gespannt, ob Julius so dreist ist, um sich kostümiert in meine Nähe zu schleichen.

Langsam bewege ich mich auf den Weihnachtsmann zu, seine Rose drehe ich zwischen den Fingern, bis ich ihn erreiche.

In der einen Hand hält er seinen Beutel, die andere ist zum Gruß erhoben. »Auch einen Keks?«

Diese warme Stimme ... Woher kenne ich diesen sanften Ton?

Ich mustere das bisschen Gesicht, das zwischen der Mütze und dem Rauschebart herausschaut. Als seine tiefdunklen Augen mir zuzwinkern, grinse ich.

Ich habe mich geirrt.

Vor mir steht nicht Julius.

»Tom? Bist du das?«

Der Weihnachtsmann nickt.

»Was machst du auf Fehmarn? Als ... Weihnachtsmann?«

»Arbeiten.« Er wühlt in seinem Beutel und reicht mir einen Keks. »Möchtest du? Sie sind selbst gebacken.«

»Ich ... ähm, nein, danke. Du ... ähm, arbeitest hier? Auf dem Weihnachtsmarkt?«

»Ich habe versucht, dich anzurufen. Ein paar Mal.«

»Neue Nummer«, hauche ich. Mein Körper spielt verrückt und ich schlucke meine Aufregung herunter. Ich weiß nicht, ob es am Glühwein liegt oder daran, dass Tom tatsächlich vor mir steht. Noch wochenlang, nachdem wir voneinander Abschied genommen hatten, habe ich von ihm geträumt, von uns.

Er nickt und richtet seinen weißen Bart. »Und du bist nicht mehr in Hamburg.«

»Nein«, sage ich leise. Um uns herum verschwindet die Weihnachtsmusik, das Gelächter, der süßliche Geruch. »Seit einem halben Jahr wohne ich auf Fehmarn.«

»Das habe ich mir gedacht.« Tom bindet seinen Keksbeutel zu und wirft ihn sich locker über die Schulter. »Ich habe im Lindenhof angerufen, aber deine Schwester wollte mir nicht sagen, wie ich dich erreichen kann. Und deine Assistentin ist gnadenloser als jeder Türsteher.«

»Lina und Babsi?« Leise lache ich. Sie haben sich also an das gehalten, um das ich sie gebeten hatte. Absolute Funkstille, wenn es um Männer geht.

Ich drehe mich zu meiner Schwester um, die uns vom Stehtisch aus beobachtet. Vermutlich wollte sie nicht denselben Fehler begehen wie damals mit Julius.

»Keine von beiden wollte meine Anrufe an dich weiterleiten.«

»Ich hatte ihnen gesagt, sie sollten alle privaten Anfragen von mir fernhalten, bis ich ... na ja, mich auf der Insel und auf dem Lindenhof eingelebt habe.«

Und ich mich wieder mit mir selbst wohlfühle.

Tom kratzt sich unter dem Bart. »Also blieb mir nichts anderes übrig, als herzukommen, wenn ich dich sehen wollte.«

Mein Blick fällt auf die Rose zwischen meinen Fingern. »Dann waren all die Blumen von dir? Du hast mir jeden Tag eine Rose vor die Tür gelegt?«

»Seitdem der Weihnachtsmarkt begonnen hat. Ich habe mir Urlaub genommen, um einem erneuten Burn-out entgegenzuwirken. Und mir geht es so gut wie schon lange nicht mehr.«

»Aber …« Ich kann nicht fassen, dass er mein heimlicher Blumenlieferant ist. »Warum hast du nie vor meinem Büro auf mich gewartet?«

Er scharrt mit einem Stiefel auf den schneebedeckten Steinen, ehe er antwortet. »Ich wusste nicht, ob du mich sehen willst. Schließlich hast du dich nicht mehr bei mir gemeldet.«

Ein paar Mal hatte ich überlegt, ihn anzurufen. Ich bin aber zu dem Schluss gekommen, dass ich mich erst um mich selbst kümmern sollte, bevor ich jemand Neues in mein Leben lasse. Alles andere wäre in einem mächtigen Chaos geendet.

Aber Tom heute, jetzt, hier zu sehen, lässt mich das alles infrage stellen. Wie er da steht in seinem roten Anzug, dem breiten schwarzen Gürtel mit goldener Schnalle, dem ausgestopften Bauch, als hätte er zu viele von seinen Keksen gegessen.

Lachend schüttele ich den Kopf.

»Was ist?«

»Ich fasse es nicht, dass du hier bist.«

Tom drückt den Rücken durch und mir fällt wieder auf, wie groß er ist. »Jeden Abend komme ich her, um dich zu sehen. Ich hatte die Hoffnung fast aufgegeben, weil du nie da gewesen bist. Aber als ich dich vorhin gesehen habe, Marie … Ich …« Er hält kurz inne und atmet schwer. »Ich kann und will dich nicht vergessen.« Seine Stimme klingt trocken.

Er räuspert sich. »Ich weiß, dass du deine Zeit gebraucht hast und dass es richtig war, dass ich gefahren bin. Aber …« Tom zieht mich hinter den Stand mit den Mutzen. Er nimmt die Mütze vom Kopf und entfernt den falschen Bart. Seinen eigenen trägt er kurz, was seinem Gesicht viel Gemütlichkeit und doch eine gewisse Professionalität verleiht.

Die schokoladenbraunen Locken mit den grauen Schlieren im Haar liegen platt auf seinem Schopf. Ich kann nicht an mich halten und streife mit den Fingern hindurch. Erst als ich seinen überraschten Ausdruck bemerke, ziehe ich mich rasch zurück.

»Entschuldige.«

»Nein ... bitte.« Tom hält meine Hand fest. »Ich bin so froh, dich zu sehen. Dein herzliches Lachen hat sich in meine Erinnerung gebrannt. Wenn ich die Augen schließe, dann bist du da, Marie. Dein Geruch, deine weiche Haut, dein Lächeln. Ich vermisse alles an dir. Du fehlst mir. Ich wusste es schon damals, seit der Feier bei Mathilda. Aber nach der gemeinsamen Zeit auf dem Lindenhof war ich mir sicher. Dir gehört mein Herz.«

Erschrocken weiche ich einen Schritt zurück, Tom jedoch hält mich fest. Mein Puls rast, meine Ohren rauschen und ich schwitze in meinen Daunenmantel.

Habe ich mich verhört? Tom ist nach Fehmarn gekommen, um mit mir zusammen zu sein?

Mein Bauch wird von Schmetterlingen geflutet, gleichzeitig zieht sich jedoch mein Magen zusammen. Bin ich so weit? Was ist, wenn ich alles vermassele? Wenn meine Eifersucht mich in den Wahnsinn treibt – und Tom verrückt macht?

Seit er gegangen ist, habe ich meine Gefühle unter Kontrolle. Ich achte auf mich, versuche, mich so zu lieben, wie ich bin. Aber wer garantiert mir, dass das Ganze nicht wieder von vorn losgeht? Wer garantiert mir, dass er mich nicht nach vier Wochen verlässt oder nach einem halben Jahr?

Tom scheint meine innere Diskussion zu bemerken und drückt meine Hand. »Das Einzige, was ich möchte, Marie, ist eine Chance. Lass uns ausgehen. Lass uns sehen, wo uns die Zeit hinführt. Nur du und ich. Niemand sonst. Niemanden geht unsere Beziehung etwas an.«

»Ich dachte, du glaubst nicht an die Liebe?«

»Das habe ich so nie gesagt. Ich glaube nicht an die Institution der Ehe, das ist wahr. Die Statistiken sprechen schlichtweg dagegen. Aber ... ich glaube an uns beide, an die Gefühle, die ich für dich habe und die du – hoffentlich – auch für mich hast.«

Sein ruhiger Ton, die Worte, die er spricht, dämpfen meine Unsicherheit. Da ist etwas in seinen Augen, in diesem festen Blick. Seine Entschlossenheit verleiht mir Zuversicht. Diese Intensität, sein Strahlen, wenn er mich ansieht, wenn er darüber spricht, bei mir zu sein, nur wir beide zusammen.

Das Rauschen in meinen Ohren weicht den fröhlichen Klängen der Weihnachtsmusik im Hintergrund. Die dunklen Wolken aus meinem Verstand klaren auf und hinterlassen einen innigen Wunsch, der mich überwältigt.

Ich küsse Tom. Unsere Lippen treffen sich, während ich mit der Rose in der Hand seine breiten Schultern umschlinge. Sein herber, würziger Duft steigt mir in die Nase, automatisch schiebe ich mich ihm weiter entgegen.

Tom lässt den Keksbeutel fallen und drückt mich rücklings gegen die Holzwand des Mutzenstands. Seine Hand wandert in meinen Nacken, meine Haut kribbelt unter seinen Fingern. Seine Zunge sucht meine und bringt mich mit ihrem sanften Spiel zum Stöhnen.

Leise lacht er zwischen unseren Küssen, was mein Verlangen nach seinen Berührungen nur noch mehr steigert. In seinen Armen zu sein, fühlt sich wunderschön an. Ich wünschte, wir beide wären allein; allein im Keller, allein in der Sauna – Hauptsache, allein.

Ich habe ihn unglaublich vermisst.

All meine Ängste sind wie fortgeweht, wenn er mich festhält und mich spüren lässt, wie sehr er mich begehrt.

Der Weihnachtsbaum mit den Geschenken ähnelt dieses Jahr einem farbenprächtigen Feuerwerk. Paul und Leon haben ganze Arbeit geleistet. Beinahe alles, was sie in ihrer Spielkiste finden konnten, haben sie mit dünnen Bändchen versehen und zu Christbaumschmuck verarbeitet. Zwischen kleinen Spielfiguren von ihrer Eisenbahn hängen Miniaturautos, bunte Bauklötze, von denen mehrere bereits heruntergefallen sind, selbst gebastelte Kugeln aus Knetgummi und einzelne Puzzleteile mit Tiermotiven. Die Lichterkette verwandelt den farbenprächtigen Spielzeugbaum in einen bunten Regenbogen.

Pauls Dinosaurier-Stofftier thront als Weihnachtsstern über allen Spielsachen, aufgespießt auf seinem Hintern an der Spitze. Leon hatte unter Tränen darum gebettelt, dass seine Actionfigur die Ehre erhalten würde, aber er hatte eben das längere Streichholz gezogen. Dafür sitzt er nun zufrieden am Esstisch und knabbert an ein paar von Toms selbst gebackenen Weihnachtskeksen.

Paul und die Kinder der Rademachers sitzen neben ihm und lauschen Jens und Susanne, die ihnen eine spannende Geschichte über den Weihnachtsmann und seine Rentiere erzählen. Das Rentnerehepaar Roth und die Friseurin Gina, die jeweils vor ein paar Tagen angereist sind, unterhalten sich angeregt über den Alpaka-Spaziergang mit Madame Muffin heute Mittag am Steilufer von Katharinenhof.

WOHLTHATSCHE
BUCHHANDLUNG
Alexanderplatz 2
10178 Berlin
Tel.: 030 / 242 68 54

16-0[illegible]-2005 12:39
#000187 BED. 01

SONDERPOSTEN 1.00

BRUTTO [illegible] 1.00
[illegible]
MWST [illegible] 0.07
NETTO [illegible] 0.93
BAR 1.00
ANZ [illegible]
ST.NR. [illegible] 1557

Mein Großvater lehnt mit geschlossenen Lidern in seinem Sessel, die Pfeife hängt ihm schräg aus dem Mund. Störtebeker liegt zu seinen Füßen und schnarcht. Meine Großmutter, die mir dabei hilft, den Tisch zu decken, geht alle paar Minuten an beiden vorbei und schiebt ihrem Mann die Pfeife zurück in den Mund.

Der Duft nach frisch gebackenem Marmorkuchen und Toms Keksen mischt sich langsam mit dem Geruch nach Kartoffelklößen, Rotkohl, Preiselbeeren und brauner Soße, die wir in Schalen auf dem festlich gedeckten Tisch platziert haben. Dazwischen riecht man kaum noch mein Räucherstäbchen von heute Vormittag aus Zimtblüten, Nelken und Narde, das dieses Mal seine Wirkung nicht verfehlt. Störende Energien im Saal haben bei uns keine Chance.

Meine Mutter streicht Leon liebevoll die letzten Krümel von den Lippen. Es ist schön, sie an Weihnachten entspannt am Tisch sitzen zu sehen, obwohl ich mir vorstellen kann, dass es ihr schwerfällt, nicht wenigstens beim Aufdecken zu helfen.

Lina kneift Patte gerade in den Arm, weil er sie mit ihren Gummistiefeln aufgezogen hat, als mein Vater und Tom den Saal mit zwei Gänsebraten betreten. Die Gespräche verstummen abrupt, außer staunenden Ohs und Ahs ist nur die leise Weihnachtsmusik im Hintergrund zu hören. Die beiden Männer, die sich dieses Jahr selbst um die Zubereitung gekümmert haben, strahlen, als hätten sie persönlich das Feuer erfunden.

Die Stille im Saal weckt meinen Großvater. Neugierig dreht er sich zu uns um, auch Störtebeker horcht auf. »Geht's los?«

»Wir warten bloß auf dich, Opa.« Ich winke ihm zu, damit er sich auf den letzten freien Platz am Kopfende setzen kann.

Jeder bedient sich aus den köstlich duftenden Schalen und füllt seinen Teller mit Leckereien. Als mein Vater die erste Gans anschneidet, um das Fleisch zu verteilen, kann ich mein Glück kaum fassen. Gemeinsam mit meiner Familie und den Gästen feiere ich das Weihnachtsfest auf meiner wiederentdeckten Heimatinsel Fehmarn. Dass Tom dieses Jahr neben mir sitzt, ist das beste Geschenk.

Als hätte er meine Gedanken erraten, greift er unter dem Tisch nach meiner Hand. Provokativ zwinkert er mir zu und lächelt.

Ich liebe meine Familie sehr, aber ich kann es kaum erwarten, endlich wieder mit ihm allein zu sein.